ユーカラ邂逅

アイヌ文学と歌人小中英之の世界

天草季紅

新評論

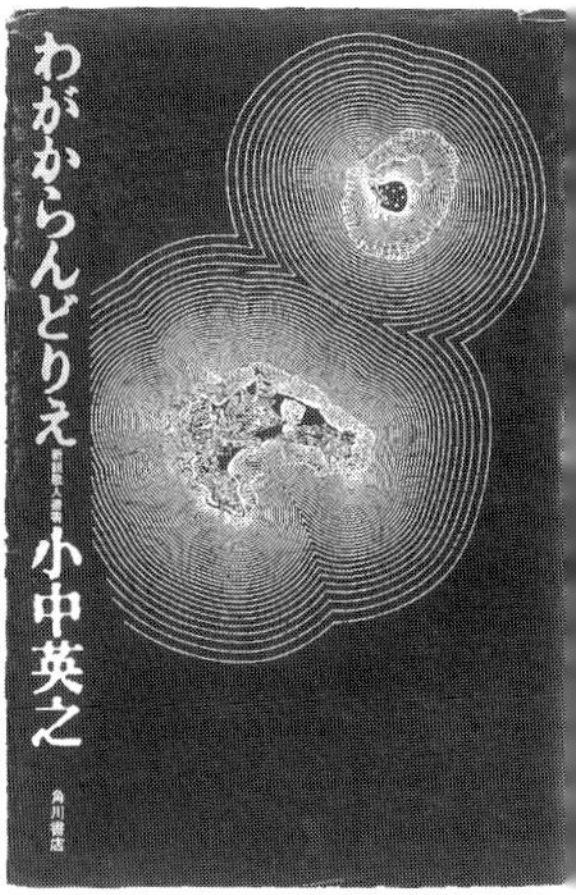

▲歌人小中英之の第一歌集『わがから
どりえ』(角川書店、1979年)書
当時、新鋭歌人の第一歌集を集めた
リーズとして注目された『新鋭歌人
書』全八巻中の一巻として刊行された

▲30代の小中英之。『新鋭歌人叢書』の刊行にあわせた「シリーズ桟橋」の掲載写真、「短歌」1976年10月号より。『わがからんどりえ』の刊行と年が3年もずれるのは、実際の刊行が予定より大幅に遅れたため。場所は神奈川県三浦半島の南端、江奈湾に面した松輪海岸。角川書店「短歌」編集部提供／147・294頁参照

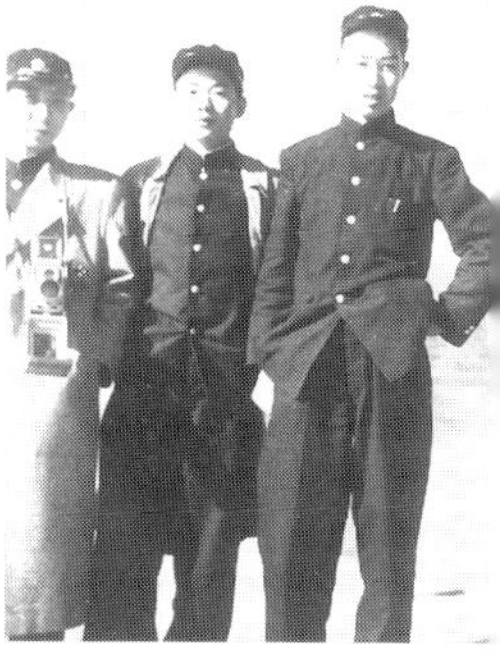

北海道立江差高校3年生▶のとき、同級生と。中央が小中。梅津惣平氏(写真左)提供／106頁参照

▼東京・新宿から北海道の友人に宛てた葉書。小中、当時22歳。右肩下がりの字体は後も変わらない。梅津惣平氏提供

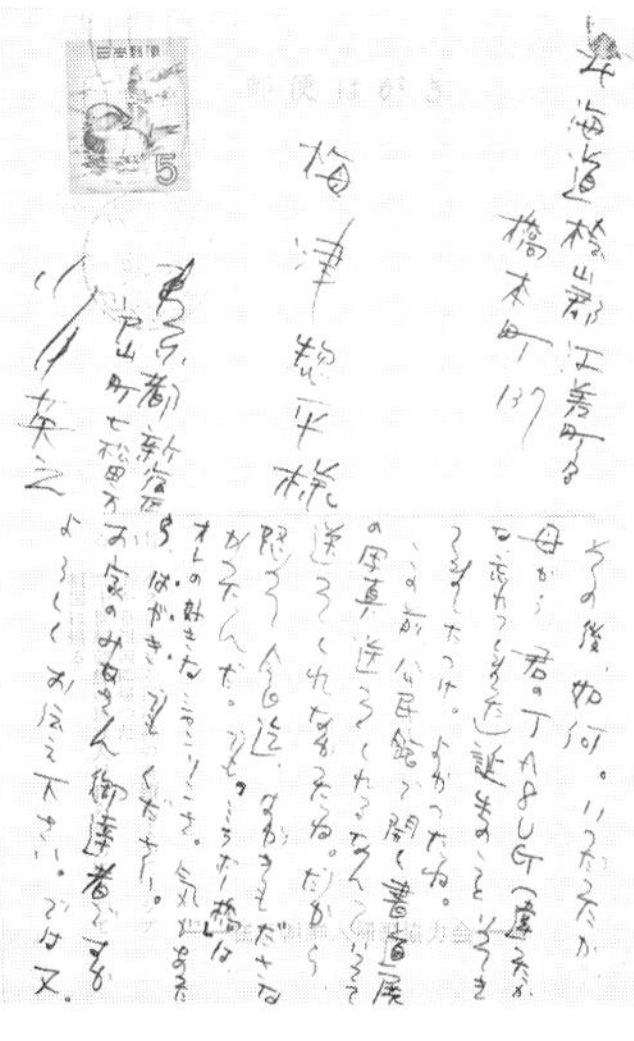

▲1950年頃の北海道沙流郡平取町本町の市街風景。橋下はオバウシ
イ川、沙流川に注ぐ。川筋、道筋はいまも変わらない。36頁参照

◀アッシ（アットゥシ。厚司。オヒョウの木の皮で作ったアイヌの上衣）を着た若き日の八重子。年代不詳。どんなときの写真なのかも不明だが、初々しく楽しそうだ。掛川源一郎写真委員会提供

▲バチラー八重子の歌集『若き同族に』（竹柏会、1931年）書影。面表紙では「同族」に「ウタリ」というアイヌ語のふりがなをつけている。155・170頁参照

郷有珠にて。晩年の八重子。養父ジョン・バ▶
ラー離日後、八重子はコタンの教会で人々と
に在った。両手の本は聖書だろうか。掛川源一
撮影／掛川源一郎写真委員会提供／152頁参照

戦後開園されたバチラー保育園。かつて養父バチラーが平取幼稚園として設立したゆかりの施設で、場所は少し移動しているが、八重子も違星北斗もここで働いたことがあった。この右手の通り沿いに小中英之が住んだ家、鳩沢佐美夫が入退院をくり返した平取病院がある。義経神社はその先、カムイ義経を祀る。筆者撮影／36・198・233頁参照

▲知里幸恵遺稿『アイヌ神謡集』(郷土研究社、1923年)書影。「序」と「神謡」13編を収める。北海道立文学館所蔵／161・206頁参照

▼(左下)違星北斗の肖像。(右下)『違星北斗遺稿　コタン』(希望社出版、1930年)書影。左の肖像写真は、右の遺稿集の巻頭に「画像」として収められているもので、年代等詳細不明。右の遺稿集は前年、27歳で死去した違星北斗の短歌、文章、日記、同人誌の記事などを集めたもの。希望社代表後藤静香のほか金田一京助が文章を寄せている。198頁参照

◀北斗、上京時代のノート。(左)表紙裏に東京の住所と姓名を記す。1頁目は「エカシシロシ」(祖先伝来の印)の覚えであろうか。ノートには講義録、考え、詩句のメモなどがぎっしり書きこまれている。(左下)内省的な思考を記している頁。北海道立文学館所蔵／209頁参照

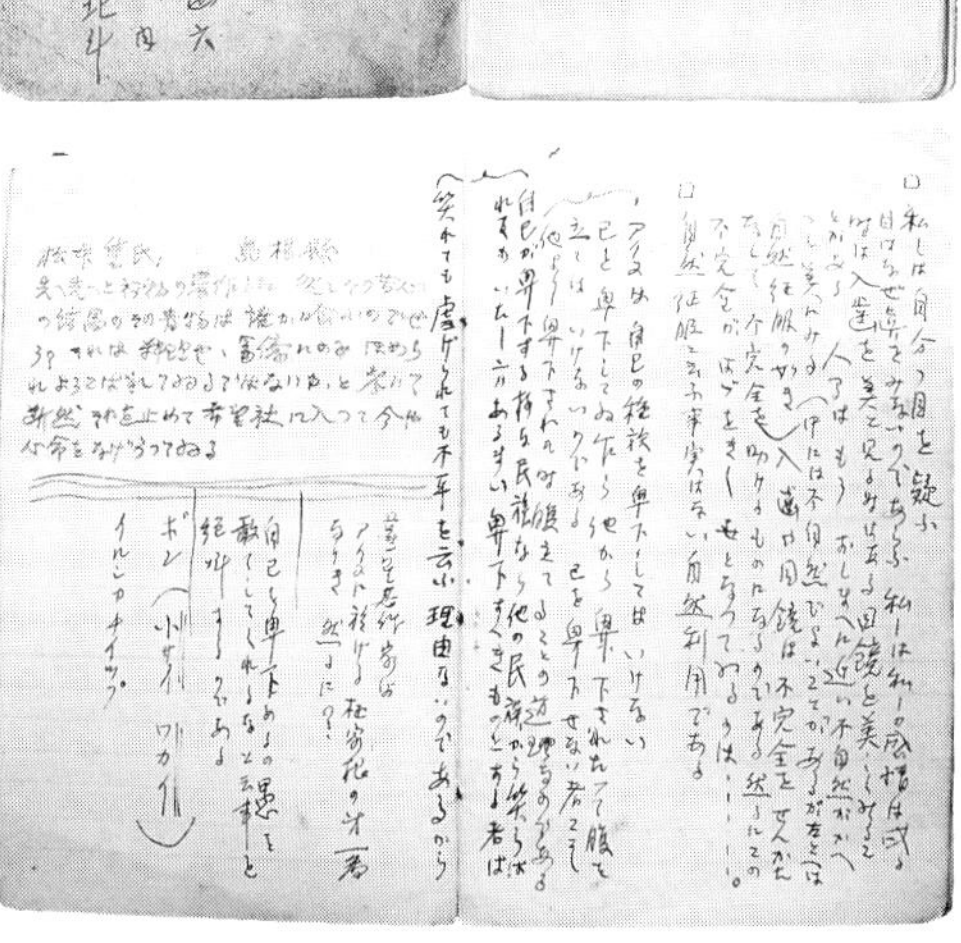

▼左のノートの表紙。「2585. 9. 3」は皇紀で西暦1925年9月3日。北海道立文学館所蔵

◀「日高文芸」創刊号（1969年3月）表紙。鳩沢佐美夫の小説「ある老婆たちの幻想　第一話　赤い木の実」を収録。他に9名の参加者の名を擁す。盛義昭氏所蔵／230〜231頁参照

▼鳩沢の没後に発見された未完の作品「ある老婆たちの幻想 第二話 鈴」の原稿28枚目。第一話の下書きの裏面に書かれている。木名瀬高嗣・盛義昭・額谷則子（作製・編集）『鳩沢佐美夫デジタル文書資料集』（財）北海道立文学館寄贈資料（特別資料）2010年／238・244頁参照

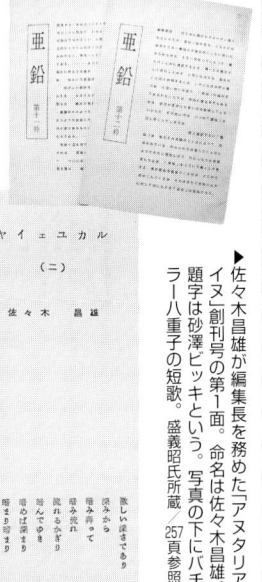

▲鳩沢佐美夫と祖母平目さた。1961年頃。さたは「証しの空文」のモデルとなった人で、鳩沢の録音テープにはさたの歌うアイヌ語の子守唄、ユーカラなども遺されている。盛義昭氏所蔵／246〜249頁参照

右）佐々木昌雄の作品を▶掲載した「亜鉛」第11・12号（亜鉛編集室、1971年月・9月）表紙。（下）同11号に発表された佐々木の詩「ヤイェユカル」第一部3・夢は初めの記憶」より。城県図書館蔵／283頁参照

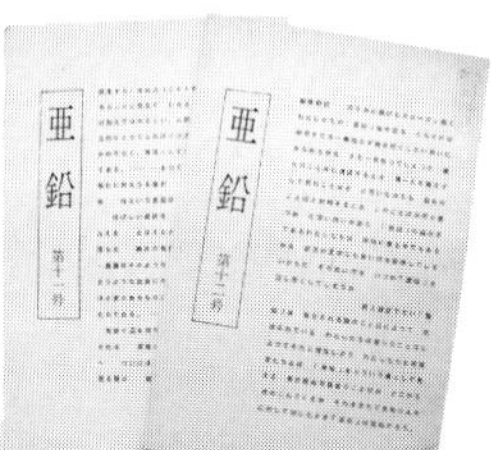

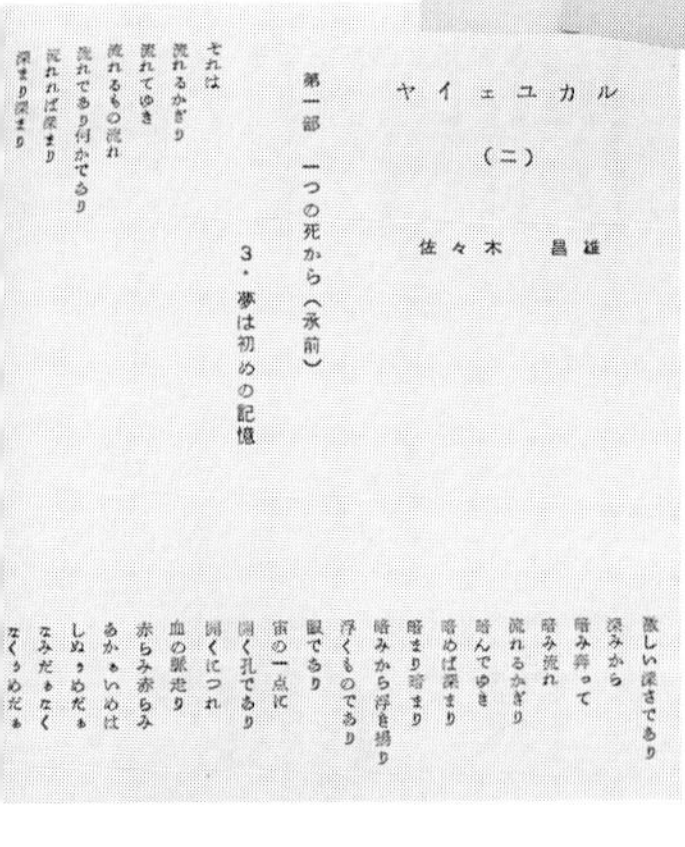
ヤイェユカル

（二）

佐々木　昌雄

第一部　一つの死から（承前）

3・夢は初めの記憶

それは
流れるかぎり
流れてゆき
流れるもの流れ
流れてあり何かである
流れれば深まり
深まり深まる

激しい深さであり
深みから
暗み奔って
暗み流れ
流れるかぎり
淀んでゆき
暗めば深まり
暗まり暗まり
暗みから浮き揚り
浮くものであり
眼であり
宙の一点に
開く孔であり
開くにつれ
血の脈走り
赤らみ赤らみ
あかぁいめは
しぬぅめだぁ
ゐみだぁなく
なくぅめだぁ

(1) ANUTARI AYNU VOL 1

アヌタリアイヌ
われら人間

価100円
1973年6月1日
創刊号
アヌタリアイヌ刊行会発行

創刊号目次

海もよし　山もうつくし　人もよし
住んだ住みよき　有珠コタンかな

特集
座談会
有珠の海を汚すな！
伊達火力発電所建設に反対するアイヌの漁民たち

初めはノンビリと、だが……

海が在ってはじめて生きてきたんだ

▶佐々木昌雄が編集長を務めた「アヌタリアイヌ」創刊号の第1面。命名は佐々木昌雄、題字は砂澤ビッキという。写真の下にバチラー八重子の短歌。盛義昭氏所蔵／257頁参照

ユーカラ邂逅（かいこう）◉目次

まえがき

歌人の小中英之（一九三七〜二〇〇一年）が亡くなってからのことである。

若い頃から亡くなるまでの短歌と文章とを、発表誌から残らず集めて読んでみよう、そう思い立って読んでいるうちに、ひとつの思いにとらわれるようになった。最初は不確かな予感として。やがてそれは確かなものとしてわたしのなかに根づいていった。

小中英之の透明な短歌の向こうには、アイヌの自然が息づいている。

かれがアイヌにゆかりの北海道平取（びらとり）の地に暮らしたのは、少年時代の一時期だが、その出会いはけっして行きずりのものではなく、そこから出発し、またそこへ戻ってくる、そういう性質を負った宿命的な場所のように感じられた。

なにごとも限定するのは危険だが、逆に、限定することによってこそ見えてくるものがある。そういうものを、小中は「約束」という名で呼んだように記憶する。小中英之にとって、そこは最後の希望の砦だったのではないだろうか。

小中英之は、戦後のいわゆる前衛短歌とよばれる潮流のあとに登場した、一九七〇年代、八〇年代を代表する歌人の一人である。抵抗詩の詩人であった安東次男（一九一九〜二〇〇二年）を師とし、自身若い頃には手遣い人形の人形遣いでもあった、歌人としては特異な経歴の持ち主で、「季節」と「地名」とを自己の作歌の信条とし、美しい韻律をもつ端正な作風ゆえに、伝統的、古典的とも評され、時代との関係のなかでそれがあたかも咎められるべきことのようにささやかれていた面もある。だが、「季節」と「地名」と「韻律」とは、射光角度を変えると表情が一変するプリズムのように、用いられる文脈によって意味内容が変化する。これから述べるように、小中英之の場合、その底にあるのは、かれが少年時代に親しんだアイヌの自然であり、北海道の地名に象徴されるような、その土地が本来もつ土着の名前の表情である。小中はとりわけアイヌ民族に伝わる口承の叙事詩「ユーカラ」(1)の精神を自己の生きる支えとし、その心と言葉とを自身の作品の血脈とした。またさらに、眼前に見るアイヌの世界の変貌を、近代日本に生きる自分自身の罪過として受けとめた。いまも根強いファンをもつ小中英之の短歌の魅力は、そのようなところから生まれる陰影や、音声的、空間的なひびきの感覚によるところが大きい。

しかし、そうしたことは短歌の世界ではこれまでまったく顧みられてこなかった。小中自身はそのことを短歌にもよみ、エッセイなどにも綴っているのに、それが不思議なほど、なきがごとくに素通りされてしまうのは、声高には叫ばない小中の姿勢にもよるが、それ以上に大きいのは、アイヌの世界についてのわたしたちの無知ではないだろうか。人は自分の知っていることは感知するが、知らないことは目の前にあっても見えないし、聞こえない。これは人ごとではなく、筆者が自分自身をふり返って思うことである。なにも発表誌からすべての作品を集めたりしなくても、気づいてみれば面影は、生前刊行された二冊の歌集のなかにすでに鮮やかに刻まれていて、ただわたしがそのことに気づかなかっただけなのである。

つまり、小中英之の作品に表れたアイヌの世界の表情とその意味を知るためには、自分自身がアイヌの世界に入りこまなければならなかった。そのとき、同時に、なぜわたしはこんなにもアイヌのことを知らないのか、という疑問を抱かずにはいられなかった。知ろうとしなくても知っていることはたくさんあるのに、どうして知りたいことがこんなにも遠いのか。そこから筆者自身のアイヌへの旅が始まったのである。そして、その旅を始めたとたんに、それが近代日本の足跡を追う旅でもあることに気づかされた。

だから、本書は、アイヌの世界をめぐる旅と出会いの記録であると同時に、筆者自身の自己との対話の書でもある。

構成を簡単に紹介しておこう。全体は大きく三つの部から成る。

「Ⅰ」の部には、小中英之の短歌をアイヌとのかかわりの観点から読み直した文章を収めた。筆者自身の探索の過程と絡み合わせた進め方で、小中が少年時代を過ごした、北海道沙流郡平取町(さるぐんびらとりちょう)への訪問記をまじえて、小中英之の短歌の世界とアイヌの世界との関係を探った。また、アイヌの代表的な口承文学である「ユーカラ」や「ウポポ」(本書二五頁参照)にも触れながら、小中が内奥にゆるぎなく刻みこんでいた、アイヌの世界との紐帯を明らかにしたいと思う。それは小中英之の短歌に通底し、その作品の新たな魅力と意味とを開示してくれるにちがいない。

「Ⅱ」の部には、旅の途上で出会ったアイヌの歌人、小説家、詩人についての文章を、世代の順に収めた。小中英之の短歌と直接には関係しないが、地続きの内容であり、ここにとりあげた作家と出会ったことには、小中の存在が大きくかかわっている。だが、もちろんそれだけではない。知るにつれてかれらは独自の存在となり、わたしにさまざまなことを問いかける。そして、いつしか、自分自身が無関係ではいられない痛みとともに、かれらのうえに顕現した言葉をめぐる葛藤のなかへ引きこまれていった。

アイヌモシリ（アイヌの大地）[2]の旅は、ほかならぬ言葉をめぐる旅でもあった。それは小中英之の作品を通しても考えていたことであったが、かれらの作品と出会うことで、より深く、固有の問題へと導かれていったように思う。ここではバチラー八重子（一八八四～一九六二年）から違星北斗（一九〇一～二九年）へ、鳩沢佐美夫（一九三五～七一年）へと継承されてゆく、奪われつつ生きつづける言葉の系譜、また、鳩沢佐美夫から佐々木昌雄（一九四三？～／本書二八六頁註4参照）へと受け継がれてゆく苦しみに満ちた精神の軌跡をたどった。混淆する言葉のなかから生まれる言葉は、小中英之の短歌の言葉ともクロスする。

「Ⅲ」の部には、小中英之の短歌に取材した、関東、甲信、東北、北海道の地名をめぐる紀行文を収めた。これは仙台で刊行されている佐藤通雅氏編集の個人誌「路上」に、二〇〇九年から二〇一一年にかけて七回にわたって連載されたものである。本書収録にあたっては各回ごとに付された小見出しを省き、字句等にかかわる最低限の修正を加えた。二〇一一年三月一一日に発生した東日本大震災による状況の変化をふまえて註記を加えた箇所もある。全部で四十三首。文字どおりの旅の記録であり、平取に取材した内容も含まれている。「Ⅰ」の部では触れられなかった小中英之の短歌を広く紹介する意味もこめて収録した。とはいえ、ここにあげた地名が正真正銘、歌の舞台であるのかどうかはわからない。

このような構成であるから、どこから読みはじめていただいてもかまわない。内容上重複も少なくないが、各章完結のスタイルを重視した結果である。了とされたい。

巻末に付した「本書関係年表」は、三つの項目に分けて明治初年から現在までの流れをたどった。少し変則的な形になっているが、相互の関係が見渡せるようにと考えて作成した。

附記すると、本書には、見え隠れしながら「もうひとつのテーマ」が流れているといえるかもしれない。以前から考えていたことではあるのだが、書き終わったあとで改めて気づかされた。それは短歌という形式への見方を変えて、そのなかに、「国家」が成立する以前の、周辺諸言語とつながりあう開かれた地平を見いだすこと。見果てぬ夢のようなもので、いまだ端緒にすぎないが、そうしたところにも目をとめていただけると幸いである。

註

(1) 従来の分類では、「ユーカラ」には広義のユーカラと、狭義のユーカラがあるとされる。広義のユーカラは、アイヌに伝えられる口承の物語のうち、節をつけて謡われる「詞曲」の総称、狭義のユーカラは、「英雄叙事詩」とも「英雄詞曲」とも呼ばれる、ポイヤウンペという少年英雄を主人公とする物語の呼称である。この分類に従えば、本書でいう「ユーカラ」は、後者の、一般的に「ユーカラ」の名で語られることの多い英雄叙事詩をさす(ただし、後述するように、「ユーカラ」＝「英雄叙事詩」とする見方もある)。英雄叙事詩はイヨマンテ(動物の霊送り）など特別な儀式のときに謡われる、アイヌの社会では特別に重んじられている長編の謡い物である。

分類の概要を、これも従来の説に従って補足しておくと、広義のユーカラは、「ウウェペケレ」（昔話）のような語り物の散文説話と対比されるもので、内容的には〈神々のユーカラ〉と〈人間のユーカラ〉とに分けられる。このうち〈神々のユーカラ〉は、動物などの自然神を主人公とする「カムイユカラ」（神謡）と、アイヌラックルやオキクルミなどの人文神（人間に文化を伝える神）を主人公とする「オイナ」（聖伝）とに分けられる（とはいえ、このような呼称は地域によって違いがあるので、一律には定義されない）。これにたいして、〈人間のユーカラ〉に分類されるのが、前述した狭義のユーカラ、すなわち「英雄叙事詩」と呼ばれるポイヤウンペの物語で、人間のユーカラにはほかに、女性を主人公とする、あるいは女性を語り手とする「メノコユカラ」（婦女詞曲）がある。そして、これら広義のユーカラの体系のなかで、カムイユカラからオイナへ、さらに人間のユーカラへと発展して生まれたのが、一般的にユーカラと呼ばれる英雄叙事詩であるという（本書一〇三頁註13も参照）。

ただし、このような分類の境界は実際には複雑に重なり合っていて、近年では分類のし方そのものや、発展の形態についても見直しが行なわれていると聞く。本書はユーカラの研究そのものが目的ではないので、そこまでは立ち入らないが、アイヌの口承文学についての研究がそのような過程にあることは記しておきたい（その場合も、英雄叙事詩ユーカラが、アイヌの口承文学、ひいてはアイヌ文化の精髄を伝える詞曲であり、それがカムイ〔本書二九頁註1参照〕と対置される意味での人間の物語であることは間違いない）。

なお、「ユーカラ」という言葉の使い方、表記のし方について触れておく。「ユーカラ」は、ローマ字表記では「yúkar」（、はアクセントのある位置）と書き、日本語の仮名表記で「ユカラ」「ユカㇽ」と書かれることも多い。『萱野茂のアイヌ語辞典』（三省堂、一九九六年／増補版二〇〇二年）では見出し語を「ユカラ」とし、「英雄叙事詩」という説明を加えたうえで、「今まで多くの本にはユーカラと書かれているがアイヌ民族の間ではユーカラと言うのではなしにユカㇻと言う」と注記されている。見出し語を「yúkar ユカㇻ」とし、その意味を「英雄叙事詩」としている点は、田村すず子著『アイヌ語沙流方言辞典』（草風館、一九九六年）も同じである（ただし、説明のなかでは日本語として「ユーカラ」を使っている）。言語学者の知里真志保（一九〇九〜六一年）も、ユーカラの説明をするのに、見出し語としては「ユカル（yúkar）」をあげ、本文では「慣例に従って」として「ユーカラ」の語を用いている（「アイヌに伝承される歌舞詞曲に関する調査研究　第8章　詞曲」『知里真志保著作集　2』平凡社、一九七三年）。本書でも慣例に従って、あるいは日本語化した言葉として「ユーカラ」の語を用いるが、それはもともとアイヌ語から入った言葉であり、表記のし方として固定されない部分を含むということを断っておく。他の語と合わさって、たとえば「カムイ」（神）＋「ユカㇻ」（謡う）で「カムイユカㇻ」（神謡）のように用いられる場合、本書ではそれを「カムイユーカラ」というように揃えることはしていない。単独で「ユーカラ」を用いる場合は、語り手や書き手の意向を尊重して「ユカㇻ」と表記している箇所もある。

（2）「アイヌモシリ」は「アイヌ＝人間／モ＝静かな／シリ＝土地」という語構成で、もともとは「人間の静かな大地」という意味をもつアイヌ語である。前掲『萱野茂のアイヌ語辞典』では、これをふまえて、第一義を「人間の国」とし、第二義を「アイヌ民族の国土」としている。前者の「アイヌモシリ」は、「カムイモシリ」（神の国）にたいしての呼称。後者の「アイヌモシリ」は、他民族にたいして「アイヌ」を民族の呼称として用いたものである。現在では後者の意味で用いられることが多く、本文中に括弧で付した「アイヌの大地」もこれによるが、原義のある言葉であることを断っておく。

ユーカラ邂逅

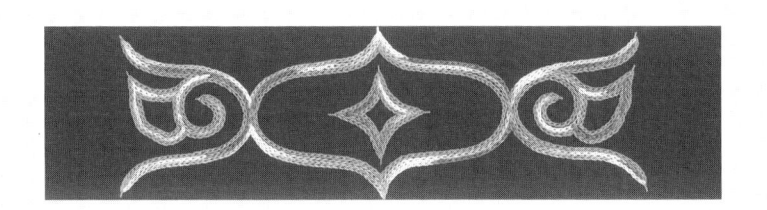

アイヌ文学と歌人小中英之の世界

◀部扉図版：浦川真喜子　アイヌ文様の刺繡作品より

I

天空の風に吹かれて・追想

小中英之が少年時代の一時期を過ごした北海道日高支庁の平取町をはじめて訪ねたときのことである。問合せの電話に対応してくださったT氏は気さくな人柄で、平取の自然や山岳、歴史にも詳しい方であった。事前に手紙で訪問の目的を知らせてあったので、話は弾んで、話題は小中英之の短歌のことにも及んだ。

そのときのことである。わたしが『わがからんどりえ』という小中英之の歌集の名を口にすると、即座に、「アイヌ語ですか」と問い返されたので動顛した。

『わがからんどりえ』の「からんどりえ」は、小中英之の師であった安東次男の詩集名『CALENDRIER』（書肆ユリイカ、一九六〇年／本書一四七頁註6参照）からとられたもので、「フランス語で暦の意」と安東自身が歌集の解説文「小中英之の歌」に書いている。読者としてはそれで納得して済んでいるので、他のことは想像もしなかった。ましてアイヌ語とは思いもよらないことであったが、そう言われてみるとしぜんに、わたしの乏しい語彙のなかからも浮かんでくる言葉があった。「カントレラ」である。

そういう言葉が、熟した一単語としてあるのかどうかはわからなかったが、「カントレラ」の「カント」はアイヌ語で天、天空の意。「レラ」はアイヌ語で風。あわせると「天空の風」という意味になる。文字で見ると仮名の並びは違っているが、音だけで聞くと、この日本語ではない二つの言葉、「カランドリエ」と「カントレラ」（「カント」の「ト」は「to」ではなく「tu」で、半濁音に近い）は、たしかに音感が似ている。それだけでなく、時空をめぐって連綿と流れるもののイメージをもつ点でも共通する。似ていること自体は偶然であろうし、小中自身にダブルミーニングの意識があったのかどうかもわからないが、小中は『わがからんどりえ』以前からアイヌの世界に取材した作品を発表している。また、つぎの歌のように音をたのしむ面をつよくもった歌人であることを考えると、「からんどりえ」にひそかに「カントレラ」をかさねていたと見ることも、あながち荒唐無稽な想像とはいえないような気がしてくる。

まぼろしの紺の輪唄え唄いつげ　ヤイシヤマネナ　ホレンナ　ホレン　「わが北のための断片」／「短歌」
遊びたるひとつ水雷艦長に幼きこゑをのこし、まばゆし　第一歌集『わがからんどりえ』
ゆく鳥のこゑあやまたずききとめてひとりの自由すぐまたさびし　同
鶏ねむる村の東西南北にぼあーんぼあーんと桃の花見ゆ　第二歌集『翼鏡』
さみだれの雨の激しき日の果てに「白樺派」といふひびきかなしむ　同

一首目の「ヤイシヤマネナ　ホレンナ　ホレン」は、アイヌ民族に伝わる、ヤイサマと呼ばれる即興歌のなかでくり返される囃子詞（本書一〇一頁註7参照）。他の四首はアイヌの歌ではないが、声のひびきを「まばゆし」と感じたり、鳥の声を聞きとめ、それを「ひとりの自由」と感じて音の世界に遊んだりする感性を、小中英之は豊かにもっている歌人であった。桃の花の咲くさまを「ぼあーんぼあーん」と音で表現したり、雨の音に言葉のひびきを聞き分けたりもする。

小中英之がいう「季節」や「地名」には具体的にどんな意味が託されていたのだろうか。わたしたちはその内実を問うことなく、ただ自分の語彙の範囲内でその言葉を理解し、これまで、たとえば四季の部立てや歌枕のように、小中を、あたかも日本の伝統的な美意識に連なる歌人のようにみなしてきたのではないだろうか。もしかしたら小中はそれと承知でその言葉のなかに、べつの宝物をかくしていたかもしれないのに。T氏の言葉に誘われて、そんなところへも想いはひろがっていった。

*

小中英之の短歌をアイヌの世界と結びつけて考えるようになったのは、それほど遠い昔のことではない。疑問としてはあったが、たしかにそうにちがいないと思えるようになるまでには長い時間がかかった。そもそもわたし自身、アイヌのことに無知であったから、はじめのうちは考えても堂々めぐりをくりかえすだけで、その外へ出ることができなかったのである。

どこから始まったのか。記憶はすでに茫洋としているが、以後の歳月のなかで忘れがたく心にのこり、折にふれてよみがえってきては、わたしをアイヌモシリ（アイヌの大地）のほうへと連れだす契機となったのは、一九七九年に刊行された小中英之の第一歌集『わがからんどりえ』（角川書店）の巻頭、「微笑」

の章の一首目におかれたこの歌である（引用歌のふりがなは原典どおり。以下同）。

　昼顔のかなた炎（も）えつつ神神の領たりし日といづれかぐはし

昼顔のかなたの夕映えを「神神の領たりし日」と転じたスケールの大きな歌で、解釈しようとすると難しく感じられるが、これは単純に過去と現在とをくらべているのではなく、眼前にひろがる美しい情景のなかで、「神神の領たりし日」を遠望しながら、失われた世界の香りを愛しんでいるのである。

この歌は、「短歌」一九七一年十一月号に発表された「微笑」十二首のなかにあるもので、そこでも一首目におかれている。「微笑」は、前年の一九七〇年五月七日に交通事故で亡くなった友人の小野茂樹（本書一〇四頁註18参照）に捧げられたといわれるもので、発表誌の「微笑」では、二、三首目に「死」を詠みこんだつぎのような歌がつづく（仮名遣いは発表誌のとおり）。

　かりそめに言葉も茫（とお）し目を瞑（と）ざしいくたび死後にまぎれこみしか

　友の死をわが歌となす朝すでにとおきプールは満たされ青し

同じ連には、このほかにも死者を悼む歌がふくまれている。

第一歌集『わがからんどりえ』の編纂にあたって、小中が「微笑」を最初の章としたのは、やはり小野に捧げる気持ちがつよくあったからであろう。だが、それだけではない。初期作品からの流れをたどると、「微笑」では抽象の度合いが高まり、作風にあきらかな変化が見られる。歌集の編纂にあたって、小中は「微笑」以前の作品をすべて切り捨てている。一首も残していない。つまり、「微笑」は、時期的にも内容的にも『わがからんどりえ』の第一歩を記念する作品であり、小中のなかに、ここからはじまる、はじめる、という意識がつよくあったことがうかがえる。巻頭歌にも特別の配慮がはらわれていたことであろう。

そこであらためて、雑誌に発表された「微笑」と、歌集『わがからんどりえ』の「微笑」とをくらべてみると、歌集に収録するさい、大きな組みかえが行なわれたことがわかる。一首ごとに作品が取捨選択され、全体の並べ方も変えられている。同様の組みかえは歌集『わがからんどりえ』のとりわけ前半にみられる特徴で、発表誌の作品がいったんばらばらに解きほぐされ、季節のならびとテーマに応じて組み直されているのである。「微笑」に即していえば、雑誌の「微笑」から歌集の「微笑」に採録されているのは、十二首中のわずか五首。他の七首は、同じ『わがからんどりえ』のなかの季節を異にする二つの章に一首ずつ入れられ、残りの五首は捨てられている。つまり、歌集には入っていない。

一方、歌集『わがからんどりえ』の「微笑」は九首から成り、いま述べたように、発表誌の「微笑」から採られた五首のほかに、発表誌を異にする他の章から三首、発表誌不明の作品一首で構成されている。『わがからんどりえ』は、初夏からはじまり、夏、秋、冬、春、夏、秋、冬……の循環を何度もくりかえしたあと、

この寒き輪廻転生むらさきの海星に雨のふりそそぎをり　（「渚」）

という、これもスケールの大きな歌で結ばれている。季節の配置に苦慮しつつ、それを宇宙論的規模で組み立てようとしていることがわかる。

このような「微笑」の組みかえで注目されるのは、巻頭の「昼顔」の歌は不動の位置をたもったまま、二首目に発表誌不明の歌がはいり、三首目に、発表誌では後半におかれていた「落雷」の歌がきていることである。小中英之はかつて劇作家をめざしていた構成意識のつよい歌人であったから、このような並べかえは意図あってのことと考えるのが自然であろう。

あらためて記すと、歌集『わがからんどりえ』の「微笑」の章は、つぎの三首からはじまっている。

昼顔のかなた炎(も)えつつ神神の領たりし日といづれかぐはし
生くる日の影をかさねて火の国の土なる鈴をふれば鳴り出づ
落雷のとどろきまこと神経をふるへ昇りて夜を浄くす

三首とも死と再生のイメージをもつ歌である。それと同時に、「友の死」の主題は後退し、「神神の領たりし日」「火の国」「落雷のとどろき」という言葉が、ある共通する世界の面影をともなって、前面に押し出されてきているように感じられる。

「昼顔」の歌についていえば、わたしははじめ、「神神」と表現された神がなにを表しているのかわからなかった。そして、いずれにしても自然神にちがいないと思い、アニミズムの日本の神々や、小中英之の短歌に時々出てくるギリシア神話の神々を想像してみたのである。けれどもどちらもしっくりこない。アニミズムの土着の神々は国土を「領」したりしないであろうし、かといって、日本の古代神話の国つくりの神々を小中がうたうとは思われない。昼顔に彩られた落日の光景にもふさわしくない。そんなふうにあれこれ考えていて、アイヌの世界に行きあたった。「神神の領たりし日」とは、カムイ（神）[1]とともにあったアイヌの世界をさしているのではないだろうか。不確かな推測ではあったが、そのように仮定して読み返したとき、「火の国」と「落雷」の表情がすこし違って見えた。

日本は火山列島であるから、「火の国」はどこと特定しなくても読めるが、これは北海道をさしているのではないだろうか。小中英之が若き日、目標とした劇作家の久保栄に、北海道を舞台にした『火山灰地』（一九三七年）という代表作があることを思いだす。『わがからんどりえ』には他にも、「わが魂も笹生いつしか片翳り死火山麓の歴史むごくす」（「大断崖」）などがあり、これは北海道の歌である。小中はこの後も生涯を通じて「火の山」「火の国」の歌をつくりつづけている。地域の異なる火の山もあるが、根は北海道にあったにちがいない。

「落雷」の歌も、どこと限定する必要のないものだが、先行する歌とともに読むと、わたしにはカムイの面影がたつ。雷はカンナカムイ（雷神・龍神）と呼ばれて、アイヌの世界では畏れられた神であり、神謡（本書一〇三頁註13参照）などにもうたわれている。『わがからんどりえ』には他の章に、「夏の雷すぎてゆたけき緑林を無形のけはいあらあらと立つ」（「ベレニケの髪」）があり、「無形のけはい」のなかに神を感じる心性がいきいきと表現されている。

ところで、先走ったことになるが、「微笑」に収められたこれらの歌には、「自分たちの世代の出発点を確認する」という、亡くなった小野茂樹との盟約が影を落としている（本書Ⅰ収録「『わが北のための断片』考」8の節参照）。小野茂樹がかつて、幼いころの疎開体験をもとに「黄金記憶」三十三首（「短歌」一九六九年十月発表。遺歌集『黄金記憶』白玉書房、一九七一年に収録されている）を書いたように、小中英之は小野の死後、北海道の平取に帰還して、アイヌの世界を見つめた「わが北のための断片」（「短歌」一九七一年一月）を書いた。歌集に収められた「微笑」の最初の三首は、そのような流れのうえに位置するものであり、小野の死を直接うたっているわけではないけれども、小野に捧げられた鎮魂歌とも、小中自身の確認の書ともいえるものである。また、そのような意味を負って、歌集全体のプロローグとして再構成されたものであるということができるだろう。「友の死」をうたった歌は、このあと、四首目になってようやく姿をあらわす。歌集より引用する。

友の死をわが歌となす朝すでに遠きプールは満たされ青し
幽界にともる微笑を友としてみどりまぶしき季(とき)を揺らげり

前の歌は、発表誌では三首目におかれていたが、歌集では先行する三首の後に移されている。後の「幽界に」の歌は、「微笑」の章をしめくくる九首目の歌。歌集の「微笑」の章には、この二首以外には「友の死」をうたった歌は収められていない。また、象徴的に表現された「遠きプール」の歌には、かつてラ・ペルーズ海峡（和名＝宗谷海峡）で自殺した友人の面影も重ねられているだろう（本書一〇三頁註17参照）。象徴的な歌にこのような解釈は不要だが、そうしたことも思わずにはいられない。

そして、「微笑」のもつこのような性質、移動の痕跡と制作の時期からも、「神神の領たりし日」とはかつての「アイヌモシリ」をさし、小中はそれを遠望し、哀惜し、希求する場に立っていることを、第一歌集の巻頭で標榜しているといえるように思う。ただし、あくまでも謙虚に、しかしまたかたくなに、自分自身との「約束事」として。

表立ってはわかりにくいことであり、小中の短歌をそのような観点から評したものは、私見のかぎりでは見あたらない。だが、『わがからんどりえ』には、

少年の日におぼえたるユーカラのひとふし剛（つよ）き救ひなりけり　（「幻聴」）

という歌も収められている。小中自身、自筆年譜（「歌壇」一九九三年四月）や他の文章のなかでアイヌのことに触れているのに、そのような面が見過ごされてしまうのは、ひとえに、わたしたちがアイヌのことについてあまりに無知だからであろう。自分自身をふり返ってみてそう思う。

*

小中英之の短歌について、アイヌの世界へと誘われるよすがとなった出来事を、もうひとつあげておきたい。二〇〇一年十一月に小中英之が亡くなってからのこと。不確かな感覚に導かれてのことではあったが、アイヌの伝承歌を聞いたり、関連する本を読んだりしていて、「ウポポ」とよばれる短い歌に

出会った。ウポポは女性たちが車座になって座り、輪唱しながら歌い継いでゆくもので、知里(ちり)真志保（一九〇九〜六一年、言語学者）の著書のなかで、日本語に翻訳された歌詞を読んだのがきっかけとなった（本書一三三頁参照）。

以来、機会を見つけて、アイヌ語で歌われるのを聞いたり、自分でもついて歌ってみたりしたが、なにもかも歌詞と同様、へだてがなく、きまりもなく、自由で楽しいものであった。けれども、ほんとうはそんなのんきな話ではない。他の多くの口承の物語や伝承歌と同じように、それらの歌は日本の強制による過酷な歳月のなかで、言葉さえ禁じられながらも、アイヌの人々がうたい継ぎ、守りつづけて現在に至っているものだからである。けれどもまた、楽しむときには一緒に楽しむのがアイヌの人々の流儀であるらしい。

わたしが美しいと感じたその一端を紹介しよう。日本語訳された三行のウポポ。原語（音声をローマ字で表記したもの）とともに記す。これで一曲である。

shupki tom kamui tom　　　葦原が光る美しく光る
makun tusa ka o-ran　　　後の丘へ神様が降りた
makun tusa ka etone mau a-nu　　　後の丘で美しい風の音が聞えた

「アイヌ民族研究資料　第二　9　UPOPO」『知里真志保著作集　2』平凡社、一九七三年

読んだとおりの内容で、付け加えるとなにかが壊れてしまいそうな清らかさである。神様が「降りた」

というのであるから、このカムイは鳥であろうか。真志保の姉、知里幸恵（ゆきえ）（一九〇三〜二二年）が遺稿『アイヌ神謡集』（郷土研究社、一九二三年）のなかで「銀の滴（しずく）降る降るまわりに」と歌ったフクロウ神かもしれないし、もっと小さな鳥かもしれない。具体的になにかはわからないが、ここには距離はあっても境界はなく、光や気配や風の音、つまりは形のないものが、それぞれの姿でただ存在し、命を分けあっている。ひとつひとつの現象が等価でそこにあり、距離をへだてて響きあっている。

自然はこのように存在するのだということを、わたしはウポポを知って教えられた。内容にはさまざまなものがあり、このように穏やかで明るいものばかりではないが、そこに表現された自然の気配は同じである。そして、その感じは小中英之の短歌にも似ていると思った。

小中英之は身体感覚にすぐれた歌人である。自己の身体に根ざしつつ、しかしそれを所有せず、境界を消して空間を広げたり、自然のなかに入りこんだりする。これまであげた短歌にもそのような気配はあらわれているが、ほかにもたとえばこのような歌がある。

射たれたる鳥など食みて身の闇にいかばかりなる脂のきらめくや　『わがからんどりえ』（「すすきみみづく」）

月射せばすすきみみづく薄光りほほゑみのみとなりゆく世界　同

象（かたち）なく香のたつものにつつまれて梅雨の底のひとり胡坐かも　『翼鏡』

わが魂の荒ぶさきがけさまよへば夜明けて黒き尾をひきゐたり　同

遊星をこぼれてゆきし木の実たちわれの脳（なづき）もまじりてあらん　遺歌集『過客』

野火放つごとき怒りに咳こめば冬の宇宙のゆらぎてやまず　　同

最後の二首は大病を患ったあとの晩年の作である。これらの歌と先にあげたウポポとでは、うたわれている景物も明暗も、ものの動きや人の気配も異なるが、たとえば「身の闇」にこぼれる「脂のきらめき」や、みみずくの「ほほゑみ」が外界へと広がってゆく感触は、「葦原」の光や、「後の丘」にたつ風の音の気配に似ていると思う。それぞれのものが夾雑物をもたずに交感しあっているという意味で。それは、具象とも抽象とも、生物とも無生物ともいえない、存在の光のようなものである。

ここにあげた歌は、アイヌの世界に取材したものではないが、存在の様態においてアイヌの世界の面影をやどしている。すくなくとも自然の景物に心情を仮託した、日本の抒情歌のあり方とは異なっている。その違いは大きく、社会のあり方の違いにもつながっているのではないだろうか。ひとつの世界をわが身に引き受けるということは、材料を得るということではない。ありよう自体を引き受けることである。あるいは引き受けようと意志することであるだろう。そう考えると、小中英之が出会ったのは、もしかしたら自分自身であったのかもしれないとも思えてくる。希求する心が、迎え入れる世界と出会ってそれ自身の輝きを増したということだったのかもしれない。

なんともいえないことではあり、主観的な感じ方にすぎないかもしれないが、それまでも捜していたのに見つけることができなかった、小中英之の短歌がもつ独特な空間性のみなもとに、そのとき出会ったような気がして嬉しかったのである。

*

T氏と電話で話した数日後、飛行機で北海道へ飛び、電車とバスを乗り継いで平取の人となった。T氏にはその後もたびたびお世話になった。「からんどりえ」のことを忘れずに、お送りした文庫版の小中の歌集をじつによく読んでくださり、感想などを聞かせてくださった。T氏によれば、歌集には、わたしなどが思うよりずっと多く平取の面影が刻まれているらしい。

宿もあまりないので民宿を紹介していただく。小中英之が住んでいた「本町」（平取町本町）とは沙流川をはさんだ向かい側。ハヨピラの丘（本書五四頁参照）のふもとを過ぎ、平取大橋を渡ったところに広がる、小平（平取町小平）という集落にある温かな雰囲気の民宿である。アイヌ語の勉強に来ている学生たちが泊まっていた。

そこを初めて訪ねたときのことである。地図を片手にぶらぶら歩いていると、思いがけないものが目に飛び込んできた。大きな字で「カントレラ」と書かれている。「喫茶　カントレラ」、喫茶店の名前らしい。そこには看板しかないので、近所に店があるのだろうと思ってしばらく探したのだが、結局見つけることはできなかった。店はもうなくなって看板だけが残っていたのかもしれない。いまそんなことを思い出しながら、消息を聞いておかなかったことを後悔する。

こうして行き着いた平取の町で、「カントレラ」という言葉に出会った。小中が知っていたかどうかはわからない。夢ではない、本当の話である。「カントレラ」は沙流川のほとり、新芽にけぶる春の風に吹かれていた。

註

（1）カムイが自らの身の上を語りうたう「神謡」（カムイユカラ）の主人公（つまりカムイたち）には、火の神、水の神、フクロウ、キツネ、ウサギ、オオカミ、クマ、カエル、カワウソ、シャチ、ホタル、セミ、カケス、カラス、雷、等々、動物だけでなく、昆虫や天然気象の現象もふくめて、じつにさまざまなものがカムイとして登場する。そこでは火の一つ一つ、フクロウの一羽一羽、キツネの一匹一匹がそれぞれにカムイであり、同族の長や、それらの背後に存在する何者かがカムイと呼ばれるのではない。また、草木の一本一本、吹く風の一つ一つ、森や、川や海、大空もカムイであり、家や、鍋や、舟など、人間が心をこめて作る物も、魂が宿ってカムイになる。カムイにはよいカムイだけでなく、災をもたらす悪いカムイもいて、災いが起これば人間はそのカムイに抗議をする、ということも行なわれる。

つまり、この世に存在する多くのものがカムイであり、かれらは人間にはない力をもつゆえにカムイと呼ばれるのではあるが、けっして人間の上位に立つ存在ではなく、「（カムイと人間とは）それぞれがお互いを補完し合う形で共存し、ひとつのシステムとしての世界を作り上げている」（中川裕『アイヌの物語世界』平凡社ライブラリー、一九九七年）。中川はさらに、このようなあり方をふまえて、「カムイ」は日本語では「神」と訳されるが、それはキリスト教やイスラム教の絶対神とも、日本古来の八百万の神とも異なる、「むしろ『自然』と訳してしまってもよいくらいのものではないだろうか」と問い、人間の作ったものもカムイとなるのだから、日本の「自然」とも百パーセント一致するわけではないが、それに「非常に近いものだということができるだろう」と述べている。

沙流（さる）川のほとりで

少年の日におぼえたるユーカラのひとふし剛（つよ）き救ひなりけり　『わがからんどりえ』（「幻聴」）

二〇〇六年春のこと、歌人小中英之の北海道での足跡をたずねる一週間の旅から帰り、しばらくぼんやりしていた。いちどにたくさんのことを見たり、聞いたり、知ったりしたので、身も心も混乱していておちつかない。そうこうしているうちに、北海道から思いがけない訃報がとびこんできた。最初に知ったのはテレビのニュースで。その夜は気持ちが動揺し、翌日の朝刊の記事を待ちどおしく読んだ。

その年の五月六日午後一時三十八分、アイヌ文化の伝承者で、アイヌ民族の尊厳の回復とアイヌ文化の保存継承のために惜しみない力をそそがれた、萱野茂氏が亡くなったのである。萱野氏は一九二六（大正十五）年生まれ。享年七十九歳であった。朝日新聞に掲載された国立民族学博物館名誉教授、大塚和義氏の話によれば、「ひと月前に自宅を訪ねた時はふせっていたが、起きて、震える手で著書にサインをしてくれた。『目が悪くなるほどよい木彫りができる』と言い、刃物を研いでもいた」とのことであるから、体調をくずされてはいても、突然のできごとであったのだろう。

萱野茂氏は、北海道沙流郡平取町二風谷の出身で、現在も自宅のある二風谷には、氏が私財を投じて収集した、アイヌの民具や祭事品、日用品、衣装などを公開展示する「萱野茂二風谷アイヌ資料館」（一九七二年開館時の名称は、二風谷アイヌ文化資料館）がある。近くには平取町立の「二風谷アイヌ文化博物館」（一九九一年開館）もあり、国際的なフォーラムなどもひらかれて、二風谷はいまやアイヌ文化継承活動の中心地のひとつとなっている。ふりかえってみれば、そこにいたるまでの困難を思わずにはいられない。

その資料館と博物館に行ってきたばかりである。小中英之の足跡をたどる旅の一環として、ぜひとも行ってみたい場所であった。萱野氏と面識はないが、館内にそなえつけられたビデオで風貌に接した。沙流川の川原で子どもたちとあそぶビデオをみた。マキリとよばれる小刀一本で、自生する植物を使って自由自在に、遊び道具や、魚を捕るもりや弓をつくりだし、大きなふきの葉っぱを利用して、仮寝の小屋をつくる手さばきはみごとであった。それ以上に、子どもたちに向けるおだやかな笑顔と、語りかける声に心をうたれる。たのしそうである。萱野氏はアイヌ語辞典の編纂やユカラ（英雄叙事詩）、カムイユカラ（神謡）、ウウェペケレ（昔話）などの口承の物語の採録と、それに訳註をつける仕事を精力的にしておられた。著書も数多くある。けれども、けっして気むずかしい人ではなく、子どもたちと同じところに立って、心を解き放つことができる人なのである。

ものを作るということ、ものを捕って食べるということ、ものを語るということ、それらのこととあそぶこととは、どこかで風通しよくまっすぐにつながっているのだろう。そのつながっている循環のなかに日々の生活もある。そして、萱野氏は、そのような流れのなかに身をおいて、自然とともにあるがままであるゆえにいっそう、アイヌ民族のおかれた理不尽な状況にたいして、きびしい抗議の声を上げないわけにはいかなかったのである。

帰ってから読みはじめた『萱野茂のアイヌ語辞典　増補版』（平凡社、二〇〇二年）によれば、「アイヌ」とは第一に「人間」という意味である。そのことにかんして、母を語った文章のなかでつぎのように述べておられる。

しかし、なんといっても母の教えの中で輝いている言葉は、

〝アイヌネノアンアイヌ　エネプネナアニー〟

「人らしい人、人間らしい人に　お前はなるのだよ」というものです。

アイヌ社会では、アイヌという言葉はそれはそれはいい言葉でした。したがいまして、アイヌという言葉を二つも三つも重ねて言ってもらうことを、かつては誇りにさえ思っていたものです。それが、日本人がアイヌに一言の挨拶もなく他人の家へ土足で上がるような態度で北海道へ雪崩のように移住してきて、アイヌを足で蹴散らすように不毛の地へ追いやりました。

シャケを獲るな、シカを捕るな、木を伐るな、生活する権利、生きる権利の総てを奪い取ってしまった挙げ句に、誇りある民族の言葉アイヌという言葉を悪口に掏り変えてしまいました。泣く子がいると、アイヌが来た、アイヌにくれてやる、などと言われたものです。そうなるとアイヌ自身もアイヌと呼ばれるのがいやになり、日本人たちはアイヌ民族の側に対して、アイヌという言葉を

禁句にしてしまったのです。

そのような環境の中でありながら、私の母は臆することなく、

〝アイヌネノアンアイヌ　エネプネナアニー〟

「ひとらしいひとになれかし」と私に意地を持たせてくれました。

『アイヌのイタクタクサ　言葉の清め草』冬青社、二〇〇二年

アイヌ文化のなかには、言葉には魂がやどり、霊力があるという信仰がある。よい言葉を二つも三つもかさねて言ってもらうことをよろこびとする精神には、そのような信仰がいきいきと脈うっていて感動させられる。

北海道へ出発する数ヶ月前まで、わたしは萱野茂という人物のことも、その人の仕事についても、ほとんどなにも知らなかった。アイヌ民族のことについても、なにも知らないといっていい。以前、岩波文庫で知里幸惠（ちりゆきえ）編訳『アイヌ神謡集』（一九七八年）を読んで感銘をうけ、もっと知りたいと思ったことはあるが、それもそのままにしてしまっている。そんな状態のなかで、ただ、かすかな予感にさそわれて、その町へ行ってみようと思いたっただけなのである。そこへ行き、町を歩き、町の人々と話をし、いまこうして萱野氏の言葉を書きうつしていると、言うべきことはなにもないように感じられる。思うことは数々あるが、それをどう表現すればよいのかわからない。

「アイヌネノアンアイヌ」（人間らしい人）に象徴される、萱野氏の言葉を大切にする姿勢を尊く思う。そして、この「アイヌネノアンアイヌ」という言葉の明るく澄んだひびきのなかに、萱野氏の面影にか

いまみた、自然とかよいあうアイヌの精神も息づいているように感じられる。

わたしは出会えているのだろうか。沙流川の草むらで、まぶしそうに目をほそめて、草笛を吹く萱野氏の口もとをみつめていた、子どもたちと同じように。黙って立ちどまるしかない光景の前で、失われたものの大きさを思う。

寒暮にすれちがいたりユーカラの長（たけ）たかき人昂然と消ゆ　「わが北のための断片」

かつて小中英之は、すれちがいざまに出会った丈高いアイヌの青年を、このように歌った。はじめにあげた短歌にもあるように、「ユーカラのひとふし」を「救ひなりけり」と言いきった小中英之の眼のさきには、なにがみえていたのだろうか。

*

少年の日は雪つぶて春楡（チキサ・ニ）の樹を砦としかがやきしかな　『過客』

二風谷のある平取町は、日高山脈にみなもとを発し、南西にくだって太平洋にそそぐ大河、沙流川の中流にひらけた町である。「平取」は「びらとり」とよみ、山田秀三著『北海道の地名』（北海道新聞社、一九八四年）によれば、アイヌ語で「ピラ・ウトゥル」（pira-utur）と呼んだものを、続く母音の一つを省いて「ピラトゥル」と呼ぶようになった名であるという。「ピラ」は「崖」、「ウトゥル」は「間」、あわせて崖の間という意味である。

沙流川の河口の町、富川（日高本線）からバスに乗って、川沿いの道を上流へとさかのぼっていくと、平取町内にはいる。行く手に向かって左側の西岸には、紫雲古津（しうんこつ）、去場（さるば）、荷菜（にな）、本町（ほんちょう）の集落がひらけ、川をはさんだ東岸には、川向（かわむかい）、小平（こびら）、二風谷（にぶたに）、荷負（におい）、貫気別（ぬきべつ）、振内（ふれない）、芽生（めむ）などの集落がつづいている。川にそって東西に細長い町である。いまでは川の流域に水田がひろがり、トマト栽培のビニールハウスがたちならぶ豊かな穀倉地帯になっているが、すこし山間にはいると「ピラ・ウトゥル」の地形はそのままのこっていて、残雪にいろどられた急斜面の山容が美しい。地元の方の案内で、切りたった崖下の窪地に、白い花をびっしりつけた水芭蕉の群生や、白鳥のつどう沼を見ることができた。高い崖下のくらがりに白い色がうかびあがる幻想的な光景である。山間にひらけた小丘にはニレやシラカバ、カラマツ、エゾマツなどの林が、春近い新芽の息吹につつまれてかすかに紅くけぶっている。町内の丘や山間で出会った樹木は、どの木も空に向かってまっすぐに伸び、すくすくと枝をひろげている。窪みにはいたるところに清水が流れ、わき水がたまっている。豊かな土地なのであろう。動物たちにとってもすみやすい場所であったにちがいない。いまでも沙流川流域の自然度の高い地域には、ハシブトガラス、ヒグマ、ノウサギ、シカ、キツネ、クマタカ、ハヤブサ、イイズナ（コエゾイタチ）、エゾサンショウウオ、ドジョウ、サケ、マスなどの生物が確認されているという（『平取町百年史』平取町、二〇〇三年）。

山道を案内してもらっているとき、わたしも野生のシカとキツネに出会った。いまでは数が激減しているが、昔はたくさんのシカやノウサギがいたそうである。かつてはフクロウもすんでいて、夜になると森のおくから鳴き声がきこえてきたが、フクロウはもうずいぶん前から姿を消しているということであった。生態系が変化させられて、食餌を失ったことが原因なのであろう。長いあいだにいろいろなことがあったのだと思うと、せつない気持ちになる。フクロウは、アイヌの社会では「コタンコロカムイ」(村の守り神)とも、「シチカプ」(本当の鳥)ともよばれて、尊ばれている鳥である。

この平取町は小中英之が少年時代の一時期を過ごした町である。住んでいたのは、二風谷よりすこし下流の西岸に位置する「本町」という集落で、ここは中央を国道二三七号線がとおり、それにそって町役場、町立病院、中央公民館、義経神社[1]などが建ちならぶ、平取町の中心地である。住んでいた家(後に述べる旅館)は現在はのこっていないが、町立病院の入り口にあたる国道沿いにあった。そこを起点にながめると、通りをはさんだ商店街の向こうを沙流川が流れ、国道を上流に向かってすこし行くと義経神社、ハヨピラの丘(次章参照)に出る。逆に、下流に向かってしばらく歩くと、小中が通った小学校の旧校舎に出る。小中が滞在していたのは、敗戦直後の一九四五(昭和二十)年八月末から一九四八(昭和二十三)年夏までのこと。年齢でいえば、八歳から十一歳まで。学齢でいえば、小学二年生の途中から小学五年生の夏までの時期にあたる。やわらかな心でものごとを吸収する、成長期においてはかけがえのない時期であり、意識の面でもおとなの想像をはるかにこえる、精神生活が営めるようになる頃である。とりわけ大きな価値転換がもたらされた敗戦直後の数年間をこの町で過ごしたことは、成長期の精神形成とその後の小中の歩みに多大な影響をあたえたことだろう。

小中英之は、小学校の六年間のうちに、転居にともなう転校を三度くりかえしている。最初に入学したのは、神奈川県横須賀市立久里浜小学校(一九四四年)。以後、その年の十一月に北海道の最北の町稚内市に移り、市内の小学校に転校。翌年そこで八月十五日の敗戦を迎えるとまもなく、旭川経由で日高地方の平取に疎開し、当時まだ村であった（町制が施行されたのは一九五四年）平取村立平取小学校に三年間通った。その後、一九四八年八月に小樽市に移り、小樽市立色内小学校に転校して、そこで卒業を迎えたのである。学童疎開の経験はないが、温暖な三浦半島から寒冷の北海道への急な移転と、度重なる転校は、少年にはやはりきびしい試練であったにちがいない。

転居はおおむね海軍軍人であった父親の移動によるもので、平取に滞在した三年間は、父方のおばが営んでいた旅館に身をよせての、母と弟との三人暮らしであった。これは父親が敗戦処理業務で稚内に留らざるをえなかったために、家族を安全な地域に住む親族に託した、いわば緊急の避難措置であったようだ。目の前にサハリンとソ連（当時）とをのぞむ稚内では、一九四五年八月十五日に敗戦の詔勅が発表されたのちも、樺太（現・サハリン）からの引揚船が、国籍不明の潜水艦の魚雷攻撃を受けて沈没させられたり、ソ連軍来襲のデマがとびかうなどの混乱がつづいていた。稚内に配備されていた陸海軍の部隊は、それへの対応や、樺太住民の救出、きたるべきソ連軍、アメリカ軍の進駐にそなえて資料焼却などの措置に追われていた。稚内へのソ連軍の進駐は、敗戦後まもない八月三十日、アメリカ軍の進駐は、その二ヶ月後の十月二十三日のことである（『稚内百年史』稚内市、一九七八年）。当時小学二年生になっていた少年は、その混乱のさなか、軍の任務に奔走する父親をその地にのこして、母と、まだ小学校にあがる前の幼い弟とともに、混雑をきわめたであろう宗谷本線に乗って稚内をはなれたのである。ソ連軍の進駐を目前にひかえた、八月末のことであったと推測される。

小中英之は後年、「短歌」誌上の「特集・私の12月8日〈日米開戦日〉」によせたエッセイのなかで、当時をふりかえってつぎのように述べている。

［…］ぼくに昭和十六年十二月八日は記憶にないが、それからの日々、昭和二十年八月十五日までの記憶をたぐっていくと、すべてが絶対悪と絶対善とにわけられた環境であった。

ついさいきん、この記憶にない日のことをすこししつこく母に聞いた。そしてぼくに関することで思いがけないことを知った。母は長男であるぼくを坐らせて「開戦」のことを話したところ、ぼくの反応はすばやく、

「センソウ、バンザイ！」

と、叫んだかと思うと、裸足のまま座敷から庭に飛び出したそうで、いつまでも、「センソウ、バンザイ！」「バンザイ」「バンザイ」と、叫んでいたそうである。数え五歳のぼくにも痛快感があったのであろうか。このことは記憶から忘却した一事ではすまされないことで、愕然とした。［…］

「記憶にない日の万歳」／「短歌」一九八三年十二月

歌人の三枝昂之は、『昭和短歌の精神史』（本阿弥書店、二〇〇五年）のなかで、小中英之のこの一文をとりあげ、「小中英之は母の記憶の中の自分に愕然としているが、それは彼の中に敗戦後の尺度が浸透していて、戦中の感受性を押しのけたからだろう」と述べている。そのとおりであろう。そして、その「戦中の感受性」は、小中の「昭和二十年八月十五日」をも支配していたにちがいない。当時小学二年

生であった少年が、敗戦当日なにを感じ、なにを思ったかを書きのこしたものはないが、稚内を去るにあたっては、おそらくけなげに、長男の自覚をもって、基地の町にのこる父親に別れを告げ、母と弟とをともなって、疎開地へ向かう列車に乗りこんだのである。こう言ったからといって、小中を貶めることにはならないだろう。社会についての自覚が生れるのは後年のこととしても、すべてはここからはじまったのである。

　黒曜の石の矢じりを愛(を)しみては少年の日の春の手のひら　『わがからんどりえ』（「夢の頭」）
　少年の日の春霞かなしけれま白き家兎(かと)を野に葬りて　『翼鏡』

　長い旅程の果てにたどりついた平取で少年を待っていたのは、野趣あふれる自然のなかでの生活であった。親戚の家とはいえ、見知らぬ町での母子三人の仮住まいは、心ぼそかったことであろう。横須賀、稚内と、軍港の町を移り住んできた少年にとって、目の前に大河の流れる山間の町は、さびしく、おそろしく、異界にさまよいこんだような錯覚もおぼえたのではないだろうか。夜になるとフクロウの鳴き声がきこえ、聞きなれた海の音とは異なる、川の流れの音がひびいてくる。父を想い、母を気づかい、弟をいたわって兄らしくふるまおうとするので、夜になるといっそう寂しさがこみあげてくるのだ。
　しかし、少年はまもなく、水を得た魚のようにいきいきと、この地での生活になじんでいった。なによりもたのしかったのは、近所に住むアイヌの子どもたちといっしょに、小学校の裏山や川向こうの山、義経神社の境内や沙流川の川原であそんだことである。アイヌの子どもたちはじつによく、植物の名前や鳥の名前、動物の習性や食べられる木の実や草のことを知っていた。めあてのものを探しながら、そんな話をきいているだけで胸がときめいたにちがいない。秋には木の実をひろい、冬には雪投げをし、春には野ウサギや小鳥を追いかけ、夏には沙流川で水あそびをした。小学校のうらの畑へ行けば、きれいな黒曜石のかけらがいくらでも拾えた。裏山には野ウサギがたくさんいて、春になると巣穴から出てくる。それをみんなで追いかけたり、冬のあいだに生まれた仔ウサギをつかまえてきて、家で飼ったりもした。(2)

けれども、それがたのしいだけの思い出でなかったことは、ここにあげた「少年の日」の歌からも想像できる。

「黒曜の石」のかけらは、鋭い切片をもっている。それはきらきらと輝き、澄んだ黒さで美しいけれど、無防備にさわれば手のひらが傷つき、血を流す。「少年の日の春の手のひら」は、けっして無傷のてのひらではなく、愛おしく握りしめるがゆえに自らが血まみれになる、そんな酷さと痛みとをにじませたてのひらなのである。歌人はそれを二十数年後のいま、「少年の日」を象徴するものとして見つめている。

「春霞」の歌は、当時の様子を背景に読むと、「ま白き家兎」という言葉にこめられた意味の多様に胸を衝かれる。そのウサギは生まれて間もない野生の仔ウサギで、ウサギ狩りの野から少年がこっそり家に連れ帰ったものなのである。けれども、かれはその小さな生きものの命を守ることができなかった。野にあるものをとじこめて死なせたのは自分である。「少年の日の春霞かなしけれ」にはそんな自己への痛みが表現されている。

小中英之は、後年書いた自筆年譜(「歌壇」一九九三年四月)のなかで、平取を、敗戦後に移り住んだ町とし、その町でアイヌの少年たちと自然にあそんだことを、「植物、動物などを知るきっかけ」になったと意味づけている。また、エッセイ「人生の周辺・4　鴉」のなかで、同級生のアイヌの少年にいろいろなことを教えてもらったといい、「たとえば春の山菜、秋の木の実の種類を山を一緒に歩きながら、教えてもらつた。だがもつと重いことを教えてもらつた」として、そのときの出来事をつぎのように綴っている。

> たしか、あれは四月の中旬頃であつた。学校の帰り、少年と沙流川の河原のほうへ回つたことがある。学校で禁じている寄り道である。河原には猫柳の古木が乱立していて、その枝々の分れ目などに鴉の巣が多く造られていた。どの巣にもちようど鴉の仔がいるらしいのが、その声で知ることができた。私はなるべく低いところにある巣をめざして、柳の木を登つた。巣のなかをのぞくと、三羽の、あるいは四羽であつたか、とにかく毛の生えかかつた鴉の仔が口を開けていた。その口の中が異様に赤くて驚いた。そうして悪臭があつた。私は巣の中から一羽をつかまえると、柳の木を降りた。ところが、それまで私の行為を黙つてみていた少年が、私の手から鴉の仔を奪うかす早く柳の木を登つて、巣の中に返してしまつたのである。私はあつけにとられて、何も言えなかつた。少年の黒い瞳が気高くみえた。少年は「罰があたる」と言うとさつさと歩き出した。河原は石で歩きづらいのだが、少年は慣れているのだろう。少年の早さには追いつけず、私は取り残されてしまつた。一人で河原の石の上を歩きながら、まだ鴉の仔に未練があつたが、ふたたびくりかえすことはできなかつた。もう三十年ほど前のことである。

「人生の周辺・4　鴉」／「短歌人」一九七七年五月（文中の仮名遣い表記は発表誌どおり）

鴉の仔を巣から奪った「私」と、「私」の手から鴉の仔を奪って巣に返した「少年」。だいじなことは、「私」が「少年」の行為を畏敬の念をもって見つめ、その瞳を「気高く」感じていることである。また、「未練があつたが、ふたたびくりかえすことはできなかつた」と語っていることである。「少年」の行動に具現されているのは、自然への畏れであり、小さなもの、幼いものは取らないという命をつなぐ意味を負った、自然とともに生きる文化のかたちであるだろう。そういうものを「少年」が当然のことのように身につけ、実践していることに「私」は驚嘆し、その教えをわが身にふかく感受したのである。

同じエッセイのなかで、小中は熊祭り（後述）に行ったときの経験を書き、熊が解体されるときのことを「鮮明に記憶している」と書いたあとで、「神の国からきた熊は、また神の国へ帰つていつたのである。私はその熊の肉片を食べたのだ」とも記している。小中にとってそれはいわば神の国との契約を意味するものとして受けとめられているのではないだろうか。

小中英之と、のちにかれの主要なテーマとなる自然との出会いは、敗戦直後という時代の転換点とかさなっている。敗戦を契機に日本ではさまざまな価値の転換が起こったといわれるが、自然とのつきあい方は変わらなかった。いや、むしろ、社会はそれをいっそう破壊する方向へと速度をはやめていった。古代史は見直されたが、先住民族や他民族との関係の見直しは行なわれなかった。また、「ま白き家兎」の歌で小中が自分自身の問題として嘆じているように、自然を愛するといっても、意識の深いところでのありようは、欲望に根ざした近代社会のありようと、本質的にそれほど違っているわけではない。

そのことの意味を、前にあげた歌のなかで「春楡（チキサ・ニ）の樹を砦とし」（『過客』）とうたった小中は、よく承知していたにちがいない。チキサニは火をおこす木であり、アイヌの神話の世界では火の女神であり、人間の祖であるアイヌラックルの母である。(3) そのことは知らなくても、その木がアイヌの聖樹であり、アイヌの自然を代表するものとして用いられていることは、歌自身の内容から推測できるだろう。そのようなものを「砦」としてこそ、かがやくものがあるのだと、小中はここで表明しているのである。

ところで、アイヌの子どもたちは、学校でも、家でも、ふだんは日本語をつかっているけれども、ほんとうはべつの言葉をもっているのだということにも、小中はしぜんに気づかされていったにちがいない。町の名前や、川の名前、草木の名前、ちょっとした会話のはしばしに、自分の知らない言葉が出てくる。小中はそれを聞きとめて、自分でも口ずさんでみる。明治期からはじまったアイヌの同化政策は、急速な勢いでアイヌの人々からアイヌの言葉を奪っていったが、戦後まもないその頃には、コタン（集落）にはまだアイヌ語で話をするエカシ（おじいさん）や、フチ（おばあさん）が住んでいて、子どもたちの話し相手にもなってくれたという。平取町で筆者がお世話になったT氏は小中より十歳若いが、子どもの頃、言葉をおぼえてエカシから誉めてもらったことがあるという。そして、そのあとで、「小中さんはわたしより十歳年上だから、アイヌ語社会のことはもっと強烈におぼえられたはず」、とつけくわえた。子どもの頃におぼえたことは忘れないものである。小中の柔軟な感性に、アイヌ語の断片は清水のようにしみこんでいったことであろう。当時はまだ動物の「霊（たま）送り」ということも行なわれていて、そのときにはユーカラがうたわれる。弟といっしょに、コタンの熊祭り（熊送り＝イヨマンテ。一九五五年に北海道庁の通達で禁止になった）に行ったこともある小中は、当然、そこでうたわれる素朴なユーカラをきいているだろう。それは、「獲物」を「チコイキプ」（チ＝私たち／コイキ＝いじめる／プ＝者。「アイヌ側からいじめる者」と考えての言葉。『萱野茂アイヌ語辞典』三省堂、一九九六年より）[4]と呼んで痛みと感謝の気持ちを忘れない、アイヌ民族の敬虔な祈りの儀式である。小中はそうしたところで見聞きしたこと、おぼえた言葉を、ながく心にとどめて忘れなかった。

小中英之にとって、平取の自然とアイヌ文化との出会いは、異文化体験ということをこえている。それはなによりも生命のたのしさとしてかれの深い部分に触れ、それゆえに、成人後もつねに帰っていく場所となった。またその場所が、現実社会のすがたとしては失われつつあるもの、いや、人為によって侵害され、滅ぼされつつあるものであったがゆえに、極言すれば、戦後日本の急速な移り変わりを見ながら踏みとどまる、後年のかれの姿勢をささえる原点ともなったのである。

小中英之はある意味で、めぐまれた子どもであったのかもしれない。両親の庇護のもとにすくすくと育ち、無垢な心でアイヌの人々に接することができた。ある日とつぜんその社会にとびこんできた異邦人であるために、かえって差別や偏見から自由に、自分がたのしいと思う心にまかせて遊びにゆくことができた。また、平取という町は、たとえばイギリス人宣教師ジョン・バチラー（一八五四〜一九四四年）や、イギリス人伝道看護婦ミス・ブライアント（一八五七〜一九三四年）、スコットランド出身の医師ニール・ゴードン・マンロー（一八六三〜一九四二年、二風谷で病没）といった人々による奉仕活動の拠点として知られている。たまたま訪れたわたしの目には、町の運営にも住民の意識にも、アイヌと和人との共存ということが、深く根をおろしているように見うけられた。小中が住んでいた頃の敗戦直後の食糧難の時代には、アイヌ社会の狩猟採集の食生活のありかたに、和人はひじょうに助けられたという話もきいた。幼い転校生の少年にとっては、幸運な出会いの条件がそろっていたということもできるかもしれない。しかし、それは和人の目から見たいい方であって、アイヌの人々にとってその場所が平安の地でありえなかったことは、前にあげた萱野茂氏の文章がしめしているとおりであろう。

少年は、いつの頃からか、そうしたことにも気づいていったにちがいない。目に見える世界のおくに、自分の知らない世界がひろがっているということ。その世界にたいして、自分もけっして無垢ではありえないということ。そしてなぜだか、そのように隠されているもののなかに、これまで知らなかったよろこびがあるような気のすること。平取を離れるとき、少年は五年生になっていた。世の中のことがわかりはじめる年齢である。

うす雪のかおり神(カムイ)を呼ぶごとき夜はわが恥ねむりておれよ

「わが北のための断片」

深い雪に覆われた山奥の洞穴に、神であるヒグマはねむっている。知らなかったということはとりかえしのつかない罪のひとつであることを、小中英之はふかく知っている人であった。

*

春までの幾夜かこよひ眼をとぢて霞の橋(ウララ・ルイカ)とつぶやきにけり

『過客』(5)

この歌には「心臓発作、狭心症にてすむ。」という詞書（ことばがき）がつけられている。一九七九年に第一歌集『わがからんどりえ』、一九八一年に第二歌集『翼鏡』（砂子屋書房）を刊行してまもない頃のこと。少年は成長して歌人となり、病の床で眼をとじて遠い国を思いやっている。秋の誕生日がくれば四十七歳を迎えることになる、その年の春近い、冬の夜のことである。この間、歌人は本を読んだり、雑誌の記事を拾ったりして、平取のことを反芻していた形跡がある。ひそかに、ぶらりとその町を再訪したこともあったのではないだろうか。第一歌集『わがからんどりえ』にも、第二歌集『翼鏡』にも平取の面影はのこされているが、それをもっと明快に、具体的に、現在の自分の目からみたひとつの世界、ひとつの民族の物語として組み立ててみたい、そうかれは考えていた。その試みはすでに十数年前、「わが北のための断片」と題した三十首の連作のなかで行なってはいるが、それをもっとべつのかたちで表すことはできないだろうか。小中英之の後半生の作品を通読していると、そんな声がきこえてくるような気がする。言葉は自分の魂をつむぐと同時に、時代をつなぐ橋となる。忘れてはならないこと、忘れたくないことを、歌のなかに封じこめておきたいと思うのである。少年の日に炉ばたできいたユーカラのように。言葉に魂があれば、それは必ずやきく人の耳にとびこむであろう。語るように、歌うように、だれのものともしれず、大事なことも、そうでないことも、あったこととして伝えつづけていく言葉。そういう短歌があってもよいのではないか、とかれは考える。

いまあげたのはそのような試みのなかの一首。「ウララ・ルイカ」(6)という言葉のひびきが美しい。苦しみのなかで春を待つ心を、もやにかすむ沙流川の情景にかさねた作品である。命がおとろえかかるとき、かれはすがるように北の国へ帰っていく。それはわたることのできない幻の橋。けれどもそこに、かつてかれの生命をかがやかせた、ひとつの国があったことは事実なのだ。そのことを歌っておきたいと思う。

おなじ連にはつぎのような作品もふくまれている（『過客』より）。

ときじくの雪はしづかに無垢なるをけだものの骨くだかれてあり
円居にはかかはりあらずひとたびの命とみつむ雪明りの掌
鶴は舞ふ刺繡衣を羽搏きて鶴舞ふをみな今宵まぼろし

白い雪の世界によこたわるくだかれたけものの骨を、そのけものの幻とともに、かれは抱きしめたいと思う。ユーカラが語られる円居の場に、自分も行って加わりたいと思う。けれどもそれはもう、帰ることのできない世界。思う心が、明りのもれてくる窓の外に、さびしい自分の幻をたたせるばかりなのである。三首目の「チカラカラペ」は、切り伏せ刺繡をした着物のこと(7)。それを着て「鶴の舞」を踊っている情景を思いだしている歌である。アイヌの文化には、動物の所作をまねた民族舞踊が数多く伝承されている。「鶴の舞」はそのうちのひとつ。「鶴は舞ふ」「鶴舞ふ」のくりかえしが動きを感じさせて美しく、結句の「まぼろし」が哀切である。

平取での経験が大きな意味をもってあらわれてくるのは、平取を離れたのち、少年がもうすこし成長してからのことであっただろう。少年のなかに保たれつづけていた、光と闇の記憶が、ある日、目のさめるような思いで、くっきりとした姿をあらわしてくる。差別、貧困、国家、制度、自然、愛、命。そうしたことが、そのとき、するどい痛みとともに自覚されたのではないだろうか。

　小中英之には生涯を通して変わらぬ放浪への夢があった。実際にも寝袋をかつぎ、あるときには酸素ボンベを携行しながら野山をさまようこともあったらしい。短歌のうえではその夢は、「北」への郷愁として、また、「自然」への身体的な渇望としてあらわれる。そこには自己処罰の、あるいは文明忌避の感情が、盾の両面のように貼りついている。

　あてどなく北をめぐるに荒き水やさしき水をのみどにとほす　『わがからんどりえ』（「大断崖」）
　罪ふかくふりむかざれば忽然と去年（こぞ）の森よりわれを撃つ音　同
　さまよふはわが業にして夏の洲のめぐり濁りの水（み）かさ波立つ　『翼鏡』
　野に棲むをわが生涯の望みとし豪雨の来るまで草を朋とす　『過客』

　こうした歌は探せばいくらでもあげられるだろう。放浪を「わが業」とし、とりのこされた「洲」の上で不安な思いに堪えながら孤の自覚を深めてゆく。

　小中英之にとって、放浪はさまざまな制度からの逸脱であった。そのさきに、吟遊詩人としてのすがたを夢みていた。そうしたことにこだわりつづけた生涯であったと思う。

　小中は後年、つぎのような短歌をつくっている。


　日高山脈ふもとに棲みしふたとせがわが人生を支配してをり（8）　『過客』

「わが人生を支配してをり」と言いきったのは、かりそめのことではありえない。小中にとって平取ですごしたことの意味ははかりしれないほど大きいのである。

日高山脈から太平洋に向かって滔々と流れつづける沙流川のほとりで、そのころ二十歳の青年であったはずの萱野茂といっしょに、たのしそうな笑い声をひびかせてあそんでいるたくさんの子どもたちのなかに、幼い弟をつれた小中英之もまじっているような気がする。

春をくる風の荒びやうつし身の原初（はじめ）は耳より成りたるならむ　『翼鏡』

風の音にまじって、水の流れる音や葦原のざわめく音がきこえてくる。沙流川はいまでは水の流れも河原の様子も以前とはすっかり変わっているが、この歌を読むと、小中英之が「人生の周辺・4　鴉」のなかで書いていた、もともとの語義どおりのサル（アイヌ語で、葦原、よしはら、湿地の意。前掲『萱野茂アイヌ語辞典』）川の情景がよみがえってくる。この歌が沙流川を舞台に作られたものかどうかは不明だが、原イメージとして生きているのではないだろうか。相互にひびきあう音を本質とし、即座に消え去りながら伝えられていく。わたしたちはたしかに、このような音と気配の世界から生まれたのだということを実感させられる。

註

（1）源義経を祀る神社。一説に、義経はハヨピラの丘（後出）に住み、アイヌの神（カムイ）になったという。神社の由来は、「一七九九〈寛政一一〉年、幕吏近藤重蔵が、千島調査の際、この地を通過し、アイヌに義経伝説の伝えられていることおよび義経の信仰されていることを知って、江戸神田の仏工法橋善啓に義経像を彫らせ、ハヨピラに一廟を建てさせてこの地の人々にそれを祭らせようとしたと伝えられているが、しかし、このうち、アイヌが往時すでに義経を信仰の対象としていたという点については、必ずしも認められておらず、また、それを認める場合にも、どの程度信仰の対象とされていたかという点で議論がある。義経信仰がこの地に及んだ理由は、和人による同化政策のためかもしれない」と『平取町史』（平取町、一九七四年）にある。

（2）地元の人の話によると、昔は裏手の学校林で小中学校合同の行事として「うさぎ追い」が行なわれたという。植樹した幼木が野ウサギに食い荒らされるのを防ぐためで、何百人もの児童生徒が高いところから一斉にウサギを追うのだということであるから、そうとうな数だったろう。そのとき、仔ウサギは子どもがペットとして持ち帰ったという。戦後まもない頃の話ではあるが、小中がいた終戦直後の時期にもそれが行事として行なわれていたかは不明。

（3）「チキサニ」はアイヌ語で、「chi（我ら）kisa（こする）ni（木）」。「キサ」はここでは「こすって火を出す」意であると知里真志保の「分類アイヌ語辞典・植物編」（『知里真志保著作集　別巻I』平凡社、一九七六年）に説明されている。『萱野茂のアイヌ語辞典』（三省堂、一九九六年）にも、「この木の枯れた部分に穴を穿って火種をこしらえた」とあり、ともにチキサニが火をおこす木であったことを伝えている。また、知里真志保は、「アイヌラックルの父は日の神とも雷神とも疱瘡神とも云われ、土地により人によっていろいろに伝えられているが、母は常にハルニレ姫である」（前掲「分類アイヌ語辞典・植物編」）とし、チキサニを火の創造と人間の始原にかかわる女神であるとみなしている。これについては多様な神話が伝承されている。

（4）萱野茂は「コイキ」を文字どおり「いじめる」意で訳しているが、知里真志保はもうすこしゆるやかに「ci-（われらが）koyki-（とる）p（もの）」（「分類アイヌ語辞典・動物編」『知里真志保著作集　別巻I』）としている。どちらも内容的には「えもの」をさし、「狩人の立場から名づけたもの」（知里真志保）であることは同じである。

（5）すでに何度か引用した『過客』（砂子屋書房、二〇〇三年）は、小中英之の没後に刊行された遺歌集。後に大幅な改訂が行なわれ、『小中英之全歌集』（砂子屋書房、二〇一一年）に訂正版が『底本 過客』としておさめられた。本書では、『過客』はこの『底本 過客』をさす。

（6）アイヌ語で「ウララ」は霞、「ルイカ」は橋。「ウララ・ルイカ」という形では辞書に出てこないが、久保寺逸彦が紹介する「聖伝」（オイナ）に用例がある。主人公のアイヌラックルが大魔神との戦いに敗れて霊魂となり、諸方を漂泊したあげく天上の国へ帰ろうとする場面でのこと。「霞の橋（ウララ・ルイカ）を渡り、星居の空（ノチウ・オ・カント）を通り、霞居の空（ウララ・オ・カント）を抜け、蒼天の空（シ・ニシ・カント）に至ったが、ついに犬に追われて」下界に逃避するという文脈のなかで用いられている（『アイヌの文学』岩波新書、一九七七年）。他にも久保寺の採録にある。小中がこの言葉を何によって知ったのかは不明。

（7）「チカラカラペ」は「チカㇻカㇻペ」と同じ。アイヌ語で、「チ＝我々／カㇻカㇻ＝刺繍／ペ＝物・着物」の意。前掲『萱野茂のアイヌ語辞典』による。着物の種類と呼び名の組み合わせは地域によって異なるが、小中が用いているのは、萱野茂と同じ、沙流地方のものである。

（8）短歌には「ふたとせ」とあるが、実際には小学二年生の秋口から小学五年生の夏までのほぼ三年間にあたる。創作であるから事実でなくてもよいが、紛らわしいので記しておく。小中の平取小学校の在籍期間については、転出の時期にやや不明な点があったが、文中に登場する平取町のT氏と、小中の小学校の同級生であった本町の宮北禮造氏（二〇一四年逝去）の尽力により正確なことが確かめられた。当時の名簿とクラス分け手書き文字の写真などによる。

「わが北のための断片」考

1

小中英之に「わが北のための断片」と題した三十首の連作がある。一九七一年一月号の「短歌」に発表されたもので、一九七〇年までの作品を抄録した「小中英之初期歌篇」（佐藤通雅編「路上82」一九九九年）と、一九七一年十一月の「微笑」からはじまる第一歌集『わがからんどりえ』（角川書店、一九七九年）との間にはさまれて、故意に忘れ去られてしまったかのような、不思議な小品である。

ここには「微笑」からはじまる小中英之の世界への萌芽と、ついに歌集としては編まれることなく終わってしまった、小中がかかえていたはずのもうひとつの世界への萌芽がはらまれている。もうひとつの世界とは、基本的には第一歌集『わがからんどりえ』と第二歌集『翼鏡』（砂子屋書房、一九八一年）に代表される小中の短歌の世界と通底し、それらの歌を背後でささえながらも、見えやすいかたちとしては隠されている、ある歴史的なヴィジョンの上に屹立する認識の世界。小中の短歌を影絵のように浮かびあがらせながら、スクリーンの奥でしずかに燃えている光源のようなものである。

『翼鏡』以後、時代の流れに逆らうように、小中英之は姿勢をずらして、そのような世界とまっすぐにつながる道をあるきはじめた。生涯のあゆみからふり返ってみると、それは転身ではなく、二冊の歌集をはさんだ大きなうねりのただなかを前進しているすがたのようにわたしにはみえる。もうすこし生きながらえることができていたら、あるいは健康さえ許されていたなら、小中はそのあゆみを結実させていたことであろう。断ち切られた未来を推測することはむなしいが、それはすでに、過ぎ去った時間のなかで、刻々と生きられていたものである。さわればまだ血がにじんでいる、その切り口にふれようとして、わたしは時間をさかのぼろうとしているのかもしれない。

のこしていった美しい言葉の奥で、小中英之はなにを考えていたのだろうか。なにをもとめてひとり、かたくなな道をあゆんでいたのだろうか。答えは一様ではありえず、問えば迷路はふかまるばかりであろうが、そのような問いのなかから、いま〈もうひとつの世界〉とよんだ足もとの淵へ降りていってみたいと思う。そうすることによって、見えないものにささえられてかがやく、その歌の秘密もさぐることができるのではないだろうか。「わが北のための断片」はそのような彷徨のために小中がのこしていった、いくつかの手がかりのうちのひとつである。

2

「わが北のための断片」三十首の連作は、つぎの三首からはじまる。周到に構成された全体の導入部にあたるもので、「ユーカラ」「ハヨピラの丘」「カムイ」「底なし沼」といった言葉をもちいて、題名にある「北」が、ほかならぬ「アイヌモシリ」（アイヌの大地）を意味することを明らかにしている。すこしていねいに読んでいきたい。

① 寒暮にすれちがいたりユーカラの長（たけ）たかき人昂然と消ゆ[1]
② ハヨピラの丘に雪降れまむかえどすでに神（カムイ）の顕ちがたくして
③ 光陰のあとかたもなし冬野きて冥き底なし沼に近づく

一首目。「寒暮」は冬の夕暮れ。「ユーカラの長（たけ）たかき人」とは、精悍なたたずまいのアイヌの青年を表現したものであろう。わたしは「ユーカラ」（英雄叙事詩）の主人公ポイヤウンペの面影を思いうかべる。その人ははげしい闘いのなかで、生まれ変わり死に変わりして生きつづける、アイヌの精神の具現者である。薄暮のなかで一瞬、美しいアイヌの青年とすれちがった、その余韻のなかにたたずんでいる歌である。

二首目。「ハヨピラの丘」は、北海道日高地方、沙流（さる）川の川岸にある切り立った崖の名で、その昔アイヌの人文神オキクルミが天界から降り立ったという伝承をもつ、沙流郡平取（びらとり）町にあるアイヌの聖地である。一九六四年に空飛ぶ円盤飛来の地として話題になり[2]、モニュメントなどが建てられて公園化されたため、今では原型はうしなわれている。「すでに神（カムイ）の顕ちがたくして」には、そうした経緯もふくまれているのであろう。もちろんそれ以前からすでにカムイは「顕（た）ちがたく」なっているのである。眼前に仰ぎ見る聖地喪失の哀しみを「雪降れ」という祈りに託した鎮魂の歌である（括弧内のふりがなは引用者のもの。以下同）。

三首目。「冬野」は雪に覆われているのだろうか。「底なし沼」は「冥（くら）き」と形容されているように、冥府につづく洞穴の入口である。知里（ちり）真志保の「あの世の入口——いわゆる地獄穴について」（『和人は舟を食う』北海道出版企画センター、一九八六年）によれば、アイヌ語の地名には、海岸、または河岸の洞窟に、「あの世へ行く道の入口」という意味をもったものが多くあり、それらはたとえば「アフンパㇽ」とか「オマンルパㇽ」とか「オマンルパロ」とよばれているが、[3] 日高国（ひだかのくに）沙流郡平取村（現・平取町）には「底無の穴」とよばれているものがあり、そこは「地獄（ポクナシリ）に通ずるオマンルパロ」であるという。このほかに「底無の穴」という名称をもつオマンルパロはないので、「底無の穴」とは、一見普通名詞のようにみえるが、これはきまった場所をさす固有名詞なのである。小中英之がここでつかっている「底なし沼」は、この、知里真志保がいう平取町にある「底無の穴」のことであろう（「底なし沼」という呼称は、当地では現在でもつかわれているという）。いまでは土砂が堆積して面影はないが、やはり一種の聖地として怖れられている場所である。「底なし沼」の下には、死んだ人々の住む国がひろがっている。その入口へ「近づく」とうたうことによって、なにごとかの暗い幕開けを予告している歌である。

言葉の奥に見つめられているはずの伝承の世界に、あえてふれながら解釈してみた。知識をもちいなくても、うしなわれたものをもとめて冬野をさまよう情景は右の三首から伝わってくる。うたわれているのがアイヌの世界にかかわるものであろうことも理解できる。長い連作の序曲としてはそれでよいのであろう。小中英之は読者に、知識をもって歌を読むことを要求してはいないだろう。「ハヨピラの丘」や「底なし沼」がどこにあろうと、どんな伝説をもっていようと、想像のなかで自由に読んでよいことである。けれども、あえてそこにこだわってみたのは、これをつくった作者の意識に近づきたいと思ったからである。なぜ「ユーカラの人」（「ユーカラの長たかき人」）でなければならないのか。かれが生と死、肉体と精神、人間と神の境界をこえて生きつづける、不死の戦士だからである。なぜ「ハヨピラの丘」と「底なし沼」でなければならないのか。そこが神の国とつながり、死者の国とつながる、時空をこえる一対の場所だからである。また、それらがけっして空想のものではなく、沙流川の流域、平取の町にいまも存在する現実の場所だからである。滅びつつ、生きつづけている過去と現在、あの世とこの世の交錯する混沌のなかに身をおこうとしている作者の意図は明瞭であろう。そのとき、妄想のなかにさまよいこまないために、あるいは、眼前にある世界の変容が歴史的現実であることを見うしなわないために、ふさわしい伝承をもつ固有の地名を、歌のなかに楔としてうちこんだのだ、とわたしは考える。言葉に魂があれば、その名はつよい磁力をもって、世界を内側からささえる力となるだろう。小中はその力を信じていたはずである。

伝説の「人」と、「神」（天）と「死」（地底）の国。冒頭の三首にこのような配置を行なった作者が、自分のもちいる言葉の意味をじゅうぶん認識していたであろうことはいうまでもない。えらばれた地名であり、伝承をふまえての表現である。そうしたことをはっきりさせるために、「ハヨピラの丘」と「底なし沼」が、どのような場所であるのかをたしかめておきたかったのである。

「わが北のための断片」は、このようにうたい起こされた場面からはじまる。また、三首のなかに、

①「すれちがいたり」、②「まむかえど」、③「近づく」と、行動する人影が描きこまれているように、作者＝主人公の「私」は冥界めぐりのオルフェウスのように、うしなわれたものをもとめて薄明のアイヌモシリを訪れた、ひとりの若い旅人である。

3

短歌は基本的には一首で独立したひとつの作品である。連作においてもそのことに変わりはない。わたしたちは連作のなかから一首をとりだして、それを独自の世界として読むこともできるだろう。それと同時に、とりわけ意識的に創作された連作においては、相互の関連のなかから立ちあがってくるもののあることも必須である。それはけっして一首の自立性をそこなうものではなく、作品どうしの響きあいによって豊かにされることのできるもうひとつの世界である。地の文や詞書(ことばがき)との関係のなかで、歌が新たな表情をもってあらわれてくるように、連作におかれた短歌にはふたつの表情がある。一首の歌としての表情と、他の歌とかかわりあって展開する、連のなかでの表情。ここでは「わが北のための断片」と題された連作の主題を追うために、この後者のほうの、連のなかでの表情に重心をおいて読みをすすめていきたい。

さて、「底なし沼」へ近づく「私」の前に見えてくるのは、銃をたずさえて猟へ発ったひとりの「男」のすがた。作品は以後、かれの行方を追って冬野をさまよいながら、現在から過去へと旅をつづける「私」の混迷を描きだす。③につづく前半の作品を引用する。

④ 北辺のかつて神神たりし鳥・獣を撃つと熱き掌もてり
⑤ 火をかこむ男たちの輪くずれたり哄笑につぐものあらざれば
⑥ 北にきて髪かられいるまひるまの鏡を暗くゆきたりし馬
⑦ 雪ふれば雪のうえ奔(は)す北霊にこころ従いただよいはじむ
⑧ えぞ鹿の額(ぬか)撃たれたるかくてのち声とおざかり森昏みたり
⑨ うす雪のかおり神(カムイ)を呼ぶごとき夜はわが恥ねむりておれよ
⑩ くろがねの蕨手刀(わらびてとう)は遺りたり北半球から消えしは誰(たれ)ぞ
⑪ わが眠るました死者の国(ポクナイモシリ)なり北ゆくときの言い伝えなり
⑫ 睡眠というは鋭しひと夜にてわが言葉かく垂氷なしたり
⑬ 夜明けにて猟へ発ちしは独身の男ならんか永遠(とわ)にさまよえ

前述した巻頭の三首では、①「昂然と消ゆ」、②「顕ちがたく」、③「あとかたもなし」と喪失の光景がうたわれていたが、ここではうしなわれたもののあとに、うしなわれがたくのこっている、空間にみちる霊の気配がうたわれている。

④の「熱き掌」をもつのは、⑬に登場する「独身の男」であろう。かれは鳥や獣と熱くまじわりあう野生の人の象徴であり、「私」のあこがれである。狩猟のモチーフは⑤・⑧・⑩・⑬の歌とつながっている。⑧の歌は、一首だけとりだして読めば、詩人村野四郎（一九〇一～七五年）の代表作「鹿」の来るべき場面を彷彿とさせるが、④や⑬の歌と合わせて読むと、撃つものの比重が高められ、撃つものと撃

たれるものとの神秘のドラマを表現した作品となる。⑧の歌の下句にある「声とおざかり」は、故意に主体をあいまいにして、「鹿」の死と同時に「男」の失踪、あるいは死を暗示しているのではないだろうか。⑩の「消えしは誰ぞ」、⑬の「永遠にさまよえ」とも連なっている。ここでは撃つもの＝「男」と、撃たれるもの＝「鹿」とは敵対する関係のなかにではなく、熱い抱擁のうちにある。「鹿」はモノではなく、「男」と対等にむかいあう力であり、「男」はみずから殺したそのものの呪力によって肉体を消され、永遠に世界をさまようものとなる。撃たれたのは「鹿」だけではなく、撃つことによって「男」もまた撃たれるのである。

　撃つものと撃たれるもののテーマは、加害と被害の関係として初期の作品でもたびたびとりあげられているが[4]、この連作ではそれが加害と被害の関係をはなれ、また虐げられるものへの共感といった心情的な側面をはなれて、相手との一体感をもったエロティックな関係のなかで見つめられている。命と命の交感、浸潤しあう呪縛の世界であり、小中英之の以後の作品へとひきつがれていく、「もの」への視点の重要な契機となるものである。ここでは狩猟をモチーフとすることによって、対峙するものどうしの関係に新たな光をあてているのである。

　アイヌの世界では、獲物は天界からの贈物としてたたえられ、その魂は丁重な儀式によって天界へと送りかえされる。狩猟は殺戮ではなく、神との「約束事」のうえに成立する聖なる行為なのである。⑬の歌で「男」が「独身」でなければならないのは、かれがそのような行為の体現者として、聖性をもつ者として感じられているからであろう。「男」は、ものとものとが深部において交わりあう、世界をささえる柱であり、「私」の救いである。「私」はその「男」を恋う。そして、「男」をうしなった世界は、かがやきを消した黄昏のなかにつつまれていく。

　一連のこの部分では、「男」にかかわる叙事的な内容をふくむ短歌と、「私」を主語とした抒情歌とがほぼ交互にならべられて、波うつような情感を醸しだしている。④・⑤・⑧・⑩・⑬の歌が前者にあたり、⑥・⑦・⑨・⑪・⑫の歌が後者にあたる。巻頭の三首によって行動する「私」の影があたえられているので、⑥・⑦・⑨・⑪・⑫の歌は、その延長線上に読むことができるだろう。「熱き掌」をもつ男にたいして、黄昏の国をさまよう旅人の眼に映じた光景である。とりわけ⑥の「まひるまの鏡」をゆきすぎる「馬」の影、⑦の「雪のうえ奔(は)す北霊」の影、⑨の「うす雪のかおり」がよびおこす「神(カムイ)」の影をうたった作品は、作者らしい豊かな空間性と、不安にゆれる「私」の心情とを鮮明なイメージのなかにうたいあげた秀歌といえる。理髪店の椅子にすわると、背後を「馬」の幻が通りすぎる。眼前の「鏡」によって背後の影に気づかされる、まるで挟み撃ちにあったような寒気のする光景である。

　同じように、「雪」がふれば、ふりつもった「雪」のうえを地霊がはしり、「私」の「こころ」をさそいだす。遠い山中にきこえる、カムイの目覚めをうながす声が、夜の部屋にうずくまる「私」の「恥」をかきたてる。どれもこの国に生きるものたちの幻影によって、「私」が壊され、流出していく感覚をうたったものである。⑪の歌にあるように、「私」の足もとには「死者の国(ポクナイモシリ)」がひろがっている。幻影はおそらくそこから「私」の周辺にあふれだしてくるのだ。

　旅人がいるのは、それ自体がすでに「底なし沼」の世界。暗い幻想にいろどられた幽明の国である。その国は、⑧の歌の「森昏みたり」を接点として、「私」が渇望する④・⑧・⑩・⑬の世界とつながっている。構成的にいえば、叙事的な世界のなかに抒情歌をなげこむことによって、あるいは抒情歌のなかに叙事的な世界をおくことによって、かつてあった狩猟の日のかがやきと、現在「私」が身をおいている場所の幽明の気配とが、相互に照らしあって、それぞれの世界の印象をつよめているように感じられる。たとえば、幻のさまよう地上の光景は、狩猟の記憶を背景におくことによって静けさをまし、逆に、狩猟の日の記憶は、「私」の不安な感覚のなかでかがやきをます。ふたつの世界は、おなじ比重をもって配置されている。両者が反映しあうことによって生まれる、渇望にみちた喪失の空間の表情こそが、この部分のいわば小主題であるということができるだろう。巻頭の三首では、聖地喪失のかなしみがうたわれていたが、ここにあるのは、聖なるものの記憶をのこしたまま黄昏れていく、人間世界の現在のすがたである。

4

連作の後半では、旅人は時をこえて源郷へと近づいていく。過去なのだが、正確には過去ではなく、在りし日がさながらのすがたで生きられている、いわばもうひとつの現在ともいうべき世界である。アイヌの言い伝えでは、洞窟を抜けると死んだ人たちが生前とおなじ生活を送っている世界に出るという話がたくさんある。(5) このとき旅人が訪れたのは、そういう場所であったのだろう。「底なし沼」を通り抜けたところにひろがる、「ポクナイモシリ」(死者の国)である。

⑭ 雪ふみて頭文字かき少年の力さやけししかも過去なし

⑮ まぼろしの砂金帯越ゆ冬の日のひかりにこころ高くあげつつ
⑯ 北へ北へひとみ澄みつつ視（み）えくるは他界か鶴のこえ空を裂く
⑰ 黒犬の恥ささえつつ降る雪のかなた密にて夜のけはいす
⑱ 飲食（おんじき）ののち瞑想あらざればおそろしきまで雪明り差す
⑲ 音楽の絶えて玄冬けものらの背に亜麻いろのさざなみ走れ
⑳ わが日日のみぎにひだりにくろがねのとびら千枚たちふさぎおり
㉑ まぼろしの紺の輪唄え唄いつげ　ヤイシヤマネナ　ホレンナ　ホレン
㉒ われにするどく胸痛きたる転（てん）じゆく叫びならねど冬の呻吟
㉓ 荒涼と原籍地あり　熊剝ぎて男たちおり　雪しきりなり
㉔ 少年の肩に縞栗鼠わが肩に雪ふりつめばゆらぐ惑溺
㉕ 庇護なきをすがしとおもえ地吹雪のなかみひらきて走りくる眼よ
㉖ 北極星（チヌカルコロ）あおぎ見んとて円居より離（か）れてきたれば雪椅子立てり
㉗ ふくろうの屋根にきていてめざめたるさ夜は奇蹟をのぞめというや

「他界」へ行き、ふたたびこの世に帰ってくるまでをうたったものである。前出⑬の「独身の男」から⑭の「少年」へのイメージの転換があざやかで、ここを前半と後半の区切り[6]とした。⑮・⑯の歌は道行であろう。かつて北海道にあったという黄金の夢の跡をふみこえ、「こころ」とともに天翔（かけ）って、旅人は「鶴」になって洞窟の空を飛んでいるのか。鳥瞰的な視線でうたわれた独特の空間世界。「空を裂く」「鶴のこえ」があの世の扉を切り裂く声ときこえる。

⑰の「黒犬」は、他界の村の入口を守っているのであろう。「黒犬」の影が、「雪」の白とその奥にひろがる「密」なる夜の気配とひびきあって、印象的なモノクロームの世界を現出している。註5に示したように、伝説によれば、あの世の人にはこの世の人のすがたは見えず、この世の人にはあの世のすがたが見えないが、ただひとり犬だけは見ることができるという。それが「黒犬」にかぎるのかどうかは不明だが、ここでも犬はそういう境界的な存在として表現されている。

⑱から㉑の歌は、「雪明り」に照らしだされた村の内部の情景。というよりも、そこで見た幻であろう。もののかたちがはっきり見えているわけではなく、音楽や風の気配、漆黒の闇、女たちの唄声によって、辺りの様子を思いえがいている趣向である。㉑の「ヤイシヤマネナ　ホレンナ　ホレン」は、「ヤイサマ[7]」と呼ばれる叙情歌のなかで用いられる囃子詞。アイヌの女性たちが輪になって唄いつづけている声が、「まぼろし」に遠くきこえるのである。

㉒は、その唄声にさそわれて切迫した思いにかられている「私」の心情。

㉓では一転して、狩猟の「男たち」が登場する。「熊剝ぎて」とあるのは、熊の魂を神の国に送りかえす「熊送り」の一場面であろうか。それをはさんでおかれた、「荒涼と原籍地あり」と「雪しきりなり」とが、直前の二首とは対照的なしずけさを感じさせる。

㉔と㉕は、ふたたび「少年」の歌である。「肩に縞栗鼠」をのせているアイヌの「少年」を、「私」はまぶしい思いで見つめている。そして、寂しい「私」の肩にしんしんと冷たい「雪」がふりつもるのに気づいたとき、「私」に混迷がおとずれる。

㉕の歌は、その「惑溺」のなかで見た幻想であろう。「地吹雪」のなかを駈けてくる「眼」は、たとえば馬や鹿などの涼しげな獣の眼を思いうかべることもできるだろうが、直前の㉔の歌や、上句の「庇護なきをすがしとおもえ」からつづけて読むと、幼い孤独な少年のすがたと考えるのがふさわしい。少年はよく光る野生の眼をもっているのだ。速度のなかに祈りの声を響かせた、清冽な一首である。

㉖は、座を立って外に出た旅人の眼に映った光景。旅人は村を去ろうとしているのだろう。「雪椅子立てり」に神の気配が感じられる。

㉗では、この世にもどった旅人の感慨をうたっている。フクロウはアイヌの世界では神として称えられるが、この歌の「ふくろう」は、すでにそのかがやきをうしなっている。「奇蹟」を願っても、それはもうかなえられることはないのである。

旅人の視線にしたがって整然と構成された世界である。⑯の「他界」という言葉で示唆されているように、ポクナイモシリ（死者の国）探訪の情景として表現されている。見つめられているのは在りし日のアイヌの村であるから、過去への遡及といってもよいのだが、フレームとしてはここでもやはりアイヌの伝承がもちいられている。

とはいえ、そのことは最初に読んだときにはわからなかった。何度もくり返し読みながら、人に話を聞いたり、本で調べたり、実際にその地へ行ってみたりしているうちに、地紋がうかびあがって見えてくるようにわかってきたことである。おなじ国に住んでいるのに、けっして遠い昔のことではないのに、自分がなにも知らなかったことに愕然とさせられる。それと同時に、作者である小中英之の造詣の深さにおどろかされる。先ほど、一つ前の「3」の節で述べた狩猟の世界は、言葉の向こうにアイヌの世界を感じさせるものの、それはたとえば東北の「またぎ」なども思い起こさせる、あるひろがりもった狩猟の世界のイメージである。ここではそのひろがりが、人々の生活や独自の風習、神の気配を描きこむことによって、うごかしがたいひとつのもの、海をへだてた北海道の原野に存在した、先住民族であるアイヌの世界にひきしぼられ、くっきりとした像をむすんでいる。しかもポクナイモシリ訪問というそれ自体がアイヌの死生観をものがたる、民族の記憶の枠組みを借りて。いったんひろげられた狩猟の世界へのあこがれが、ふたたびひとつの民族の物語としてかえってくる。連作全体の流れとしても、ここにおかれた⑭から㉗の情景は、巻頭三首目の「底なし沼」と、前半部⑪の歌にうたわれた「死者の国(ポクナイモシリ)」とを伏線として現出する。とすれば、いうまでもなく、このうしなわれつつ生きつづけているアイヌの村への来訪こそが、旅人の旅の目的。黄昏の国をとおりぬけて、旅人がめざしていた場所であったにちがいない。

旅人はもちろん、そこがどんな国であるのかを知ろうとしてやって来たのではない。ここは旅人のふるさと。その地に、この世(自分がいま住む黄昏の国)へもちかえることのできる、どんな救いと希望を見いだすことができるのかを知ろうとしてやって来たのである。旅人の希求はとうぜん作者自身の希求でもあることだろう。旅人の眼をとおして、なつかしい光景を追いながら、そこになにがあるのか、出会いの予感をたしかめようとするところに、この場面の小主題もあるはずである。

後半に絞って考えると、この場面の背骨になるのは、「冬の呻吟」から「荒涼」の風景へと眼を転じた㉓の歌と、おなじく「ゆらぐ惑溺」から「走りくる眼」の出現へと転調した㉕の歌である。もういちどあげてみよう。

㉓　荒涼と原籍地あり　熊剝ぎて男たちおり　雪しきりなり
㉕　庇護なきをすがしとおもえ地吹雪のなかみひらきて走りくる眼よ

㉓の歌は句と句のあいだに深い沈黙をしずめている。これは故郷への鎮魂歌であろう。「原籍地」とあるように、ここは旅人の生まれ育った場所である。「熊剝ぎて男たちおり」とあるのをみれば、旅人の故郷は「3」の節で述べた「狩猟の男」の故郷でもあるにちがいない。「原籍地」を比喩と考えれば、黄昏れの国の源郷であるということもできるだろう。「原籍地」という言葉の重いひびきのなかに、たんに懐かしむのではない、生まれた場所を尊ぶ思いがこめられている。しかし、そこはすでに「荒涼」たる気配につつまれた死の国、見えているのは過去の幻なのである。

ポクナイモシリ訪問は、故郷への帰還であると同時に、故郷喪失をたしかめる旅でもあった。そのことがこの歌によって明らかにされている。そして、この結句にうたわれた鎮魂の「雪」を受けて㉔でふたたび「少年」が登場し、㉕の「走りくる眼」の出現にいたる。

㉕の歌は、「おもえ」「眼よ」とつよい調子でなにものかに呼びかけている。なにに向けてかと問えば、「走りくる眼」そのものに向かって、と答えるほかはない。それは自然のなかで息づく、生命の誕生をうながす声とわたしにはきこえる。この歌を読むと、『わがからんどりえ』の「芽」の章に収められているつぎの作品が思いだされる。

風光るうつつを沢に独活の芽はいまだ未生の神かも知れず

清新な香りにみちた一首である。「独活(うど)の芽」を「未生の神」に託したところに、生命の力づよさも香っている。草木も人も動物も、生まれいづる瞬間はおなじだ。生命の無垢なかがやきにみちている。そして、風や光や水に祝福されながらもそれ自身は単独者である。やがて姿をあらわしても、そのもの以外ではありえないような、たったひとつの無心のもの。そういうものの誕生を待つ心が、この歌にも「走りくる眼」の歌にも息づいているように感じられる。

㉕の上句に掲げられた「庇護なきをすがしとおもえ」は、単独者への讃歌であろう。ひとりで生まれ、ひとりで生きていく、そういう宿命を負った「少年」へのエールでもある。「地吹雪のなか」を駆けてくる「眼」は、まさに「芽」とよびかえてもよいような、尖端だけをのぞかせた「芽」のイメージをもっている。前述したように、この「眼」の持主は「少年」であろうが、その「少年」は、生命の生まれいづる瞬間をたったひとりで駆けぬけているような少年として表現されている。小中英之のなかに、ある通底するイメージがあって、このような表現の連鎖が生まれてくるのだろうか。その源に、アイヌの叙事詩「ユーカラ」の世界がひろがっている。

5

㉕ 庇護なきをすがしとおもえ地吹雪のなかみひらきて走りくる眼よ

すでに述べたように、この歌にうたわれた「庇護なき」ものは少年である。「庇護なき」少年とは、言いかえれば孤児であろう。吹きすさぶ嵐のなかを疾走するイメージ。少年のみひらかれた「眼」にはつよい光がやどっている。

少年は、アイヌの村のほろびゆく情景のなかから姿をあらわした甦（よみがえ）りの生命である。また、旅人の「惑溺」のなかから生まれた幻影であると同時に、「すがしとおもえ」、「走りくる眼よ」と呼びかけられた、はげしい祈りの対象である。

帰ってきた故郷の村で、旅人はなにを見たのだろうか。そう問うまでもなく、ここに表現されているのは、アイヌ民族につたわるユーカラのなかでもとくに英雄叙事詩として尊ばれている、長編の物語の主人公ポイヤウンペの面影である。

ポイヤウンペにはいくつかの特徴がある。ユーカラにはさまざまなものがあり（本書「まえがき」註1参照）、「神謡」（カムイユカラ）と区別して、一般にユーカラとよばれることの多い、ポイヤウンペを主人公とする英雄詞曲にも、地域や伝承者によって、題名や描写や長さを異にするさまざまな詞曲が伝えられている。口承によって人から人へと語り伝えられてきたものであるから、表現は多様である。主人公の名も地域によって異なる場合があると知里真志保はいう。(8) しかし、どの曲も主人公の人物像はおなじである。物語の展開も、細部の描写は異なるが筋は大同小異であるという。

ポイヤウンペは第一に、少年である。第二に、幼くして父母をうしない、「よるべなき孤児」（知里真志保）として育てられる。第三に、長じては異民族との戦いの日々を送り、いくどとなく死んではまた生きかえり、死んではまた生きかえりして戦いつづけるアイヌの英雄である。第四に、ポイヤウンペの戦いは、故郷への帰還によって幕をとじる。そして、第五に、ポイヤウンペは風に乗って空をとぶ。風のなかを疾走する。

手元にある岩波文庫版『ユーカラ』（金田一京助採集・訳、一九三六年）に収められた「虎杖丸（虎杖丸の曲）」から何ヶ所か引用してみよう。「虎杖丸」は金田一京助が紫雲古津（現・平取町紫雲古津）に住むアイヌの古老・鍋沢ワカルパ翁から聞き書きしたもので、金田一の日本語訳によって広く知られるようになった、日高の沙流地方に伝わるユーカラである。金田一京助のユーカラ採集や日本語訳については、結局滅びを前提とした遺跡の収集であり、今では倫理的な面や詩法的な観点からの批判もある。あえてそれをもちいるのは、ほかならぬ「わが北のための断片」が沙流川流域の平取を舞台につくられているからであり、小中英之にとってのユーカラが、文化圏としては日高の沙流地方のものであると考えられるからである。一九七一年という「わが北のための断片」の発表時期を考えると、時期的にも金田一の訳本を読んでいた可能性が高い。なお、以下の詞は、一九九三年に刊行された『金田一京助全集 9』（三省堂）では、ローマ字表記されたアイヌ語とともに掲載されているが、ここでは割愛する。括弧内は各章の番号。ふりがなは引用者。曲名となった「虎杖丸」は、ポイヤウンペがもつ宝刀の名である。

わが里川の、川づたひに、逃神となり、逃霊となり、
川づたひに、吹きおろす風の、風のおもてに、乗りて駈け行く。（三）

そのとき、わが憑神（つきがみ）、瞋（いか）れる神の、荒れくるふ風、
戸口より、窓より、入る神風、（五）

峠のあなたより、来てゐる川、その川なみに下る風、
その風のまにまに、われ疾駆せり。
海づらのうへに、大きなる神風、我を高々と、噴き揚げたり。
わが腹わたを、ぼろのぶらさがりたるやうに、われぶらぶらひきずりたり、（七）

しか思へば、狂ふばかりの怒りが、勃然と起こり来れり。
沖びと[9]の国、国のかみのかたへ、神風を駆って、われ走りたり。
いづれの国か、いづれの郷か、
郷の上へ、われ駈けしめられたり。（八）

場面の説明は省くが、「われ」である主人公のポイヤウンペが、風とともに疾走する少年であり、生と死の境界をこえて、死んでもなお生きつづける人物として描かれていることは明らかだろう。また

「虎杖丸」においては、かれは風とともに疾走するだけでなく、瞋(いか)れる風の神を「憑神(つきがみ)」[10]としてもつ、怒れる少年としても描かれている。戦闘で死ぬ場面、息を吹きかえす場面、肉体を破壊されても生きつづける場面は、詞のなかに多数あり、描写に生命があるごとく、戦いのさま、死にゆくさま、ふたたびめざめて走りだすさまなどが、幻想的なイメージをまじえて詳細に語られてゆく。ユーカラはいわばその、戦い、死に、甦り、戦い、死に、甦り、戦い、死に、甦り、の尽きることのないくりかえしのドラマである。

「わが北のための断片」の連作をこころみ、巻頭に「ユーカラの長(たけ)たかき人」を配した小中英之が、まさにユーカラの人そのものであるポイヤウンペのこのような戦いぶりや生い立ちに無自覚であったとは考えられない。「5」の節の冒頭にあげた短歌にもどれば、「庇護なき」少年は、連作のなかで読むとき、一般的な意味での少年ではありえず、アイヌの宿命を背負った伝説の人物として造型されている。名前はあらわされていなくても、かれはたとえば仏像がそれぞれの名をあらわす具物をもち、それとわかる意匠をほどこされて表現されているように、ポイヤウンペであることをしめすさまざまなしるしをもって表現されている。孤児であること、つよい再生力をもつこと、故郷に帰還すること、風に乗って走ることなど。しるしをもつということは、名前をもつのとおなじことである。むしろ、名で直接あらわすよりも、イメージによっていっそう奥深い意味を象徴することであり、隠すことによって尊ぶ気持ちを表すことにもなる。小中はじゅうぶん認識したうえでうたっているのだろう。雪のなかで旅人の見た幻影が、ほかならぬポイヤウンペその人の甦りのすがたであったことを。またその出現が、「4」の節で述べたような新たな生命の誕生を意味するだけでなく、死からのいくどとない甦りの意味をもつものであることを。

荒涼としたアイヌの村にふりしきる鎮魂の雪の情景のなかから「少年」があらわれたことは、旅人のよろこびであったことだろう。それがたとえ幻であったとしても、見たことは確信となって旅人の胸に生きつづけるにちがいない。現実のものとなるのかどうかということよりも、灯をいだくということ、いだく灯を見つけることができるのかどうかということが重要なのだ。旅人は、生きる希望をうしない、幽暗のアイヌモシリをさまよいながら、希望をもとめて故郷の村に帰ってきた。たどりついた村に昔の生活はあったが、それもやがて色褪せて遠ざかり、気づいてみればそこはすでに死の国である。「少年」は、そんな旅人の前にあらわれた、さいごの希望の灯である。

「死者の国（ポクナイモシリ）」で旅人はポイヤウンペの声をきいたのだと思う。そして、形はほろびても生きつづけるもののあることを知った。「奇蹟」はおこらなくても、悲しみにおおわれてはいても、それはたしかなよすがとなって旅人を生かしつづけるだろう。「4」の節で述べたポクナイモシリの旅は、「少年」の出現によって終息にむかう。この「少年」こそは、旅人の旅の目的、旅人が予感のなかで出会うことをねがっていた、うしなわれたもののゆくえをしめす言葉であったにちがいない。

6

「わが北のための断片」には、本章でまだふれていない結びの三首がある。アイヌモシリの旅から帰った旅人＝「私」の心境をうたったものである。だが、そこへ行く前に、これまで述べてきた各場面をつなぐ、全体の構造をふりかえっておきたい。結びの三首はそれまでの内容を大きく受けてつくられた、いわば反歌ともいうべき作品だからである。

さて、ポイヤウンペの面影をもつ「少年」の出現は、「わが北のための断片」三十首の連作に、「底なし沼」を通りぬけたところにあるポクナイモシリへの旅という枠組みのほかに、もうひとつの伝承による枠組みがほどこされていたことを教えてくれる。たとえば「3」の節で述べた、連作の前半に登場する狩猟の「男」の喪失は、「遠ざかる」（「とおざかり」）、「消える」（「消えし」）、「さまよう」（「さまよえ」）というゆれる時間のひろがりをもつ言葉によって表現されていた。「男」は死んだのではなく、ひとたびすがたを消したのであり、かれ自身の生命は、この世の表面からは消えても生きつづけている。「少年」に具現されたユーカラの視点からふりかえってみるとき、「男」の喪失をそのような連続性のなかで読みなおすことは可能だろう。後半における「庇護なき」少年の出現は、前半のさいごに「永遠(とわ)にさまよえ」とうたわれた男のゆくえを知らしめる鍵のようなものである。作者は慎重に言葉をえらんで表現している。「男」は「少年」とひびきあい、「少年」は「男」を照り返すことによって、連作全体をつらぬくある統一的な骨格をうかびあがらせているように思われる。

結びの三首をのぞく、巻頭（三首）、前半（十首）、後半（十四首）の三つの場面から、骨格となる作品をあげてみよう。

① 寒暮にすれちがいたりユーカラの長(たけ)たかき人昂然と消ゆ
④ 北辺のかつて神神たりし鳥・獣を撃つと熱き掌もてり

⑬ 夜明けにて猟へ発ちしは独身の男ならんか永遠(とわ)にさまよえ
㉓ 荒涼と原籍地あり　熊剝ぎて男たちおり　雪しきりなり
㉕ 庇護なきをすがしとおもえ地吹雪のなかみひらきて走りくる眼よ

これらを手がかりに全体を概観すると、「わが北のための断片」では、最初に「ユーカラの長(たけ)たかき人」があらわれ、すれちがうとすぐに「昂然」とすがたを消す。次に、「底なし沼」に近づく「私」の前に、「熱き掌」をもつ「男」があらわれ、「雪のうえを奔(は)す北霊」があらわれ、男の「声」が遠ざかり、男のすがたが消え、それらの光景をうけて「永遠(とわ)にさまよえ」という祈りの言葉が発せられる。後半では、「死者の国(ポクナイモシリ)」に着いた「私」の前に、在りし日のアイヌの村があらわれ、「男たち」があらわれ、鎮魂の「雪」がふりしきる。その白くおおわれていく情景のなかから、「縞栗鼠」を肩にのせた「少年」があらわれ、ポイヤウンペの面影をもつ「少年」があらわれ、その「少年」にむかって「走りくる眼よ」というよびかけの言葉が発せられる。さいごに、「死者の国(ポクナイモシリ)」をあとにした「私」は、「ふくろう」の来ている屋根の下で「奇蹟」を思う。

人物のうごきを中心にたどれば、ポクナイモシリをふくめたアイヌモシリの旅は、このように展開しているということができるだろう。「人」から「男」へ、「男」から「男たち」へ、「男たち」から「少年」へと人物は変化し、場面も移り変わってゆくが、あらわれては消え、あらわれては消えるという描写のスタイルはおなじである。散文の物語と異なり、一首一首のあいだに切れをもつ短歌の連作では、「消える」とことさら言わなくても、一首が終わったところで、そこに表現された世界はいったん消える。

しかし、「わが北のための断片」では、消えるということ自体がドラマの重要な一翼をにない、言葉としても表現されている。そして、言葉で表現されることによって、むしろ消えないもののあることが暗示されてもいるように感じられる。「ユーカラの人」（「ユーカラの長(たけ)たかき人」）は、「私」とすれちがったあと、「私」の視野から、連作の舞台から、一首の消失とともにおのずと消えるのではなく、みずからの意志によって「昂然」とすがたを消す。ここにはすでに復活の契機がはらまれている。「昂然と消ゆ」と表現されることによって、消えないものがのこり、ほろびることのない意志のゆくえが、読む者の胸に暗示としてのこされるのである。おなじように、狩猟の「男」も、この節（「6」）のはじめにふれたように、「遠ざかる」、「消える」、「さまよう」という、舞台からの退場を意味する言葉が、逆に「男」の生存をにおわせる。

「ユーカラの人」にも、狩猟の「男」にも、消えつつのこるという刻印がおされている。あらわれ、消え、あらわれ、消え、という描写のくりかえしは、たんなる場面の変化ではなく、不死のにおいをただよわせながら、伝説の人から狩猟の「男」へ、幻の「少年」へと、長い時間をたどって流れこんでいる。とすれば、かれらのうえに具現されている時間のつらなりは、ユーカラの世界の、戦い、死に、甦り、戦い、死に、甦り、という生命のスタイルと、本質的なところで通いあっているということができるだろう。「ユーカラの人」と「男」と「少年」はみな、悲しみにいどろられながらも昂然とした気概をもつ人物として表現されている。これはユーカラの文体。「わが北のための断片」は、ユーカラがもつ死と再生の様式を連作の骨格としてはりめぐらした、それ自体がユーカラの世界ともいえるような、生きつづける精神のドラマとして構想されているのではないだろうか。

ところで、「ポイヤウンペ」は、英雄叙事詩ユーカラの主人公の名であるという意味では、特定の人をさす固有の名前だが、固有名詞ではなく、通称ないし愛称であるという。知里真志保によれば、もともとの名を「ポイシヌタプカウンクル」(Poy-Sinutapka-un-kur シヌタプカの酋長の子)といい、生まれてすぐに両親をなくした(侵略者によって殺害された)みなし子であり、名前のなかで出自があきらかにされている。これを「ポイヤウンペ」(Poy-ya-un-pe「若い／本土／の／者」の意)と呼ぶのは、註9でふれたように、「レプンクル」(rep-un-kur「沖／の／人」、外国人の意)にたいしてのことで、ポイヤウンペとはいわば、アイヌモシリを守る者への親しみと敬意とをこめた呼称なのである。[11]

さらに、その語義から推察されるように、ポイヤウンペは一人ではないという。ユーカラの理念を語るポン・フチ著『ユーカラは甦える　アイヌ語世界への入門　改訂版』(新泉社、一九八七年／初版一九七八年)には、つぎのような報告がある(ポン・フチは、動物実験の廃止活動で知られる野上ふさ子［一九四九～二〇一二年］のアイヌ語の筆名。『アイヌ語は生きている』［新泉社、一九七六年］、『ユーカラは甦える』、『ウレシパモシリへの道』［同、一九八〇年］のアイヌ語三部作の著者)。

ユーカラのヒーロー、ポンヤウンペは一人の少年の愛称であるが、彼は数限りない物語の中で、様々な土地で様々な敵を相手に、何度となく闘い、死に、またよみがえってくる。とても一人の人間の一代のできごととは思えない。年よりに聞いてみると、ポンヤウンペは大昔から代を重ねているのだという。何代、何十代ものポンヤウンペが生まれ、先祖の跡を継いできたのだ。

試みに、フチ(おばあさん)に、ポンヤウンペはいつごろまで続いたのかとたずねてみた。すると、自分の祖父か曾祖父の時代のころまでは、確かに生きていた人だという。そうだ。明治初年の「蝦夷処分」（アイヌモシリを「無主の土地」として没収処分にした）以前までは、アイヌの人々の中には、まだ確かにポンヤウンペが生きて、大活躍していたのだ。フチはまた、こんなことも言った――自分はポンヤウンペと一緒になった夢も見た――と。明治の近代化政策は、アイヌモシリの自然と大地を傷つけ、破壊した。それと同時にアイヌ文化も抹殺させられ、生存は苦しく、貧苦と虐待が津波のように押し寄せてきた。そのような時に、女性たちは心からポンヤウンペの出現を、再来を、待ち焦れたにちがいない。

ここでいう「ポンヤウンペ」の「ポン」は、小さい、若いという意味を表す美称で、「ポイヤウンペ」の「ポイ」はこれが音韻転化したもの[12]。本書では「ポイヤウンペ」を使っているが、おなじ人物をさす名である。

小中英之はポイヤウンペが一人ではないことを知っていたのだろう。ポイヤウンペとはいうならばおなじ志をもつ人格の呼称であり、アイヌモシリを守る者である。「わが北のための断片」には侵略者との戦いは扱われていないが、「ユーカラの人」と「男」と「少年」にはそれぞれアイヌの大地を守る者の面影がきざまれている。「ユーカラの人」は、「私」の前に「長（たけ）たかき」すがたであらわれる。戦いはすでに過去のものとなり、大地は破壊され、アイヌモシリは幽暗の気配につつまれているが、かれは死してもほろびることなくその地にとどまり、訪れる者の前に毅然としたすがたをあらわす。「男」が生きているのは、すでに「神神」がすがたを消した世界であるが、かれは狩猟の人として、いまも暗い森の奥深くをさまよっている。「男」はアイヌの精神をうけつぐ者であり、「ユーカラの人」とおなじように、死してもなおほろびることなくその地にとどまる者である。「少年」は「ユーカラの人」の故郷、「男」の故郷でもあり、「私」の故郷でもある在りし日のアイヌの村に出現する。「底なし沼」の奥深くに「原籍地」は存在する。「少年」はその地にすがたをあらわした、すべてのものの源であり、すべてのものが帰る場所、そして、新しい生命の端緒である。

「ユーカラの人」と「男」と「少年」は、みなポイヤウンペなのだと思う。アイヌに伝わる〈人間のユーカラ〉を、戦いをこそ旨とする物語と考えれば、「わが北のための断片」はユーカラとはいえないが、その戦いを、ポン・フチが同じ本のなかで述べている、「退却」もふくめた志の持続の戦いと考えれば、「わが北のための断片」にうたわれているのは、破壊されたあとの大地に生きつづける、眼には見えない精神の格闘のドラマであるということができるだろう。誤解をおそれずにいえば、これはユーカラの戦いがうしなわれたあとの現代のユーカラ、廃墟に生きつづけるポイヤウンペたちの新しい戦いのかたちであるのかもしれない。ユーカラと「わが北のための断片」には、なによりも、くりかえしよみがえってくる共通の生命のリズムが脈打っている。ほろびたものは無に帰したのではなく、見えないところで甦りを待っている。それが真に生命をもつものならば、風が吹き、光がさしこむとき、新しい芽をふきかえしてくるだろう。

ユーカラは戦いの物語といわれるが、それと同時に、その物語を奥深いところでささえているのは、大地の自然とともに生きたアイヌの人々の生命観ではないだろうか。春になれば草木が芽吹き、クマやウサギが雪の山から仔をつれてあらわれる。アイヌの信仰によれば、獣は人間のものではなく、神の世界のものであり、獲物の魂は、たくさんのお土産とともに丁重に神の国へと送りかえされる。送りかえされた魂は、ふたたび肉体をまとって地上に帰ってくる。ポイヤウンペを主人公とする英雄叙事詩ユーカラの起源は、遠く神謡(カムイユカラ)にもとめられると知里真志保はいう[13]。自然神がみずからの身の上をかたりうたう神謡では、動物たちは死んでも魂となって生きつづけ、みずからの物語をつむぎつづける。知里真志保によれば、ユーカラは異民族とのあいだに現実に起こった「民族的な葛藤」をうたったものではあるが、それと同時に、生きつづける魂をしるべとして死と再生をくりかえす、アイヌの自然観にささえられた、循環する生命と意志の持続の物語でもある。

「わが北のための断片」は、ユーカラがもつこのような側面を継承し、作者である小中英之が、アイヌ民族の伝承世界とともに、みずからの魂のゆくえをうたった、再生への祈りの書であるということができるだろう。

小中は後年つぎのような歌をつくっている。

少年の日におぼえたるユーカラのひとふし剛(つよ)き救ひなりけり　『わがからんどりえ』(「幻聴」)

ユーカラのなにが「救ひ」であるのか、説明はいっさい省かれているが、それは「ユーカラ」自身にきけばよいのだ。ユーカラの伝承世界と、これまで述べてきた「わが北のための断片」の表情、また、ここにあげたような作品をみていると、小中英之にとってユーカラとは、一九七〇年代以降、かれが自己の作歌の身上として強調することになる「季節」の原点であり、季節だけを前面にだすと見えにくくなってしまうけれども、近代日本への反意をふくんだ、小中自身の思想的な立脚点でもあったのではないか、と思えてくる。そういえば、小中の第一歌集『わがからんどりえ』は、夏からはじまり、季節を順に、いく度もめぐりつつ、さいごを「輪廻転生」の歌でむすんでいる（本書二〇頁参照）。こうした歌集の組み方もまた、ひとつのユーカラの世界であるといえるのかもしれない。「わが北のための断片」は、小中がすでに身につけていた世界を、あらたな認識のもとに再編成する途上で産みおとされた、体内めぐりの旅の記録なのだ。

7

ユーカラの伝承世界を背景に、アイヌモシリへの旅をうたった「わが北のための断片」三十首の連作は、つぎの三首でむすばれている。

㉘ 真夜中に硝子の悲鳴聴きたりし酷寒をわが耳のねむらず
㉙ 恐慌（パニック）のきざしなるらんかなたにて凍てたる水辺ぎざぎざに見ゆ
㉚ 白影を牡鹿にわかに曳くとみて水晶体（リンゼ）こそわが北の北なれ

「ハヨピラの丘」や「底なし沼」、「ユーカラの人」や狩猟の「男」をよみこんだこれまでの作品とは大きく角度を変えてつくられている。アイヌの村の風景は遠ざかり、ここでは体温をもたない「硝子」

や「水辺」や「水晶体（リンゼ）」などの抽象的で硬質なイメージが、旅人の心象風景を代弁するものとしてひきよせられている。いわば夢からさめたあとの現実の光景を、象徴的に表現したものということができるだろう。

㉘の歌では、聴覚を中心に「私」の不安な心情を表現している。「硝子の悲鳴」とはなんの悲鳴だろうか。怖ろしい深夜に目ざめて、遠くきこえる物音に「耳」をすませている情景である。

㉙の歌では、視覚を中心に「凍てたる水辺」を想像している。「恐慌（パニック）」におちいっていくのは「私」自身であるのだろう。「きざし」と「ぎざぎざ」とをひびかせて、怖ろしさを感じさせる。

㉚の歌では、前二首の不安な心情をうけて、眼に映るすべてのものを、わが極北（「北の北」）の光景として自身のうちに引きうけようとする決意を表している。

この㉚の歌は、連作全体をしめくくる最後の作品である。ここに登場する「白影」をひく「牡鹿」の幻は、酷寒の大地にすがたをあらわした神の影であろう。巻頭歌とかさねて読むと、「昂然と消ゆ」（「①」）とうたわれた「ユーカラの人」の再来でもあるように感じられる。「恐慌（パニック）」のなかからあらわれた幻であることをおもえば、「死者の国（ポクナイモシリ）」（「⑪」）に降りしきる雪の「惑溺」（「㉔」）のなかから出現した「庇護なき」（「㉕」）少年の面影ともかさなって見える。それと同時に、この鹿は連作の前半に、

⑧　えぞ鹿の額（ぬか）撃たれたるかくてのち声とおざかり森昏みたり

とうたわれた「えぞ鹿」の生きつづけるすがたでもあるにちがいない。これまで述べてきたように、「わ

が北のための断片」には、死と再生をくりかえすユーカラの文体が脈打っている。ユーカラの人から狩猟の男へ、狩猟の男から庇護なき少年へと移りかわる時間の流れのなかで読んでいると、「白影」を曳く「牡鹿」の向こうには、かつて「額（ぬか）」を撃ちぬかれた「えぞ鹿」のすがたが、どうしても見えてきてしまう。「3」の節で述べたように、撃った男と撃たれた鹿とは一体感のなかで息づく対等の存在である。撃った男が暗い森をさまよいつづけるように、撃たれた鹿も死に絶えることなく、暗い森の奥をさまよいつづけているのだろう。そして、男が故郷の村で新しい生命となって帰ってくるように、鹿もまた滅びることなく生きつづけ、帰ってくるのである。雪の降りしきる酷寒の大地に。また、「私」の眼のなかに。

「牡鹿」の幻には多くの時間が流れこんでいる。ポイヤウンペは再生する自然の生命力の化身だが、すがたとしては人間の肉体をまとっている。ここではそれを自然の生物の世界にかえし、連作全体を大きな視点からとらえなおしている。アイヌの村を襲った悲劇は、人々の生活を一変させただけでなく、アイヌモシリに生きるすべての生物を襲い、人が自然とともに生きていたひとつの世界を崩壊させた。「牡鹿」はその崩壊させられた世界の象徴として、多くのポイヤウンペたちをつつみこんで顕現した、いわばひとりの大ポイヤウンペなのだ。

とはいえ、こんなふうにいってはアイヌの伝承世界のあり方に反することになるかもしれない。ユーカラの詞曲では、ポイヤウンペは数々の甦りの奇蹟を体現するが、人間以外の生物に生まれ変わることはない。また、群生する鹿は、たとえばクマが「キムン・カムイ」（山の神）、フクロウが「コタン・コロ・カムイ」（村の守り神）、オオカミが「ホロケウ・カムイ」（狼神）と呼ばれるようには、カムイとはみなされないという(14)。とすると、ここに登場する、単独者の面影をたたえた鹿のすがたは、小中英之の独創ということになる。創作であるから限定する必要はないが、ユーカラの大筋にかかわることなので断っておく。

小中英之には、初期作品のころから「鹿」をモチーフにした短歌が多くあり、後年の代表歌にもつぎのような作品がある。

さくら花ちる夢なれば単独の鹿あらはれて花びらを食む　『翼鏡』

この歌をおさめた第二歌集『翼鏡』の刊行にあたって、詩人の吉岡実は帯の推薦文にこの歌をとりあげ、「なぜかこの一首が、小中英之の自刻像のように、見える」と書いた。この歌では「鹿」は抽象化され、作者と一体化して、もはや出自を問うものではなくなっているが、「単独の」とあるのを見れば、吹雪のなかを駆けてくる「庇護なき」少年や「森」(「⑧」)をさまよう大地の精霊と根は深くつながっているのだと思わずにはいられない。

さて、連作の最後に登場する「牡鹿」が、このような象徴的な存在であるとすれば、「牡鹿」を見ることは、そこに託されたすべてのものの滅びの表情を見ることであり、旅人が「死者の国（ポクナイモシリ）」で見つけた希望の灯に即していえば、再生への夢を見ようとすることでもあるだろう。しかし、滅びたものは肉体をうしない、いまだ生まれざるものはいまだ肉体をもたざるものである。「牡鹿」が「白影」を曳く幻として表現されているように、「牡鹿」の向こうにいる多くのポイヤウンペたち、アイヌモシリにすみついたたくさんの地霊たちは、死と生のあいだ、絶望と希望のあいだに気配として存在し、見ようとして向けられる眼のなかにだけ、影としてのかりそめのすがたをあらわす。

「わが北のための断片」は、そのような眼によって映しだされた、影絵の世界でもあるということができるだろう。けれども、それは影ではあっても空想ではなく、肉眼では見えなくても時間をこえて生きつづける、ひとつの精神の実在するすがたを表現したものである。

「牡鹿」の幻を配した最後の作品に、作者が眼を「水晶体（リンゼ）」と表現したのは、そういう肉眼では見えないものを見る眼をさしているのであろう。水晶宮のように、見えないものを映しだす、人間がもつもうひとつの眼のことである。

そして、「牡鹿」の出現と、それを見る眼の発見とを契機として、最後の歌はさらに方向を転じ、「私」自身の姿勢をあきらかにする。すなわち、「水晶体（リンゼ）こそわが北の北なれ」とうたうことによって、「水晶体（リンゼ）」に映しだされた世界こそが、「私」にとっての極北の光景であると叙べ、具体的な風景の向こうに息づくうしなわれた世界をこそ、「私」の精神的支柱として全的に受けとめる意志を表明する。

先行する㉘・㉙の二首には「私」の深い不安と怖れが表現されている。それは「わが北のための断片」全体に流れる基調音でもある。これまで述べてきたように、「私」は幽明の気配ただようアイヌモシリにたたずみ、黄昏れていく世界の足音をきいている。希望の灯をもとめて訪れた、ポクナイモシリに生きつづける在りし日のアイヌの村も、「荒涼」（「㉓」）たる気配につつまれている。「私」はそこで、「地吹雪」（「㉕」）のなかを駆けてくる少年の面影に出会った。それは新しい生命の芽吹きをもとめる声。

死からの甦りを期して疾走する、生命のひたむきな表情である。けれども見えているのは幻影であり、「奇蹟」(「㉗」)は起こらない。帰ってきた現実は暗く、大地は凍りつくばかりである。

最後の作品のなかで、作者が「わが北の北」という言葉でうけとめているのは、大きくみれば、このようにえがかれた世界の全体であるだろう。そこに表現されているのは、迫りくるものから眼をそらさず、怖れを怖れとして見つめながら、そのなかに生の端緒を、希望の足音をきこうとすることであり、生きる姿勢としては、うしなわれた世界を「水晶体(リンゼ)」のなかに取り戻しながら、それを自己の心の「原籍地」(「㉓」)として定位し、アイヌの風土に生きつづける精神と紐帯をむすぶことである。

作者はおそらくこの旅において、あるいはアイヌモシリの旅をこのように創作することをとおして、自分自身にとっての「北」の意味を、それまで以上の大きな文脈のなかで発見しなおしたのである。小中英之には「北」をうたった作品が数多くある。それらの作品の表情や、北海道ですごした半生の足跡をふり返ってみれば、アイヌの風景だけを唯一のよるべときめつけるわけにはいかないが、すくなくともそこには、作者の希求を切実にうけとめ、こたえてくれる、他のものでは代えることのできない泉があった。

「わが北のための断片」は、「私」にとっての「北」の意味を開示した「牡鹿」の歌によって幕をとじる。題名にもちいられた「北」という言葉には、たんに方位や場所をしめすのではない、自身の精神の源郷という意味がこめられている。

少年の日におぼえたるユーカラのひとふし剛(つよ)き救ひなりけり　『わがからんどりえ』

日高山脈ふもとに棲みしふたとせがわが人生を支配してをり　『過客』

このような歌に表現された「救い」と「委ね」の感覚を、わたしは重くうけとめたい。小中英之が「ユーカラのひとふし」をきいたのは日高山脈のふもとに暮らした「少年の日」のことだが、それをこのように表現するためには長い歳月が必要だったことだろう。記憶にきざまれたものが意味をもってあらわれてくるためには、なんらかの契機と、それをそれとして自覚する意識の作用が不可欠である。「わが北のための断片」にうたわれたアイヌモシリの旅は、やがてこのような作品へも受け継がれていく、過去を現在に問いなおす課題を背負った少年時代への旅でもあったにちがいない。

8

「1」の節の冒頭で述べたように、「わが北のための断片」は、「短歌」一九七一年一月号に発表された。発行日は前年の十二月二十五日であるから、実際に作品がつくられたのはそれよりすこし前のことであろう[15]。

この年（一九七〇年）、小中英之は、所属する短歌結社の歌誌「短歌人[16]」につぎのような短歌を発表している。「わが北のための断片」に接続する最も近い時期の作品で、ここにない六、七、八月号と十二月号は、引用を省いたのではなく、もともと誌面に作品が掲載されていない、いわゆる欠詠の月である。事情は後述する。まず、複数首ある作品のなかから一、二首ずつ抄出してみよう。

悪事さえまばゆき映画みつめつつ追いつきがたきかぎりも視つむ　一月
きたかぜに少年期顕つ羞しさのかなた灯ともす窓を射ちたし　二月
こがらしの果てによあけし北窓にわれと相似の死者立たせたき　三月
寒の地にひとりの過失うつくしく銀色の塗料こぼして行けり　四月
告別に身をしぼりつつ立ちつくすしぼりて一滴の血も流さざり　五月

*

荒梅雨の街にあふれて荒きものぬれし顔面ぬぐわず潔し　九月
青年のこえ強けれど聴きとれずいずれの死者のこえかは聴こゆ　同
発熱はたえず自身のなかよりと忌みて酷暑の午後を動かず　十月
白昼いくどあさき眠りをくりかえし死者に逢いたり犀（さい）にあいたり　同
夜の扉（と）をとじよ秋風ひややかに過ぐるゆくえを死者とおもえば　十一月

どの歌にも死の匂いがたちこめていて驚かされる。

私見では、前半の五月号までは、五年前（一九六五年）に宗谷海峡で自死した男友達[17]への思いを連綿とうたいつづけたもの。三ヶ月の空白をはさんだ後半の九～十一月号は、この年の五月七日に交通事故で不慮の死をとげた、友人である歌人小野茂樹[18]の死後の葛藤をうたったものである。

どちらも死者の影を背負っているが、前半と後半にはいちじるしい違いがある。前半には甘美な哀愁がただよっているが、後半には迫りくるものに堪えている、怖れと苦渋の表情が露わである。歳月をへだてて見つめているものと、直後という時間の距離の違いが、韻律の違いとなってあらわれているのだろうか。それと同時に、全体をおおって、ここには通底する独自の感受性が刻印されている。

作者は粘りつくように死者を感じている。帰らぬ者をどこまでも追いかけたり、取り戻そうとしたり、死者に圧倒されて苦しんだり、身動きできなくなったりする。哀惜の情はあふれていても、これらの歌は鎮魂歌ではなく、死者との相剋の歌であり、内的な戦いの様相を呈している。死と生のあいだに境界がなく、死と生とがまるで入れ子のように抱きあって、出口がない状態である。

これらの歌にみられる葛藤と執着の表情は、「わが北のための断片」に表現された「男」と「鹿」の関係や、「男」を仰望する「私」の内面に近い。「男」と「鹿」は、撃つものと撃たれるものとの関係のなかで、生と死の混濁を生きつづけるものであり、「私」もまた「男」との関係のなかで、境界をこえて「死者の国（ポクナイモシリ）」へと入りゆく者である。

「わが北のための断片」は、一九七〇年に書かれた右の作品群と時期的にぴったり接続しているが、それだけでなく、内容的にも深くつながっている。友人の死による苦しみの感覚が極限まで達したとき、身体の奥深くに生きつづける遠い日の記憶がよびおこされ、救いの予感として、また、作歌の主題として浮上してきたのだとわたしには思える。

時間をもうすこしひろげてながめてみると、一九七〇年に先立つ小中英之の初期作品のなかには、つぎのような歌が散見される。「わが北のための断片」との連続性を感じさせる、北海道を舞台につくられたものである。一～五首目は「短歌人」、六・七首目は後述するように、小野茂樹が所属する「地中海」

に発表したものである。

笹鳴りにまぎれひそけく血痕の斧洗われて明日　獣魂祭　一九六四年
鹿の首すべての夜の罪科みるや壁に両眼みひらきしまま　一九六七年
青春をかすめ降る雪しんしんとすでに神話の世界ほろびて　同
行商人・神父・まぼろしすれちがい北をゆく午後ひもじきこころ　一九六八年
英雄詞曲ききし記憶もおぼろなり　神なる熊のしみ皮ふみて　同
ふるさとにあらざる北を移りつつ少年たりし反映蒼し　一九六九年
まならに北の樹の立つ雪の飛ぶ形見となりし銃みがきつつ　同

一首目の歌は、アイヌの世界で行なわれる「イヨマンテ」（動物の霊送り）の前夜をうたったものであろう。「獣魂祭前後」と題された連作中の一首である。二、三、四首目の歌は、「鹿の首」「神話の世界」「行商人・神父・まぼろし」などのイメージを配して、殺されたものに見つめられる感覚や、ほろびゆく世界を愛惜する心情を表している。三首目の「神話の世界」は、「雪」とあわせて読めば、アイヌの伝承世界と思える。五首目の「英雄詞曲」は、本書「まえがき」に註記したように、神謡（カムイユカラ）と区別された〈人間のユーカラ〉の呼称で、ポイヤウンペが活躍する英雄叙事詩のこと。一般的にユーカラと呼ばれることの多いものである。前にあげた『わがからんどりえ』の、「ユーカラ」を「剛き救ひ」であるとうたった歌とは対照的に、ここでは記憶が「おぼろ」になっていく悲しみがうたわれている。

『わがからんどりえ』の「ユーカラ」の歌とくらべると淡く情緒的で出口がない状態である。最後にあげた一九六九年の二首は、当時小野茂樹が「地中海」で担当していた、「何をうたうか」という企画の問いに応えたもので、「こころの彷徨をうたう」と題してつくられた連作中の作品。「北」を「ふるさとにあらざる」と形容している点が注目される。

一首目から五首目のように、あきらかにアイヌの世界をうたっていると思える短歌は、数はそれほど多くないが、年月をまたいで断続的につくりつづけられている点に、小中英之のアイヌの世界への執着をうかがうことができるだろう。その執着は、一首目や五首目にみられるような少年時代の思い出の映像に、眼前のほろびの情景が加わって形成されている。思い出の映像には、「血痕の斧」や「鹿の首」、「熊のしみ皮」や「銃」といった言葉に託された、獣の死のにおいが濃厚にただよっている。それらのものは少年にとって怖ろしく、それゆえにまたかがやかしい聖像でもあったことであろう。それと同時に、ここには「神話の世界」に象徴される聖なる世界の喪失が、身を切るような感覚でうたわれている。ほろびの情景に自分自身が「ひもじさ」を感じ、記憶がうすれるのを悲しみながらも、「英雄詞曲」をきいた日の「しみ皮」の感触をありありと思いだしている。小中にとってアイヌの世界は、精神である以前に、まず、身体的に受容されたなつかしい世界であったのである。

ところで、一九七〇年に亡くなった歌人の小野茂樹は、自己がかかえる死の不安の原点を、幼いころに経験した学童疎開生活での「餓え」の記憶にもとめ、「黄金記憶」三十三首を書いた（「短歌」一九六九年十月発表。遺歌集『黄金記憶』白玉書房、一九七一年収録）。死の前年のことである。そのなかで小野は疎開先での生活をつぎのようにうたっている。

村人につねに目守られて学びねむり灼けし河原にありても遊ばず
かの村や水きよらかに日ざし濃く疎開児童にむごき人々

やさしく美しい歌を数多くのこした小野茂樹の作風からみると異質な印象を受けるが、それだけに幼い心にうけた傷の深さを思わせる作品でもある。小野は一九三六年十二月生まれで、学童疎開したのは一九四五年、「三年生になってすぐ」（遺歌集『黄金記憶』巻末「年譜」）のことであったという。そのころ小学二年生であった小中より一歳年長である。

小中英之は「わが北のための断片」の後に書いたエッセイ、「『黄金記憶』頌　小野茂樹論へのノート」（「短歌」一九七一年十二月）のなかで、二首目の「かの村や」の歌をあげ、このなかで小野が「むごき人々」ときわめて直截に表現せざるをえなかったことに言及し、「敗戦によって少年もまた廃墟の上に立った」と書いた。そして、このような歌をふくむ「黄金記憶」の世界を、小野が「いつかはこういうかたちで歌わなければならないものとして保持しつづけてきたテーマであった」と断じている。小野が投げかけた「何をうたうか」という問いの先に、小野自身がなにを予見していたのかを見とおしたような発言で、このように書いたとき、小中の胸には、べつの意味で、自己が身をおいた「わが北のための断片」の世界が去来していたことであろう。

小野のひそみにならっていえば、小中英之がアイヌの人々と出会ったのは、敗戦直後に疎開した日高山脈のふもとの村でのことである。すでに述べたように、小中はこのときアイヌの少年たちと親しみ、自然の動植物に関心をもつきっかけを得た。また、近所で行なわれた「(観光用ではない)素朴な熊祭り」を見て驚いたという(「歌壇」一九九三年収録の「小中英之自筆年譜」による。引用文中の括弧は原典どおり)。幼い少年であった小中の疎開先での様子を髣髴とさせる記事である。

当時コタン(集落)ではまだ狩猟の生活が営まれていて、アイヌ語を母語とする老人たちも健在であった。小中英之はそこでユーカラをきいたり、アイヌ語のいくつかも覚えたのであろう。小野茂樹がうたったように、見知らぬ異郷での疎開生活が、とりわけ幼い子どもたちにとって、以後の人生の原点ともなるような過酷さをそなえていたことは想像できる。「みずからの世代の出発点[19]」と小野がいい、「敗戦によって少年もまた廃墟の上に立った」と小中が書いたように、幼い少年たちも戦争と無関係ではありえなかった。しかし、小中はそうした状況のなかで、すくなくともアイヌの人々に受け入れられ、アイヌの少年たちとの交流のなかで心やすらぐひとときを過ごすことができた。当時、林業、工業の盛んであった、和人(「アイヌ」にたいして「日本人」を指す呼称)の多い村でのことである。小中のアイヌ社会への思いの原点にあるのは、このときの受容の感覚ではないだろうか。受け入れられ、赦されてそこに在る。そういう社会への思いとその喪失を悲しむ心とが、一九六〇年代の短歌の底にはひとしく流れているように感じられるのだ。

このとき小中英之がうけた恩恵は、長い年月のなかで培われたアイヌの人々の民族性によるものであろう。わたしは不思議に思うのだが、和人による迫害と差別の長い歴史のなかにあって、アイヌの人々が困窮した和人をかくまい、助けたことは、さまざまなエピソードとして伝えられている。それは無条件の受容ともいうべきもので、与えることにおおらかな人間性を感じさせる。自然とともに生きるということは、季節とともあり、死とともにあるゆえに、また、所有や支配の関係をつくらないゆえに、人をやさしくするのだと思う。アイヌの英雄ポイヤウンペは単独者として戦い、いかなる組織もつくらなかった。勝ってもなにも奪わず、ただ故郷に帰還するだけである。「6」の節で引用したポン・フチはここにこそユーカラの特質を認め、それを他の征服の物語と同類のものとして喧伝した金田一京助を厳しく批判した。アイヌの自然観に根ざした、人間も自然の生物の一員として存在することを詞曲として語り伝える、ひとつの尊い文化のかたちがそこに存在した。

　しかし、おそらくはそうしたやさしいありようのために、強制される制度にたいしては抵抗するすべをもたず、人を他者として排斥する冷酷さももたないまま、伝統的にいとなまれてきたアイヌの生活は解体されていった。幼い少年であった小中英之は、後にそうしたことも知ったであろう。再訪した町でコタンの変容も見たことであろう。そのときから小中にとって、アイヌの世界は心やすらぐなつかしい場所であるだけでなく、罪の意識のわだかまる、社会のなかでの自己の生き方をも問われる場所になっていった。

　直截的には小野茂樹の死によって死者との深い葛藤のなかにとじこめられたとき、小中英之は身体の地下水路を通ってふたたびアイヌの世界にもどってきた。「わが北のための断片」のなかで、旅人が「底なし沼」を通って、「死者の国（ポクナイモシリ）」に生きつづける故郷の村にたどりついたように。そして、小中はそこで、この世に、いま自分が生きている社会とは異なる、もうひとつの生のかたちがあることを知った。いや、すでに知っていたことを、新たな眼によって見つめなおし、意識のうえに定着させたのである。

先ほどあげた一九六九年までの作品と、一九七〇年の後半につくられた「わが北のための断片」とのあいだには、大きな断絶がある。一九六九年の歌の「ふるさとにあらざる北」という言葉がはからずも物語っているように、前者にうたわれた世界は、ふり返る場所であって、帰るべき場所ではなく、現在の自分が身をおいている場所でもない。そうしたありように呼応して、作品も情緒的な哀感につつまれている。一方、「わが北のための断片」では、アイヌの村を「原籍地」とよび、それを抱く北の大地を「わが北の北」であると定めている。このような表現の変化は、明晰な意識の覚醒がなければ起こらないものであろう。前者を具体に即した心情の世界であるとすれば、後者はひとつの意志のもとに再構成された精神の世界である。

心情から意志への、あるいは「ふるさとにあらざる北」から「原籍地」へのこの転換は、一九七〇年の苦しみを契機としてもたらされた、アイヌの世界の再発見による。このとき小中英之は、自然とともに生きるユーカラの精神を自己の原点としてうけとめ、今を生きる糧として、また、作品の新たな出発点として定位しなおしたのである。現実の社会の動きと距離をおく姿勢はすでにそれ以前からはじまっているが、ほろびゆく世界[20]への意志はその姿勢をより強固なものにしたことであろう。

誤ってはならないのは、アイヌの世界と紐帯をむすぶということは、アイヌの世界を作品の具体的なモチーフとしてとりあげることではないということである。それは、深く潜行し、作品を内側からささえる力とならなければならない。また、普遍性をもって他とつながるものとならなければならない。そういう意味では、「わが北のための断片」はまだ端緒であり、出発点であって、自己を確認するための実験的な舞台として位置づけられるものである。

小中英之の短歌の新しい歩みはここからはじまる。「わが北のための断片」は、その十ヶ月後、一九七一年十一月の「微笑」からはじまる小中の第一歌集『わがからんどりえ』の誕生前夜に胎胚した。酷寒の大地から新芽が萌えいで、やがて寒風にきたえられた美しい花をひらく、そこへ向かって力強くうごきはじめたひとつの意志の記録である。

数年後の一九七四年、小中英之は「短歌」十二月号につぎのようなエッセイをよせている。すでに『わがからんどりえ』の収録歌を多く得たのちのことである。

どちらかといえば、わが歌は自分の過去を思いかえすたびに生まれてくる。わが過去は多く北にかかわるがゆえに、その歌もまた北の翳りの中でかすかな微光を求めている詠嘆にすぎないのだろう。刻々とかわりゆく情況の群を離れてさまよわずにいられない精神の傷口にふきたまっている過去の雪が、わが脈管にすこしずつ溶けこむように詠嘆はふるえる。このような詠嘆をふまえたうえで、みずからの現実を定型と言語秩序によって形象化することが、わたくしの考えている短歌の基底であるならば、これからの短歌制作の過程においても、わが過去への照射はつづけなければならず、それはより鎮魂へ近づくであろう〔…〕　「わが過去への照射」

やさしい言葉で書かれているが、書かれている内容にはきびしさが通っている。小中英之にとって過去は郷愁や回想の対象ではなく、そこからの照射をあびることによってみずからの現実が規定されてしまうような尊厳にみちている。「北の翳り」は多様であろうが、「刻々とかわりゆく情況の群を離れてさまよわずにいられない」という言葉を見るとき、「北の翳り」には、個人的な経験だけでない、北海道という大地がもつ歴史的な陰影が託されてるのだと思わずにはいられない。小中がつかう過去という言葉にまどわされてはならない。そこには韜晦にみちた現在性が、現代社会のなかで自分がよって立つ社会的な位置が、明快にしめされているのである。

9

「わが北のための断片」は、小中英之にとっては渾身の力をこめた意欲作であったが、発表された当時、話題にはならなかった。翌月の「短歌」に掲載された「現代短歌月評」に新進の作としてとりあげられてはいるが、評者は三首引用した後で、「意外にこの作者の世界は淡い」と書き、「心情というより情念が、ことばにくつされ過ぎる作が多かったようだ」と、わたしにはわかりにくい、辛辣な評をくわえている。小中は誤解されやすい、とこうした評をみるたびに思う。

わたしがこの評を読んだのは、小中英之の没後、二〇〇一年を過ぎてからのことである。読んだとき、武田泰淳の『森と湖のまつり』について述べた奥野健男の文章を思いだした。『森と湖のまつり』はアイヌの青年を主人公に、アイヌの独立運動を描いた小説で、一九五八年に新潮社から刊行された。そのとき奥野健男はその小説に関心がもてず、泰淳の姿勢が日本の現実からの逃避のように感じられたという。書かなければならない重要なテーマがもっとほかにあるではないかと考えたのである。そのときのことをふり返って、後年刊行された本のなかで奥野はつぎのように述べている。

その頃、ぼくは北海道やアイヌに対して全く無知だったのだ。［…］アイヌなんか特殊の小さなとるに足らない問題という無意識の蔑視があったのだ。だからぼくたちは、武田泰淳が何故に、アイヌを題材にし、アイヌ独立運動を描いたか、その意図を理解し得なかったのだ。

「宗教プラス政治的人間」『現代の文学　2　武田泰淳』講談社、一九七四年、巻末作家論

奥野はその後、坂口安吾の古代史観や、井上光晴の小説、島尾敏雄のヤポネシア論、太宰治に触発された自身の東北行脚などにふれながら、それらを通じて新たな歴史観にめざめたと述べ、やがて『森と湖のまつり』を、

狭い島国での侵略と差別を、アジアに対しそのまま行った日本人をアイヌという凹面鏡の中に結像させたきわめて意図的な野心作である［…］

と評価するにいたる。しかし、いま読みかえすと、主人公の必死の思いにはふれず、また作品としてどうかというのでもなく、問題をアジア侵略のほうに引きよせて評価している点に不満ののこる内容である。つまり、アイヌの問題は、政治と文学のテーマがいまだ有効であったこの時代においても、あまり正当には認識されていなかったように思われる。

「6」の節で引用した『ユーカラは甦える』の著者ポン・フチは、同書のなかで、時代の動勢について、つぎのように述べている。括弧は原典どおり。

〔…〕高度経済成長（自然に対する侵略戦争）のただ中で、アイヌモシリの闘いが一九七〇年代に公然と現れるまで、圧倒的多数の日本人たちには、アイヌモシリの存在など「無」にすぎなかった。

また、本多勝一は、著書『アイヌ民族』（朝日新聞社、一九九三年）のなかで、一九七二年に開設された「二風谷アイヌ文化資料館」（現・萱野茂二風谷アイヌ資料館）の開館式での式典にふれ、アイヌ民族の権利主張がアイヌ自身の言葉として力強く語られるのを自身の耳ではじめて聞いたと述べている。そして、そうした主張が、一九六〇年代後半のアメリカ合州国での黒人運動や、アメリカ先住民族の運動など、被抑圧民族の権利回復をめざす世界的な潮流と呼応するものであったことを指摘している。

「わが北のための断片」はこうした動きと直接関係するものではないが、一九七〇年という制作年をかえりみるとき、背後にはこうしたことも見すえられていたにちがいない。

西日射す国電に坐しくやしくも死までをひとりの国民として　「短歌人」一九六八年

無頼なれ無頼なれとはたれの声したたかにわが双耳を撃ちて　同、一九七〇年ひとときの食欲に噛むアフリカの木の実落せし黒き手おもふ　『わがからんどりえ』（「夢を畏れる」）
虎杖(いたどり)の赤き芽を噛み歎かひも朝の沢辺にうすらひゆかむ　同（「夢の頭」）
戦後いくたび暗き夏かな黙ふかくわがクラーレ(21)の矢のみ背向(そむ)かぬ　『翼鏡』

あげればきりもないこうした歌には、戦後の日本社会からの逸脱を試みようとする青年の思いが、抑制された言葉遣いのなかに鮮烈に刻みこまれている。逸脱とは逃避ではなく、ひとつの闘いのかたちである。その闘いは、自己の身体の奥深くから発せられる声であるゆえに潰えることなく、流動するさまざまな現象をこえて生きつづける。

みずから声を上げていうことはなかったが、小中英之の「自然」の底には、社会へのこのような意志と、愛と憎しみが埋めこまれている。「わが北のための断片」は、そのことを確認し、そこから出発するための自分自身との「約束の書」であった。

こうしたいい方が許されるなら、小中英之もまた、アイヌモシリをはじめとする広大な世界の原野に立ちつづけるひとりのポイヤウンぺであり、かつてうたった「単独の鹿」のように、大地の精霊として世界の変容を見つづける者である。

註

（1）「わが北のための断片」はすべて現代仮名遣いで書かれている。初出誌をたどると、現代仮名遣いから歴史的仮名遣いへの移行は一九七二年の半ばに起こっている。それ以前の作品も、歌集に収録する際に歴史的仮名遣いに改められている。前後の様子を記しておく（括弧内は発表誌名）。

一九七一年十一月「微笑」（「短歌」）、十二月「霜月樹林」（「小さな蕾」）……現代仮名遣い

一九七二年四月「冬日抄」（「短歌人」）、同月「浄化」（『現代短歌'72』）……現代仮名遣い

一九七二年五・六・八・九月は発表作品なし。七月「ぶらっく・ひっぴい」（「短歌人」）……新旧混在

一九七二年十月「夏日抄」（「短歌人」）以後は、すべて歴史的仮名遣い

本書での引用は、生前の二冊の歌集（『わがからんどりえ』『翼鏡』）に収録された作品は歌集に従って歴史的仮名遣い、他はすべて発表誌どおりの仮名遣いをもちいた。仮名遣いについて小中自身が述べているものは、私見のかぎりでは見あたらない。

（2）宇宙友好協会（通称CBA）により、アイヌの人文神オキクルミは宇宙人であり、シンタ（アイヌ語で「ゆりかご」の意。伝承の物語に空飛ぶ乗り物として登場する）に乗って天下ったという説が流布され、一部円盤観測ファンの注目を集めた。ハヨピラの丘に今も残るモニュメントは、このときCBA会員の手によって設立されたものという。筆者が初めて訪ねた二〇〇六年時点ではすでに荒廃が進み、その後も長く立入禁止の廃墟と化している。

（3）「アフンパル」はアイヌ語で、あの世の入口（アフン＝入る／パル＝口）の意。「オマンルパル」（オマン＝奥へ行く／ル＝道／パル＝口）、「オマンルパロ」（オマン＝奥へ行く／ル＝道／パロ＝の口）も同じ（知里真志保「あの世の入口――いわゆる地獄穴について」『和人は船を食う』）。『和人は舟を食う』は知里真志保の遺稿集で、山田秀三が序文を書いている。

（4）例を何首かあげておく。つぎのように能動と受動を対にしているところが独特である。傍点は引用者。

・うれそめし葡萄を園より一夜にて奪いしはたしかに獣ではなし　「短歌人」一九六一年十一月

・うれそめし葡萄幾百房はうばわれて血を吐きて死にいる白き番犬　同
・古蔵にまつわる蔦をいますぐにたちたき思いにかられ立ちいる　「短歌人」一九六二年一月
・秋の野にかえりみられることもなく崩れつつたつ土蔵あり　同
・責められにきたのではないのに責めてくる涙のなかにうずくまる若者　「短歌人」一九六三年六月

（5）知里真志保は註3であげた文章のなかで、複数の古老の話を具体的に紹介しながら、共通点として、あの世の人の姿はこの世の者には見えず、この世の人の姿はあの世の人には見えないこと、ただし犬だけは、あの世の犬もこの世の人の姿を見ることができる。また、この世とあの世とでは夜と昼があべこべであり、時間の尺度も違っている、あの世のものを食べたらこの世には帰ってこられなくなることなどをあげている。

（6）金の採掘はすでに十七世紀、松前藩による砂金の開発として行なわれ、「一六三三（寛永十）年にはサル（沙流）の慶能舞（けのまい）川（現門別町）でも砂金場が開発され」た。そのことは当然「河川での鮭漁を重要な生活基盤としていたアイヌ民族にとっては大きな打撃となった」（田端宏・他『アイヌ民族の歴史と文化』山川出版社、二〇〇〇年）。また、地元の史家によれば、明治期には平取地方にゴールドラッシュが起こり、沙流川流域でも昭和中期頃まで金堀の姿が見かけられたという。近年話題のコミック『ゴールデンカムイ』（野田サトル、二〇一四年より集英社「週刊ヤングジャンプ」に連載中）も日露戦争後の北海道を舞台にした砂金採掘の話から始まっている。

（7）「ヤイサマ」は、自己の悲運や恋慕の情などを即興的に歌うもので、「yaishamanenaというシノッチャを基調とする点でこの名がある」と久保寺逸彦はいう（『アイヌの文学』岩波新書、一九七七年）。「シノッチャ」は歌の意。「ヤイサマ」は「ヤイ＝自分／サマ＝側・前の意で、自分自身のこと」（『萱野茂のアイヌ語辞典』三省堂、一九九六年）。「ヤイサマ」（引用歌では「ヤイシヤマネナ」）で、「自分の心を述べる歌・です・よ」の意。歌のなかで「サケヘ」（くり返しの言葉）として用いられる（「アイヌに伝承される歌舞詞曲に関する調査研究

第7章　叙情歌　Ⅳ　ヤイサマ」『知里真志保著作集 2』平凡社、一九七三年)。

(8)「アイヌに伝承される歌舞詞曲に関する調査研究　第8章　詞曲　Ⅵ　英雄詞曲」同上『知里真志保著作集 2』による。『ユーカラ・おもろさうし』(村崎恭子・児島恭子・池宮正治・吉本隆明編著、新潮社、一九九二年)では、「英雄詞曲をユーカラと称する地方では、主人公の名はポイ(小さい)シヌタㇷ゚カ(地名)ウンクㇽ(の人)であるが、サコロペ、ヤイエラㇷ゚と称する地方ではポン(小さい)オタサㇺ(地名)ウンクル(の人)またはポン(小さい)オタスッ(地名)ウンクル(の人)という。ポイ(小さい)ヤウンペ(陸の者)はあだ名である」(児島恭子)と簡潔にまとめられている。「サコロペ」は胆振の呼称、「ヤイェラㇷ゚」は釧路・十勝・北見の呼称。樺太アイヌの世界では、ユーカラは「ハウキ」と呼ばれる。

(9)「沖びと」は、アイヌ語では「レプンクル」(レプ=沖/ウン=にいる・の/クル=人)。外国人の意で、ポイヤウンペの「ヤウンペ」(ヤ=陸、本土/ウン=にいる・の/ペ=者)の対義語。ポイヤウンペの戦いの相手をさす。

(10)「憑神」は、アイヌ語では「イトゥレンカムイ」(「トゥレンカムイ」ともいう)。中川裕『アイヌの物語世界』(平凡社ライブラリー、一九九七年)によれば、憑神は「散文説話に出てくる守護神というのとはまた少し違って、登場人物の超能力の源泉といったような存在」であり、「その正体は最後まで明らかにならない」。たとえば「虎杖丸(クツネシリカ)の曲」では、虎杖丸(いたどりまる)(ポイヤウンペがもつ宝刀の名)の鞘に彫られた、夏狐、狼、竜の彫刻が、いざというときに「生ける姿となって刀から飛び出し、主人公を助けるのだが、これがイトゥレンカムイということになっている」という。

(11)「アイヌの神謡㈠」(前掲『知里真志保著作集 1』)には、「トメサンペチ川が大きく迂回して流れるあたりに、シヌタㇷ゚カの山城があり、そこの城主は、その名を『ポイシヌタㇷ゚カウンクル』(Poy-Sinutapka-un-kur「若い シヌタㇷ゚カ人」)、あだ名を『ポイヤウンペ』(Poy-ya-un-pe「若い本土びと」)と称する美貌の少年英雄である」

とあるが、シヌタプカの位置は不明。註8も参照。トミサンペチ（ベッ）は、石狩地方の毘沙別川という説もあるという（山田秀三『北海道の地名』北海道新聞社、一九八四年）のみで不明。

(12) アイヌ語では「n」音は「y」「s」の前で音韻転化して「y」音になる。たとえば「pon yuk」（ポン ユク＝子鹿）は「poy yuk」（ポイ ユク）に、「pon suma」（ポン スマ＝小石）は「poy suma」（ポイ スマ）になる。ただしこの変化は絶対的なものではなく、地域や個人によっても違いがあるという。

(13) 「神謡」には、動物神や植物神、火や雷などの自然神が主人公になって自分の体験をうたう、狭義の神謡（カムイユカㇻ）と、人間の始祖といわれるオイナカムイ（アイヌラックル、オキクルミ、などの人文神）が自分の体験を語る「オイナ」の二種類があり、この先行する一人称語りの形式が母胎となって、〈人間のユーカラ〉（英雄詞曲、ポイヤウンペの物語）が誕生したという（「ユーカラの背景とその時代」前掲『知里真志保著作集 3』ほか）。

(14) 前掲『アイヌの物語世界』のなかで、著者の中川裕は「シカ・サケ・クジラ」をあげて、「この三者には共通点がある。三者とも人間に豊富な食料を提供してくれる重要な存在であるにもかかわらず、ちゃんとした神様扱いをしてもらえないというところである」と述べ、そのようにいえる理由を自身の伝聞と豊富な伝承資料をあげて説明している。

(15) 一九七〇年十一月、小中は、所属する「短歌人会」の東北集会に参加した折、同会のメンバーとフェリーで北海道へ渡っている。ただし、着いてからの行動はべつで、小中の行き先は不明。あるいはこのとき平取の町を訪ねたのではないかと筆者は推測するが、確認はできていない。

(16) 「短歌人」は短歌結社「短歌人会」の発行する歌誌。小中英之は一九六一年に同会に入会し、亡くなるまで在籍した。入会は当時「短歌人会」の主要メンバーであった斉藤史を慕ってのことだったが、斉藤史は翌一九六二年に同会を脱退し、長野県で「原型」を創刊。小中は後年の自筆年譜に「斉藤史脱会に衝撃を受くも、あえてとどまる」と書いている。

(17) 詳細は不明。エッセイ「午後の時雨」(『短歌』一九七六年十月)に、「いまもってその死の理由は誰にもわからない。あの日から冬は十回も過ぎたのに、残された者の記憶に存在するのは、永遠に青年のままの友人の顔である。そうして記憶の中で、冬のラ・ペルーズ海峡もつねに荒れているだろう」と書いている。このことについては拙稿「鷗の歌」(『遠き声 小中英之』砂子屋書房、二〇〇五年)参照。

(18) 小野茂樹(一九三六～一九七〇年)は歌誌「地中海」に所属した歌人。前夜、小中英之と遅くまで酒を飲み、別れた直後の事故であった。歌集から代表歌を何首か引用しておく。

・五線譜にのりさうだなと聞いてゐる遠い電話に弾むきみの声　『羊雲離散』
・あの夏の数かぎりなきそしてまたたつた一つの表情をせよ　同
・殷々と夜空を迫るとどろきに死すべきたれかまた選ばれし　『黄金記憶』
・くさむらへ草の影射す日のひかりとほからず死はすべてとならむ　同

(19) 小野茂樹は「短歌」一九六〇年十月号の座談会で、同席した岸上大作(一九三九～六〇年十二月)に反論して、「ぼくらが戦争を経験しなかつたというのは、ぼくらの精神の深部の無傷性を維持していくために二次的などんな傷を受けようともひるむまいというきびしい決意が含まれている」、「ぼくは前の世代に対してはつきり一線を画すために、戦争体験はなかつたといいたい」と述べている。逆説的なニュアンスをふくんだ発言で、いわゆる「兵隊体験世代」とは異なる形で戦争を体験した、その違いを大事にしたいということであろう。戦争という言葉自体の概念に反対し、「資本主義の体制にある限り、ぼくらが体験しつづけるものを戦争とい」うと主張する岸上とは終始言葉がかみあわなかった。示唆に富む貴重な座談会。タイトルは「明日をひらく」。出席は、清原日出夫、岸上大作、小野茂樹、稲垣留女。司会は冨士田元彦。

(20) 本章では「ほろびゆく世界」という言葉を何度か使ってきたが、これは、小中の一九六〇年代の短歌に表れているように、眼前に変化してゆくすがたを見ての、かれ自身の感慨を投影させた表現である。小中がそこから出発して「ほろびざるもの」を生きたかたちで受け継ごうとしていたことは、すでにこれまで述べてきたとおりである。金田一京助がアイヌをほろびゆく民族とし、ユーカラを文化遺産として尊びながらも、それを生きたものとして存続させようとはせず、現実には和人への同化政策をみずから推奨した、という意味での「ほろびゆく世界」ではないことを断っておきたい。

(21)「クラーレ」は、南アメリカの先住民族が矢先に塗ったといわれる猛毒の樹液。「クラーレの矢」は、矢先にそれを塗った毒矢のことをいう。

小中英之歌集『わがからんどりえ』の生成

自然のしなう鏡のなかで
星々は網　魚たちはぼくら
神々は闇にうかぶ幻。

ヴェリミール・フレーブニコフ「歳月、人びと、民衆」(1)

1

小中英之が二〇〇一年に亡くなってもう十七年になる。そのとき生まれた子どもたちがもう十七歳になるのかと思うと、時の流れの非情さに胸を衝かれる。十七歳のとき、小中はどんな少年だったのだろうか。そんなことを考えていると、以前訪ねたことのある、小中が中高生時代をすごした北海道の江差の海の、どこまでもつづく黒い水平線が、記憶の底からよみがえってくる(2)。短歌結社「短歌人会」にはいって数年後、「十七歳」と題して書かれた連作に登場する十七歳の「俺」のすがたや、後年のエッセイに登場する「少年」のすがたが思いだされる。アイヌのことだけでなく、小中はじつにしばしば過去をふり返り、少年時代や幼年時代の自分を回想する。まるで犯罪者かなにかのように、そこにたしかに自分がいたことを確かめにでもゆくかのように。

神とは何ぞ　髪かられつつそばかすだらけの俺　十七歳　「短歌人」一九六四年二月
畜生！もう住めない町に鐘がなる　護送車にゆられいて耳ふさげぬ　俺　同

少年の頃、しばしば無銭で家を出て、どこまでも歩いて行ったことがある。夜になっても家に帰るという気はなかった。岬に坐って海を眺めていた。吹雪の中をどこまでも歩いて行ったことがある。馬橇の鈴の音はしだいに遠のくばかりであった。

「往反の法」岡野弘彦編『短歌の本 第2巻　短歌の実践』筑摩書房、一九七九年

そして、ほんとうにいま、たまたまのことなのだが、こうして思いだしたものを書き写していて、小中英之がはじめから「音」に憑かれた歌人であったことに気づかされる。この言葉の身体は、おそらくどの部分をとりあげても、輪切りにした金太郎飴の顔の部分に「音」の刻印が押されているのだ。歌人がどのように自覚していたかはともかく、これは意識下のはたらきをもふくめた深層の現象であるのだろう。

「十七歳」は、「短歌人」では「年齢四部作」とよばれて好評だった、「十七歳」「十九歳」「二十一歳」「二十三歳」のうちの最初のもので、虚構をめぐらし破調をもちいてつくられた異色の作品である。後

年の小中英之の作風からみると異質な印象をあたえるかもしれない。ここにあげたのは、全部で十四首から成る「十七歳」の最初の一首と最後の一首。すこし偽悪的なポーズで、火薬庫を破る計画をめぐらして捕まった少年の内面をうたっている。だが、瞠目させられるのはそこではなく、破調ではあってもここには後年につながるしなやかな韻律が流れていること、また、「神」「髪」という同音の語の反復や「鐘がなる」「耳ふさげぬ」など音にかかわる言葉が、少年の内面を表すものとしてもちいられていることである。

あらためて音で、句切りを入れながら読みくだしてみると、一首目はこのように分けることができる（傍線は引用者。以下同）。

かみとはなにぞ○／かみかられつつ○／そばかすだらけの／おれ　じゅうななさい

七音（四拍）　七音（四拍）　八音（四拍）　八音（四拍）

あまりにきれいに分かれるのでかえって困惑させられる。○は拍で数えるときの休止、二音で一拍で数えている。この音数と拍数は、五・七調の短歌のリズムと同じである。[3] ここにさらに「かみ」という同音の語の反復と、頻出する傍線のア音の響きがかさなって、全体に流れるような調べをつくり出している。ちなみに「かみかられ」（髪刈られ）には作者のこだわりがあったようで、後にもこんな三首をつくっている。「かみかられ」の主体はすべて男で、右の歌を原歌として考えると、「かみかられ」には「神」の喪失というテーマがかさねられているのにちがいない。一首目の「反恋歌」は男友達への恋歌、二首目はアイヌモシリの旅、三首目は早春の光を背景とした死と闇の世界である。

髪刈られまひる海辺をかえりつつ夏の魚なれ恋の魚なれ 『律'68』(「反恋歌」)一九六八年

北にきて髪かられいるまひるまの鏡を暗くゆきたりし馬 「短歌」(「わが北のための断片」)一九七一年

刈られたる男の髪の燃えつきて夜の集落に理髪店閉づ 「短歌」(「まぼろしの蜜」)一九七四年/『わがからんどりえ』(「凶兆」)所収

一方、前掲「十七歳」の最後の一首は、音数律としては逸脱の幅が大きく、母音の共鳴もないが、全体に弾むようなリズムがあるので、それに即して仮に考えてみると、つぎのようになる。

畜生!もう/住めない町に/鐘がなる/護送車に/ゆられいて/耳ふさげぬ　俺

六(四+二)音　七音　五音　五音　五音　八(六+二)音

この歌は「鐘がなる」の後に明らかな句切れがあり、それを境に上句と下句に分けて考えると、上句が十八音、下句が十八音、それぞれの内部の構造にもシンメトリックな配分があり、「住めない町」に鳴る「鐘」の音と、「護送車」のなかでその音を聞いている「俺」の姿とが、あざやかな対照性をもって表現されている。そして、このように閉じこめられた世界に、通常の短歌の音数律よりも小刻みな句のゆれがあり、外と内とを隔てる壁を通りぬけて鐘の音がひびいている。この句のゆれと、「護送車にゆられ」ている「俺」の身体のゆれと、町空をわたる「鐘」の音の響きとは、相互にふかくかかわりあって、「俺」の不安をかきたてているのであろう。それと同時に、そのゆれと響きは、苦しみを吐きだす作者の深層にふかく分け入って、作者を、したがってまた「俺」をも生かす生命の躍動になっているにちがいない。

同様のことは、歌の後にあげた「往反の法」の文章についてもいえるように思う。もういちどここに書き写してみる。

少年の頃、しばしば無銭で家を出て、どこまでも歩いて行ったことがある。夜になっても家に帰るという気はなかった。岬に坐って海を眺めていた。吹雪の中をどこまでも歩いて行ったことがある。馬橇の鈴の音はしだいに遠のくばかりであった。

ここでは「どこまでも歩いて行ったことがある」という回想が、「岬に坐って海を眺めていた」という静止の情景をはさんで反復されていることに注目したい。これはリアリズムの表現ではなく、身体内部の生命感にしたがって、蠕動(ぜんどう)運動のように時間を停滞させながら前進してゆく文体で、作者は出来事を順に語っているのではなく、同じ出来事を、視点をずらしながら、二重写し、三重写しに思い起こしているのである。そのような滞りがちな時間――直線的にのびてゆかず、円環的にうごめく時間――のなかから「馬橇の鈴の音」があらわれ、それが「遠のく」、すなわち消えてゆくという事態が出来する。そして、このときの不安と恐怖を引き継ぐかのように、この後、文章は改行されて、唐突につぎのような出来事が語られる。

十九歳の秋、一週間ほどの昏睡状態が続いて、その後、百日以上を寝たままの状態であった。

場面は変わっているのに、内的な生命のリズムは続いていて、音が消えた後には「昏睡状態」が待っている。まるで吹雪のなかで行き倒れでもしたかのように。そうしてここからさらに、話題は「死」のほうへと移ってゆく[4]。

小中英之にとって、「音」は生命の消長にかかわるものとして、早くから意識されていたのだろう。すくなくとも「往反の法」を書いた一九七九年の前までには、自覚されていたにちがいない。その音は、鐘の音や鈴の音のように波紋をひろげる物音の世界であると同時に、前述したような言葉の音の側面、音韻の響きや音数律のリズム、ものの動きや時間のゆらぎとしても感得される、ひびきを発するものの総称としての音声の世界である。そのことはまた、小中が自己の表現手段として音数律をもつ短歌を選び、破調の試みをくり返しながらも、基本的には定型の形にしたがった主な理由でもあったことだろう。「往反の法」が発表された一九七九年は、刊行の遅れていた小中英之の第一歌集『わがからんどりえ』がようやく上梓された年である[5]。「往反の法」とは、文中の言葉を借りれば、「生死の間をゆきかえりすること」を自己の短歌の方法とするということであるらしい。それは、「一首の歌のなかで、長い年月をふたたび再把握し、『私』の存在をふたたび認識することでもあった」と文章では述べているが、ここにはこの人らしい謙遜と韜晦がふくまれていて、このときすでに『わがからんどりえ』の刊行を終えていたことを思えば、生と死の往還には、「私」の存在把握にとどまらない、世界への意志が表明されているると考えるべきである。

2

歌集『わがからんどりえ』については、すでに多くの歌集評や作品評が書かれ、わたし自身も折にふれて書いてきたので、改めて書こうとすると、さて、なにを語ろうか、思案にくれてしまう。が、重複をおそれず、独善をおそれず、書き残してきたこともふくめて、いま語っておきたいと思うことを書いておきたいと思う。

まず、「わがからんどりえ」という言葉について。

すでに「天空の風に吹かれて・追想」の章で触れたように、この言葉のもとになった「からんどりえ」は、小中英之が師とした詩人、安東次男の詩集『CALENDRIER』(書肆ユリイカ、一九六〇年)[6]からとられたもので、「暦」の意のフランス語であるというのが定説になっている。これについて小中はなにも言っていないが、安東自身が歌集の解説文「小中英之の歌」のなかでそう言っている。それで読者は納得して済んでしまっているのだが、それで済ませてしまっては「CALENDRIER」を「からんどりえ」と音にかえ、そこに「わが」という日本語を冠した作者の意図は尽くせないのではないかとわたしは考える。

言葉は音と意味から成る。「音があり、その音が意味をもつ。そしていかなる意味もそれを表現するための音なくしては存在しえないのです」とレヴィ＝ストロースはいう(クロード・レヴィ＝ストロース

／大橋保訳『神話と意味』みすず書房、一九九六年）。その言にならえば、フランス語の言葉を日本語の音に読みかえたとき、意味はおのずからべつのニュアンスを帯びることになる。つまり変わってしまう。有文字社会に生きるわたしたちは、言葉を意味として見ることになじんでしまっているが、また、それで日常生活はやり過ごすことができるけれども、厳密にいえばそういうときも、わたしたちはすでにべつのコンテクストのなかにはいりこんでいる。

そう思って改めて「からんどりえ」に耳を澄ませてみると、いや、わざわざそうしなくとも、わたしたちはほんとうはもうその音の不思議なひびきを聞き分けていて、その言葉のリズムに、なにかしら心弾むような思いを味わっているのではないだろうか。

「からんどりえ」という言葉には、小中英之の後の代表作、

螢田てふ駅に降りたち一分の間(かん)にみたざる虹とあひたり　『翼鏡』

と通底する言葉への感覚がはたらいている。この歌は「螢」に「虹」を配した視覚的な美しさの視点から語られることが多いが、小中自身は「螢田」を、「美しい『ひびき』」（エッセイ「駅―、螢田」／「短歌」臨時増刊号、一九七七年七月）と呼んでいる。それは「螢田」を視覚ではなく、「ほたるだ」と音で感じているからである。けっして流麗とはいえない、そのア音と濁音の混淆。また、「いっぷんのかん」という促音（っ）と撥音（ん）の用法。それは、この歌だけでなく、小中の生涯の作品をつらぬく音への嗜好といってもよい。しなやかな文体のなかに時折投げこまれる、いうならばキッチュな異物の美しさ。

「からんどりえ」は、さらにその上に「わが」という、やはりア音と濁音とをあわせもつ言葉を冠することによって、「からん」の、まさに転がるような軽快さをひきたてている。「からんどりえ」が「暦」であるなら、その暦は平板なカレンダーではなく、歳月をめぐって回転する球形のオブジェではないか、と思えるような物質感。言葉の意味が差異の体系であるとすれば、言葉の音もまた、他の音との関係のなかで高まったり静まったりする運動体なのである。

こうしたことを小中英之がどのように意識していたかはわからない。「この基本的なリズムのうなりがどこからくるのかは、わからない」（ロマン・ヤコブソン／桑野隆・朝妻恵里子訳「詩人たちを浪費した世代」に、マヤコフスキイの言葉として紹介されている。『ヤコブソン・セレクション』平凡社、二〇一五年）、「言語活動は、おのれを知ることなく機能する」（ローマン・ヤーコブソン／花輪光訳『音と意味についての六章』みすず書房、一九七七年）という詩人たちの言葉が、ここにもあてはまるかもしれない。ただしまた、小中は歌集以前より「からんどりえ」の言葉を使用した例があり、日本語へのこのような読みかえがどこからきたのかは不明であっても、かれがこの言葉を、自己のものとして意識的にあたためていたことは確実である。

用例をあげておこう。私見の範囲でふたつある。ひとつは、『騎・昭和新世代合同歌集』（短歌新聞社、一九七三年）に、「騎の会」のメンバーとして参加したときのもの。タイトルを「からんどりえ」として新作百首を発表している。歌集『わがからんどりえ』には、ここから精選した四十八首がおさめられている。前章「『わが北のための断片』考」で紹介した、「風光るうつつを沢に独活の芽はいまだ未生の神かも知れず」もこのときの作（後に『わがからんどりえ』「芽」の章に収録）。ほかにも、

水の上に花火は落ちてふたたびの暗さひとみを内蔵したり　『わがからんどりえ』では「夏の眼」収録
童謡をたえて聴かざり夜の灯のとどくかぎりに鳳仙花咲け　同
早朝をわたるひとなく霜置きて木橋は野に高貴なるべし　同「霜の韻」収録

など、『わがからんどりえ』に収録されることになる秀歌が、このとき多くつくられている。音ということでいえば、「童謡」を視覚のリズムに転じた、二首目の「鳳仙花」の歌が印象的である。

用例のもうひとつは、この翌年の「短歌」（一九七四年十二月）に、既発表の作品を「からんどりえ抄」として二十五首載せていることである（紛らわしいが、先の『騎』の「からんどりえ」の抄出ではない）。このなかには発表誌不明の三首がふくまれており、このとき新たにつくられたものではないかと思われるが、断定はできない。この三首はすべて歌集『わがからんどりえ』におさめられている（ちなみに、「からんどりえ抄」にはあるが歌集には収録されなかった作品も二首ふくまれている）。

発表誌不明の三首はつぎのとおり。一首目にある「鈴」は、「1」の節でふれた「鐘」や「鈴の音」と同様、死と再生の主題を負うもので、歌集では巻頭二首目に置かれることになる。つくり方はややおとなしいが、重要な作品である。

生くる日の影をかさねて火の国の土なる鈴をふれば鳴り出づ　『わがからんどりえ』では「微笑」収録
氷上の男ともだち四五人のうすき罪はも茜に燃えよ　同「草上に燃す」収録
身辺をととのへゆかな春なれば手紙ひとたば草上に燃す　同

このようにして、一九七三年の「からんどりえ」にはじまり、一九七四年の「からんどりえ抄」を経て、一九七五年十一月号の「短歌」に「新鋭歌人叢書全八巻」（註5参照）の書籍広告が掲載されたときには、「からんどりえ」はすでに装いをあらため、「わがからんどりえ」となっていた。そして、この言葉をもつことによって、歌集は新しい生命を得た。「CALENDRIE」から「からんどりえ」へ、さらに「わがからんどりえ」へといたる、音の声をきくことによって生まれたこの跳躍の意味は計り知れないほど大きい。たぶん、それによってすべてがすっかり変わってしまったといえるほど。作者にとっても、読者にとっても。

ところで、小中英之は第一歌集『わがからんどりえ』巻末の「追い書き」のなかで「季節」にふれて、作品の配列を「季節にふさわしいように動かしたものもあって、発表順ではない」といい、「『わがからんどりえ』をわかちて春、夏、秋、冬、と部類した」と書いている。この部類は、いわゆる勅撰集のような四つに分けられた四季の部立てではなく、季節にしたがって時間が循環的に際限もなくつづいていく、春、夏、秋、冬、春、夏、秋、冬、春、夏……というようにめぐらされた「季節のめぐり」を意味している。具体的には『わがからんどりえ』は、〈初夏〉からはじまり、各章が、夏、夏、秋、秋、秋、秋、秋、冬、冬、冬、冬、春……というようにゆっくりと展開しながら、四度目の冬にいたる三・五巡がうたわれている。一巡目は秋と冬が長い。

このような構成は、第二歌集『翼鏡』（砂子屋書房、一九八一年）にも踏襲されていて、数えてみると『翼鏡』では、春からはじまり五度目の夏にいたる、四巡と一季の時間がうたわれている。つまりこの二冊の歌集は季節のくり返しをそれぞれの骨格としているだけでなく、歌集と歌集のあいだにも、〈冬〉で終わり〈春〉からはじまるという、季節を次にわたす意匠がほどこされている。それは言いかえれば、時間をつなぎ命をつなぐものとして、あるいは死と生をめぐる表象として張りめぐらされた命綱でもあったといえるのではないだろうか。生前に第三歌集が編まれることはついになかったが、もしも実現していたら、それはきっと『翼鏡』の終わりを受けて〈秋〉からはじまるものになっていたにちがいない。実際、それと符牒を合せるかのように、『翼鏡』以後の作品を、小中は〈秋〉からはじめているのだ。[7]ヴィジョンはあったはずだが、それがはっきりとした形ではのこされていないことを残念に思う。

ともあれ、「わがからんどりえ」という言葉と、歌集のこのような構成によって、それが一年の暦（十二ヶ月あるいは四季＝CALENDRIER）を表すものではなく、循環する季節（時間）の意を負ってもちいられたものであることが確かめられる。歌集名が安東次男の詩集に由来することはまちがいないだろうが、安東の詩集では、時間の表情は一月の「氷柱」から十二月の「ある静物」までの十二の詩篇として表現されている。それを季節の循環する象として表現したのは小中の考えであろう。一種の編年体ともいえるが、この編年は一方向に流れる線的な時間ではなく、円環的にめぐる自然のリズムに呼吸をあわせた時間である。そのことは、先ほど述べたような、「わがからんどりえ」という言葉がもつ回転する球体のイメージとも根深くつながっているはずである。

〈初夏〉からはじまった『わがからんどりえ』の季節をめぐる旅は、季節を三巡り半したのち、つぎの歌を掉尾（とうび）としていったん終了する。

この寒き輪廻転生むらさきの海星に雨のふりそそぎをり

この歌の「海星」は、「ひとで」と読めば転生の生物になるが、「かいせい」と読んで海の星、すなわち地球の意が託されていると考えることも可能だろう。わたしには水平線をふくらませて海が押しよせてくる、回転する地球のイメージがうかぶ。それは同じ章（最終章「渚」）にある、つぎのような作品から導かれるイメージでもある。

眼には紺とよむみち潮ひとときの念（おも）ひにかかる罪ふかくして
惨おほく過ぎてはろけしひんがしの海ゆ明けくる渚にひとり
海潮のみちくるまでをここに佇つ怖れなけれど岸より遠し

小中英之のなかには、潮の流れとともに回転する地球のイメージが、原風景として深くいだかれていたのではないだろうか(8)。それは惨事の舞台であると同時に、風が立ち、季節がめぐりはじめる、自然の生命の源でもある。

3

歌集『わがからんどりえ』は、「微笑」と名づけられた章からはじまる。すでに述べたように、歌集では作品の入れかえや並べかえが行なわれて再構成されているが、もとになった初出の「微笑」が発表されたのは一九七一年十一月（「短歌」）。「わが北のための断片」（「短歌」）から十ヶ月後のことである。前後の作品を発表誌でたどって読むと、この十ヶ月の期間が、小中英之がひそかに密室で、飛翔のための翼の強度と角度とを打ちなおしていた時期である。そのことは「わが北のための断片」の作品と、初出の「微笑」にはじまる『わがからんどりえ』に収録された作品とをくらべてみるとよくわかる。通底する抒情質は変わらないが、一首の仕組みと昇華のし方に大きな違いがある。

つぎのA群の歌は「わが北のための断片」の作品。B群の歌は「微笑」の作品。どちらも発表誌より掲載順に引用する。なお、B群の行間の括弧は歌集の形。六首目の結句「抱けり」から「揺らげり」への変更をのぞき、仮名遣いと表記のほかは同じである（仮名遣いについては本書九九頁註1参照）。

A　寒暮にすれちがいたりユーカラの長(たけ)たかき人昂然と消ゆ
雪ふれば雪のうえ奔(はし)す北霊にこころ従いただよいはじむ
北へ北へひとみ澄みつつ視(み)えくるは他界か鶴のこえ空を裂く
荒涼と原籍地あり　熊剝ぎて男たちおり　雪しきりなり
庇護なきをすがしとおもえ地吹雪のなかみひらきて走りくる眼よ

B　昼顔のかなた炎(も)えつつ神神の領たりし日といず（づ）れかぐわ（は）し　『わがからんどりえ』では「微笑」収録
友の死をわが歌となす朝すでに（遠）とおきプールは満たされ青し　同

愛すでに喚ばれしごとく遠のきて黄気に不在の椅子ただよえり（へ）　同「夏の眼」収録
遊びたるひとつ水雷艦長におさなき声（幼きこゑ）をのこし、まばゆし（9）　同「微笑」収録
落雷のとどろきまこと神経をふるえ（へ）昇りて夜を浄くす　同
幽界にともる微笑を友としてみどりまぶしき季（とき）を抱けり（揺らげり）　同
遺されし詩句すみ透り月光に応（こた）うる（ふ）はなきひとみとなりぬ　同「冬天の櫂」収録

A群の歌はどちらかといえば叙述的で、時間も空間も見えるものを伝わって移動する。一首それぞれのなかには動きがあり、同語の反復や「こえ」のひびきとともに、動きこそはこの連作の特徴であり、作品全体をつらぬく作者の希求でもあるのだが、一首それぞれにうたわれている場面じたいは変わらない。四首目の一字空白も、帰郷した「私」の沈黙の思いや視線の動きを表しているが、やはり場面は変わらない。「私」と対象との距離は近く、三首目のように「北へ北へ」と移動してはいても、その変化は時間の推移とともに見えてくる「私」の身辺の変化である。

これにたいしてB群の歌では、現在と過去、ここと向こう、死と生の距離が無限大に延びて、一首それぞれのなかに名状しがたい時空のひろがりを生みだしている。たとえば一首目の「昼顔」の歌では、上二句にすでに「ここ」と「向こう」の対比がはらまれており、それが三句目以降でさらに「神神の領たりし日」という、はるかに遠い過去の時間へと転換される。そして、読者はそのひろがりのなかで、「いずれかぐわし」（どちらが香り高いか）という壮大な問いに直面する。

二首目では二、三句目の「なす・あさ・すでに」にサ行のひびきのわだかまりがあり、それをはさん

で、罪深き「われ」と、青く満たされた「とおきプール」の豊かさとが対比されている。「螢田」の歌（「2」の節参照）と同じように、わだかまりのなかからあらわれてくる空間のひろがりが美しく、死者の浄化と再生を願う祈りの言葉ときこえる。

同じように三首目では「愛」（遠景）と「不在の椅子」（近景）、四首目では「おさなき声」（過去）と「まばゆし」（現在）、五首目では「落雷のとどろき」（下降）と「神経をふるえ昇り」（上昇）という対立する二項がふくまれていて、それによって戦慄する心の状態が物質感豊かに表現されている。

さらにいえば、ここではどの歌も結句に重心があり、それが着地点をもたない、輪郭のあいまいな感覚世界の言葉で受けとめられている。「かぐわし」「青し」「まばゆし」などの形容詞による終止、「ただよえり」「浄くす」「なきひとみとなりぬ」という抽象的な描写による終止の形が、一首の結びを茫漠としたものにする（六首目の「幽界」の歌については後述する）。これはA群の歌の「消ゆ」「はじむ」「裂く」「走りくる眼よ」などの動作を表す言葉とくらべると対照的で、いうならば弁証法の「合」（総合）が、B群では止揚された一点ではなく、対比されたふたつの空間を包みこんでひろがっている。

というよりも、そもそも先ほど「対比」といい「対立」といったが、ここにあらわれた対比は、明確な「正・反」（定立・反定立）ではなく、時間と空間をへだてた異化の感覚であり、落雷のとどろきが夜を浄化するような、あるもの（こと）の両義的な性質を表しているのであって、ふたつの世界は遠くても、その間に深い切れや対立があるわけではない。

また、音韻については、A群でも三首目の「ひと|み澄|みつつ視|えくる」や、四首目の「あり|・おり|・なり|」などに同音の反復がみられる（これは小中の歌では宿命的な特徴であろう）が、B群ではそれがより

細やかになって歌に微細な振動をあたえている。前述した二首目の「なす・あさ・すでに」もそうだが、とりわけ鮮やかなのは一首目で、ここでは「ひるがお」「かなた」「かみがみ」「かぐわし」というカ音の連鎖、「炎えつつ」「かみがみの」という同音の語の反復、「ひるがおの」「かみがみの」「りょうたりしひ」「いずれかぐわし」とイ音をひびかせた語のつらね方など、意識するとすこしうるさくも感じられるほど、ひとつの言葉が音として複層的にもちいられ、それによって語と語とがよびよせられるようにしてつながってゆく。これは目で読むよりも声で発せられたものを耳できくほうが美しい歌であろう。音によって導かれる口承のひびき、とわたしは思う。

二首目の「満たされ」、三首目の「愛すでに」、四首目の「ひとつ」などに表れた連用中止や句割れによる休止、同じく四首目の「のこし、まばゆし」(no・ko・si, ma・ba・yu・si) の読点(、)による休止と、それをはさんだ母音の配列などにも工夫がこらされていて、それぞれの作品に小刻みで震えるようなリズムをあたえている。意識では自覚されないそのような音のはたらき、振動し循環する音のリズムが、他の語との関係のなかで言葉の輪郭を鮮明にしながら、たとえば倍音[10]のような膨らみをもって読者の肌にふれてくる。

二項対立や句切れの工夫は短歌の世界では珍しいものではないだろうが、それがくっきりとした断絶ではなく、音韻と連動して微細な触感的な効果を生みだしているところが独特である。理をこえて感覚に訴える歌である。

また、ここでは、六首目の「幽界にともる微笑」の結句だけが、表現としては歌集の段階で「抱けり」から「揺らげり」に変更されている。それはこれまで述べてきたことと正確に呼応しているだろう。両腕に抱きしめるのではなく、ともに揺らぐのでなければならない。そうであってこそ「幽界にともる微笑」は生きてひろがり、みどりまぶしき季節のなかで、「私」もその「微笑」とともに生きることができるのである。

このことはまた、歌集編纂の時点で、作者のなかにさらなる覚醒があったことを示している。それは「2」の節でふれた、「からんどりえ抄」(「短歌」一九七四年十二月)に収められた、発表誌不明のつぎの歌、

生くる日の影をかさねて火の国の土なる鈴をふれば鳴り出づ

が歌集『わがからんどりえ』では巻頭の「昼顔」の歌につづく、「微笑」の章の二首目におかれたことともかかわっているだろう。この歌は「鈴をふれば鳴り出づ」とあるように、再生への祈りであると同時に、「微笑」を読み解くために作者がしのばせておいた〈カギ〉のようなもので、鈴を振ることによって生じる、ゆらゆらとゆれながらひろがってゆく、さざなみのような音の性質は、前述したB群の歌の特色――対比と浅い切れをもち、振動する音韻の連鎖――によってつながれ、限定されない時空のひろがりを、言葉の意味としてもリズムとしてもつくりだしている、そのような詠法と深くかかわっているだろう。

鈴を振ること、身体を揺らすこと、に仮託されている「振り」や「揺れ」は、魂を活性化させる古代の様式ではあるが、それはなにも古代にかぎったことではなく、いま、わたしたちがアニメに興じる感覚にも通じる普遍の身体感覚であると思う。扇によって煽られた小さな紙片が宙を舞う、「蝶の舞い」

にもわたしたちは心をはずませる。そういえば、小中英之は若き日、人形遣いという、ものにアニマ（霊魂）を通わせる仕事をしていたことがあった。(11)『わがからんどりえ』にはこんな歌もおさめられている。

人形のかしらほどなる朱の果実あまき香りは種子群を秘む　（「黄昏」）
人形遣ひたりしむかしの黒衣(くろこ)なほいかに過ぎしもわれにふさはし　（「蘭の室」）

人形は未生の命を秘めて、動きだすのを、生きはじめるのを待っている。

そうしたことと短歌の詠法とが直接関係するわけではないとしても、動かないもの、衰えゆくものに生命をかよわせるために、あるいはまた、とじこめられた自己の身体をひろがるもののほうへと解き放つために、もともと音数律の句切れをもつ短歌のゆれる形式のなかで、言葉をさらにいっそうゆらしているのである。

こうしたところでは、「対比」はゆれるための距離を生みだす布石であって、乗り越えられるべき対立物ではない。「いずれかぐわし」という問いも、どちらかの選択を迫るものではなく、それ自体がさざなみとなってひろがる音源なのであって、どちらと限定して答えるべきものではないのである。

このように見てくると、A群の歌は前章「『わが北のための断片』考」で述べたように、三十首の連作としてそれぞれの歌を照応させつつ、全体をひとつの物語として構成したものであったが、B群の歌では一首の自立性がたかまり、あたかも一幅の絵を描くように、音楽を編むように、短歌という画布あるいは五線譜の上で、空間構成や色彩、音韻のコンポジション（構成）に配慮しながら言葉を遊ばせている。もともと構成意識のつよい歌人ではあるのだが、それが一首ごとの世界に集中し、細密に練り上げている印象をうける。

こうしたことの背後には、もちろん形式の発見ということもあるだろう。独自の世界の探求ということもあったかもしれない。だが、小中英之という歌人を考えると、それは結果であって目的ではなく、ひとえに眼前の苦しみを全身全霊で乗り越えようとするところからもたらされた、感覚的、身体的、識閾下のはたらきをも総動員した手探りの方法論であったにちがいない。そして多く、その苦しみは「死」にかかわっている。

考えてみれば、「わが北のための断片」もそこから出発したのである。死の苦しみから逃れようとしてさまよう旅のなかで、かれは「ユーカラの人」に出会い、アイヌの自然と再会した。けれども、ふり返ってみれば、それは始まりであって終わりではなかった。認識したことを言葉にするのではなく、言葉に音（自然）を返すこと。言葉が生まれる原初の場所に立って、言葉を生命とじかにかかわるものにすることが必要だった。

それは見方をかえれば、近代の肥大した意味からの遁走、歴史をつくる有文字の文化から、自然とともに生きる無文字の文化への遡行であったといってもよい。もちろん、完全な遡行はありえず、歴史的現在にからめとられながらの格闘ではあるのだが、このとき小中英之が、どんなかたちではあれ、そういう啓示を得たことはたしかなように思われる。そこから、「微笑」への新たな旅がはじまったのである。

さて、このようなところから出発した歌集『わがからんどりえ』の歌は、「微笑」の後、さらにつぎのような展開をみせる。歌集では並べかえられて見えにくくなっているが、ここには発表された年月の順に引用する。なお発表年月の上に記した章名は、それぞれの歌が収められている『わがからんどりえ』の章名をさす（以下同）。

ひとみ冴えてわれ銀河へと流れこむ両手(りやうて)をひろげてひとりは重し
（「すすきみみづく」）一九七二年四月

月射せばすすきみみづく薄光りほほゑみのみとなりゆく世界
同

氷片にふるるがごとくめざめたり患(や)むこと神にえらばれたるや
（「夢を畏れる」）一九七三年七月

しづかなる罪にてあらむ木に花のあまき香りがゆたかなること
（「銀の暈」）同

黄昏にふるるがごとく鱗翅目(りんしもく)ただよひゆけり死は近からむ
（「黄昏」）一九七三年十月

月光へふり向くは憂しきらめきて黒き異形の魚の跳ぶ刻
（「夏の眼」）同

かがやきをまとひて九月みのりたる空の果実のさきはひ知らず
（「黄昏」）一九七四年七月

遠景をしぐれいくたび明暗の創(きず)のごとくに水うごきたり
（「冬天の櫂」）同

ふりむけば渚のごとき線顕ちてわが失ひし類(るゐ)のただよふ
（「蟬」）一九七四年十一月

射たれたる鳥など食みて身の闇にいかばかりなる脂のきらめくや
（「すすきみみづく」）一九七五年一月

はなやぐにあらねど秋のまぼろしを魚ら光りてしきり過ぎたり
（「天狼を刺す」）同

遠景はゆふあかねしてひとところ虚(うろ)のごとくに黒ずみふかし
（「朝の首」）一九七五年二月

うらぶれて鋭目(とめ)とやならむ夜をひと夜なほ来む夜の梁がみえをり　（「逆光」）一九七五年十月

『わがからんどりえ』を代表する作品群である。光のリズムと陰影だけでできているような静かな抽象の世界。このような歌が、『わがからんどりえ』の時代（一九七一年十一月の「微笑」から一九七五年十一月の「渚」まで）の全般にわたって、このような順序でつくられていることに瞠目させられる。断っておくと、制作年を見ながら抜きだしたのではなく、これぞと思うものを歌集から選び、制作年を調べたらこのようになったのである。

「ひとりは重し」の自覚から「すすきみみづく」の世界を経て「なほ来む夜の梁（はり）」を透視するにいたるまで、奇蹟に出会っているような不思議な光景である。作者のなかにどのような意識や考えがあって言葉がこのような方向をたどるのか。それとも、言葉自体に一定の方向へと向かうベクトルがあって、作者はただそれにしたがっているだけなのだろうか。このように紡がれた言葉は、まさしく先行する「微笑」の響きのなかから生まれ、より軽く、澄んだ音色をたてて中空へとひろがってゆく、生と死、生物と無生物、光と影のあいだで存在になるのを待っている、無数の魂たちのうたのように思える。

右にあげた一首目では「ひとみ」「両手(りやうて)」というように、「われ」の身体が部分としてではあれ、身体として表現されているが、二首目ではそれが「すすきみみづく」という、すすきの穂でつくられた人形にすがたを変え、浄化の微笑を夜空にひろげてゆく。この二首は同じ章のなかの作品で、発表誌でも歌集のなかでもこの順序で組まれている。天上の光との照応をもとめて、地上の身体が生物から生物を象った「もの」へと変容してゆく。

また、どちらの歌も「イ音」をひびかせているが、一方が「ひ」の反復であるのにたいして、一方は「つき」「すすき」「みみづく」「ひかり」「ほほゑみ」「のみ」「なりゆく」「せかい」というように変化に富んだもちい方で、音の振動によってさざなみのようにひろがっていく光の波動を伝えている。浄化の微笑ではあるが、すこし怖ろしくも感じられるのは、この世ならぬものにふれるからであろう。その微細な触感が、「薄光り」などの言葉とともに音韻の連なりのほうからも押し寄せてくる。

三首目は「患(や)む」身体の歌である。この歌は作者の述懐として読まれることが多いが、上句の描写は、折口信夫の小説『死者の書』（一九四三年）の冒頭に描かれた、「しと、しと、しと」とふる冷たい水の雫によって目覚める死者のよみがえりの光景を思いださせる。この身体は重く、目覚めても自由には動けない。述懐であるとしても、自己の身体をそういう不具のものとして、だからこそ「神」に選ばれた聖なるもの、畏ろしいものと感じている。この身体はそのような生と死のあいだに宙づりにされた身体である。

四首目からは生物と事物の歌。ここではものの具体的な名称は退けられ、ものはただ「木」「花」「魚」「果実」「水」「鳥」という一般名詞の短い言葉で捉えられている。また、「鱗翅目(りんしもく)」「類」というように生物学の概念でよばれたり、「創(きず)」「線」「脂」「虚(うす)」「梁」というように、それ自体は二次元的ともいえるような抽象的な意匠によって、実際には存在しない、気配としてのみ感じられるものが表現されている。

このような抽象化の傾向は、『わがからんどりえ』以前からみられるものではあり、初期作品には、死者の面影をのせた鷗(かもめ)が、やがて抽象の鳥となり、抽象の魚となって姿をあらわすさまがドラマティックに展開されている。[12] 例をあげてみよう。一九六六年と六七年の「短歌人」より引用する。

撃たれたる鷗とおくに堕ちそれよりふしぎに海あれてくる
わが鳥のさえずりゆうべ言葉なり心かたむけききわけやらん
夜をこめてわが瀬のぼれる魚のむれきらめくときを言葉のように
野ざらしのわれに月光ふりそそぐ夜もあるべし野の鳥ならば
北めざす夜明けのこころ青き魚しずめ凍てゆく水のごとしも
さすらいのこころよ眠れ鳥・獣ロビーの壁画に抽象されて

あまい抒情をたたえた心惹かれる作品である。これらの歌にうたわれた「鳥」や「魚」は、「われ」との関係のなかで、「言葉」や「こころ」とともに表現されていることからも察せられるように、死者の形代（かたしろ）ともいうべきもので、比喩や象徴の匂いをまとっている。

これにたいして、さきほど引用した歌群の「もの」たちはもっと硬質である。

黄昏にふるるがごとく鱗翅目（りんしもく）ただよひゆけり死は近からむ
月光へふり向くは憂しきらめきて黒き異形の魚の跳ぶ刻
遠景をしぐれいくたび明暗の創（きず）のごとくに水うごきたり
ふりむけば渚のごとき線顕ちてわが失ひし類のただよふ

射たれたる鳥など食みて身の闇にいかばかりなる脂のきらめくや
はなやぐにあらねど秋のまぼろしを魚ら光りてしきり過ぎたり

これらの歌では、前掲の歌にはあふれていた心情のうねりが捨象され、あるいは情念の熾(おき)となり、生物は硬質な「もの」となって、それ自身のリズムを奏でている。この変化は「わが北のための断片」から「微笑」への変化に匹敵するもので、自分自身との厳しい格闘があったことを物語っている。また、抽象化の度合いが高まるにつれて、ものの動きと空間性が高まっていることに気づかされる。

注目すべきは、「鱗翅目(りんしもく)」「魚」「類」「鳥」と表現された、具体像をもたないものたちが、空間構成や対比によって水しぶきのように跳ねたり、波のように揺れたりしてうごいていることである。この視界は外界にあらわれた「もの」の身体には関心がないのに、ものの動きと空間の明度には敏感で、猫のように夜目が利く。とりわけ右に抜きだした三首目の、「明暗の創(きず)」とたとえられた、遠い「しぐれ」によって見えるものとなった「水」の陰影。四首目の、「渚のごとき線」ととらえられた、ふりむくせつなに見えてしまう異界との境界線とそこにただようものたち。五首目の、わが身の「闇」にこぼれおちる「射たれたる鳥」の「脂」のきらめきなど、虚実分かちがたいもの、在ると思えるのに実際にはないもの、内面にしたたる罪の意識などが、卓抜な修辞によって、「もの」として、動きのある構図のなかに鮮明に写しとられている。

一方、年代順に並べた前掲の最後の二首は、濃淡で描かれた墨絵のような歌である。ここには「もの」はなにもなく、なにもない空間のなかに、非在のものの気配だけがとらえられている。もういちどあげてみよう。

遠景はゆふあかねしてひとところ虚(うろ)のごとくに黒ずみふかし
うらぶれて鋭目(とめ)とやならむ夜をひと夜なほ来む夜の梁がみえをり

前者は、「ゆふあかね」のひろがりと「ひとところ」と限定された「黒ずみ」の対照が美しく、そこに精妙なリズムも生まれている。リズムといっても音ではなく、色彩や深さの対照によって生まれる視覚的、触覚的なリズムである。後者の「夜の梁」の歌は、敏感になった感覚のなかで未来の時間を幻視しているのであろう。「夜をひと夜なほ来む夜の」という、語の反復と時制を生かした表現のなかに、時間だけでなく、ゆれる空間も表現されている。ここではこれまで抽象化の方向をたどっていた「もの」が、幻視の形さえ失って、ひろがる時間と空間のなかで、未生のものを抱くかのごとくゆれている。ゆれるとはまさになにものかを孕むことでもあるのだというように。

そしてまた、「ゆふあかね」の色調からふり返ってみると、これらの歌には色彩がないことに気づかされる。これまで引用した歌から抜きだすと、「火」の色と「ゆふあかね」のほかは、「光」の色と「青」と「みどり」、「黒」もあわせたモノトーンに近い世界である。いま、歌集『わがからんどりえ』からこれ以外の歌を思いうかべてみても、「紺」や「白」など、類似の系統につらなる色しか思いつかない。そして、そのなかに時折、目の覚めるような「赤」がまじる。たとえばつぎの三首。

いづこにかよろこぶこゝろも燃えつきて死火山麓の凄き紅葉　（『秋山河』）一九七二年十二月
火の山のふもとめぐればななかまどみのりて死者へまどかに赤し　（同）一九七三年一月
秋ここに塩山ありて死人花あかしくらしとさだめがたしも　（『塩山』）一九七五年一月

このようにすべて自然の色であると同時に、多く「死」とともにもちいられている。いうならば、赤は小中英之にとって死の色、逆にいえば命の色であり、「身の闇」にこぼれおちる「脂のきらめき」のように、モノトーンの空間にアクセントをつける色でもある。

音ということで考えはじめたのに、いつのまにか色の話になってしまった。

視覚と聴覚はどこかでつながっていて、ものの気配や色彩もリズムとして、音として感じとられているのだろう。聴覚と視覚にかぎらず、感覚はもともとひとつの混淆体であって、耳で聞いていると思うものにも、触覚や色彩の感覚がいりまじっている。それを意識が勝手に分類したり、排除したりしているだけなのである。

重い身体の発見から人形の世界へ、記号的な抽象の世界へ、そして、ものが消え、空間そのもののドラマがはじまる。これはどういう精神の軌跡だろうか。歌集では並べかえられているので、こうした推移は見えないが、『わがからんどりえ』にはこのような方向性をもつ言葉の世界がひろがっていて、その物質的、気象的な肌ざわりのなかに、悲嘆や哀傷などの感情をこえて、世界に存在することそれじたいの意味と表情とが見つめられている。春から夏へ、夏から秋へ、秋から冬へ、冬からふたたびの春へと循環する、季節のはてしないめぐりとともに。いくえにも振動の罠をはりめぐらせて。

4

小中英之の短歌がもつ〈抽象〉と〈振動〉のこのような性質は、「天空の風に吹かれて・追想」の章で触れたアイヌの伝承歌「ウポポ」の世界へと、わたしをふたたび連れもどす。

知里真志保によれば、ウポポは「熊祭の夜などに婦人たちによつて唄はれる神歌」である。地方によって違いもあるが、幌別地方では室内で「広間の一隅に婦人のみが坐つて円陣を作り、行器（ほかい）の蓋などを叩きながら唄ふ」という。これは小中の住んだ沙流（さる）地方も同じである。ウポポ（upopo）の「u」は「互いに」の意、「pop」はポッポッというオノマトペから生まれた沸騰する意の動詞、「o」は「〜させる」という意味を添える語尾で、本来「『小鳥どもが一斉に囀るやうに皆でがやがや唄ひ合ふ』といふやうな意味だつたかと思ふ」という（引用は「アイヌ民俗研究資料　第二　9　UPOPO（熊祭り唄）」『知里真志保著作集　2』平凡社、一九七三年）。

唄い方は、①一人が音頭をとり他の人々がそれについて唄うもの、②二部に分かれて輪唱するもの、③みなで斉唱するもの、の三種類あるという。①・②については同じ旋律を順序をずらして唄うことになるが、③の斉唱の場合も「各人格調なので恰（あたか）も春の夜に騒蛙を聞く趣がある」（「アイヌ族の俚謡」『和人は舟を食う』北海道出版企画センター、一九八六年）と、この人らしい闊達な調子で述べているように、各人各様で、声がひとつに澄みとおるということはない。②の輪唱の場合も、知里真志保は「二部に分かれて」としているが、アイヌ語・アイヌ文学の中川裕によれば、「何重輪唱になってもかまいません」(『カムイユカㇻでアイヌ語を学ぶ』中川ムツ子との共著、白水社、二〇〇七年)ということである。つまり、そこではどのような唄い方であっても、異なる声や、異なる言葉、異なる旋律が同じ空間にいりまじって、ざわざわとした音をたてる。まるで自然がもつノイズ音のように。筆者は②しか経験したことはないが、声をそろえてうたうということは要求されない。前の人を後から追いかけるようにしてうたう、自由で楽しいものである。また、短い詞をくり返しうたうので、どこと決まった終わりはない。興が尽きるまで、他の歌にとってかわられるまでつづく。

ところで、このようなざわめく音の感触にも通じあうものがあるが、それ以上に驚かされるのは歌詞の内容である。すでに述べたように、「ウポポ」の歌詞を知里真志保の著書のなかで初めて読んだとき、そこから立ちのぼる空間の気配が、『わがからんどりえ』の歌がもつ空間の気配に似ていて驚かされたことをおぼえている。もうずいぶん前、アイヌのことを考えはじめたばかりの頃のことである。それは全体的な感触なので、具体的にあげるとなると難しいが、『わがからんどりえ』のなかでは、たとえばこのような作品はどうだろうか。

友の死をわが歌となす朝すでに遠きプールは満たされ青し　(「微笑」)

月射せばすすきみみづく薄光りほほゑみのみとなりゆく世界　(「すすきみみづく」)

ふりむきて憎しみのみをふりそそぐあの町きりきり針金となれ　(「黄昏」)

にごりのない天地の空を、なにかが風のように動いている。うたわれているのは悲しみであっても、憎しみであっても、関係ない。感情はそれ自身として純化され、憎しみであれば憎しみとして、あたりの空に「きりきり」という澄んだ音をたてる。

その後、前掲書『カムイユカラでアイヌ語を学ぶ』のなかに知里真志保の本で読んだのと似た歌詞があるのを見つけ、付録のＣＤを聴きながら自分でも口ずさむようになってみると、そこにうたわれているものの動きや空間の感触、それを言葉で歌うときの音韻のひびきが、いよいよ似ているものに思えてきた。

まずは歌詞を二曲紹介しよう。知里真志保によれば、「ウポポ」の歌詞は二行から四行のものが多く、それ以上のものは稀であるという。つぎの曲はそれぞれ四行で一曲のウポポ。どちらも『カムイユカラでアイヌ語を学ぶ』より引用する。

Ⅰ

アヨロ　ホワオ　コタン　　アヨロ村の
Ayoro　howao　kotan
ミンタラ　ホワオ　カシ　　庭の上
mintar　howao　kasi
シノト　ホワオ　ランケ　　そこで神様がいつも遊んでいる
sinoto　howao　ranke
カイエ　ホワオ　カイエ　　という話だ
kaye　howao　kaye

Ⅱ　チュプカ　ワ　カムイ　ラン　　東からカムイが下りて来て
cupka　wa　kamuy　ran
イワニ　テク　カ　オレウ　　アオダモの枝にとまった
iwani　tek　ka　orewi
オレウ　ヒ　ワ　イサム　　とまったところからいなくなった
orew　hi　wa　isam
エタンネ　マウ　アヌ　アヌ　　（その後で）長々と音が聞こえる
etanne　maw　a=nu　a=nu

Ⅰは、三行目で主語を「神様が」と訳しているが、上段のアイヌ語にはそれに相当する言葉はなく、意味的には「ミンタラ」（庭）で「シノッ」（遊ぶ／詞中の「シノト」は「シノッ」の転訛）しているということだけが示されている（くり返し出てくる「ホワオ」は囃子詞）。「主語が出てきませんので何が遊んでいるのかはわかりません。まあおそらくカムイに違いないだろうということで、いろいろな解釈が出てくるわけです」と解説では説明されている。知里真志保はこの最後の節の「カイェ」を「ぴかぴか光る」と訳しているが、それは、そのカムイをカンナカムイ（雷神）と考えたからで、原文からは、カムイかどうか、カムイにしてもどういうカムイかははっきりとはわからない。ここにはただ場所と行為だけが示されていて、アヨロ村にあるどこかの庭か広場で、なにかが活発に動いているのを尊く感じ、言祝いでいるのである。

Ⅱは、「カムイ」であることは示されているが、それがどういうカムイかは示されていない。ただこのカムイは、東のほうから下りてきて、アオダモの木の枝にとまり、そこからまたいなくなったという動きから、「これはどうやら鳥のカムイの歌らしい」(同上「解説」)ということがわかる。そして、「この鳥が何であるかはわかりませんが、威厳のありそうな雰囲気から、『村を守る神』と呼ばれるコタンコロカムイ kotankorkamuy『シマフクロウ』かもしれません」(同上)ということになる。ここでは空間を移動する、Ⅰよりも大きな動きが捉えられていて、それに関係するのかどうか、音韻のひびきも活発になり、語末や語頭に「ア」音が盛んにもちいられて全体の調子を高めている。そのように、ここでも、音や気配に誘われて動くものの跡を追う、というところに歌詞の生命が託されていて、動くものがなにかということよりも、動くということ、空間を移動したり、姿が消えても音が聞こえたりするということを尊く感じ、表現にもたらしているのである。これは「3」の節にあげた、

はなやぐにあらねど秋のまぼろしを魚ら光りてしきり過ぎたり　『わがからんどりえ』

などとくらべてもよいかもしれない。背景となる場面も、あるいは、「魚ら」と表現された魚群の正体も不明で、ただ季節と、魚たちが背を光らせながらしきりに過ぎてゆくことだけがしめされている。

このようなものの気配は、小中英之がのちにうたった、つぎのような聴覚の世界を思いださせる。

春をくる風の荒びやうつし身の原初(はじめ)は耳より成りたるならむ　『翼鏡』

風にざわめくものおとだけがひびいているような、触覚もふくめた薄明の世界であり、時の流れと空間のひろがりのなかで、ものの気配や音にふれてわたしたちの生命が活気づく、右のウポポは、いうならば、そんなてのひらサイズの創世神話ともいうべきものではないだろうか。カムイはすぐそばにおり、活発に動きながらわたしたちに生命の脈動を伝える。それはたとえば、イザナギとイザナミの国生み神話に描かれたような、天の瓊矛でコオロコオロと海の水をかきまぜるさまと一瞬かすかにふれあいながらも別の方向を向いている。垂直方向への志向はなく、ただ水平のひろがりをもつという意味で、ウポポの世界は大和に伝わる神話とはまったく異質の創世記であり、日々の生命、身体の感覚を刷新してくれる、カムイへの言祝ぎのうたであるということができるだろう。

ウポポのこのようなあり方は、前節「3」で述べたような、『わがからんどりえ』に特徴的な抽象化されたものの動きやとらえ方、音のひびきあう感覚と通底するものがあるように感じられる。たとえば、正体不明のカムイが庭で遊んだり、アオダモの枝をよるべに移動したりするさまは、「鱗翅目」「魚」「類」「鳥」というように抽象的にとらえられた生物が、「黄昏」や「月光」や「渚」や「身の闇」をしるべに、跳んだり、ただよったり、きらめいたりするさまと似ている。

また、物象をもたない「ゆふあかね」や「夜の梁」の歌は、情景をほとんど構成しないつぎのようなウポポを思いださせる。引用は知里真志保の「アイヌ民俗研究資料　第二　UPOPO（熊祭りの唄）」（前掲『知里真志保著作集　2』）より。Ⅲ・Ⅳそれぞれで一曲である。

Ⅲ　mintar-ush-kur shururke　　庭にゐる人がふらふらする
　　ha a shururke　　あれ　ふらふらする。

Ⅳ　kamui oman na　　神様がお帰りになつた
　okotonki echiu　　美しい音をたてて……
　hoi ototonki echiu　　ホレ美しい音をたてて……

　ここでも「庭にゐる人」や「神様」の正体は不明だが、不明であることに意味があるような不明であるという点で、動きやひびきを反復しているだけの、このような歌にも通じるところがあるのではないだろうか。歌詞のくり返しがじっさいには輪唱によってさらに何倍にも膨らんでゆく。自然がもつノイズのようなざわめくうたい方もあわせて想像すると、音の環はいっそうひろがり、内容は異なっても、音韻をめぐらせた小中英之の歌のあり方と通底するものを感じさせる。さらに大事なのは、こうしたことによって、つまり、対象の具体像を隠し、動きをクローズアップし、音を複層的にひびかせることによって、身体をとりまく時間や空間がひろがり、とじこめられていたものが、外へ向かって解放されることである。これはいわば一種の祭りのようなもので、底に重い身体をしずめた小中英之の歌はウポポほど明朗で純粋無垢なものではないが、再生への祈りのかたちとして、類似の方向を向いている。
　もちろんこのことは、小中英之がウポポを手本にしたり、アイヌの伝承歌の世界に短歌の方法をもとめたりしたことを意味しない。幼い頃に経験したり、遠い記憶にのこっていたりすることはありうるが、それを「ウポポ」としてどのように認識していたかはわからない。だから、ここでウポポをあげたのは、直截的な影響関係をいうためではない。ただ、「微笑」からはじまった『わがからんどりえ』の世界が、空間感覚や抽象的なものの表情において、ウポポの世界と交錯しているようにみえるのを、不思議なことと思わずにはいられないのである。

小中英之はおそらく、自己の必然においてこのような作風に至ったのであろう。それは根をユーカラの世界と共有し、自然についての感覚を共有するところから生まれた、なにかしら根源的で抽象的な、一種のプリミティヴ・アート[13]のようなものを連想させる。それはまたおそらく、世界の各地に存在する先住民族の文化のあり方ともつながるものではないだろうか。たとえそれが小中の歌の一面でしかないとしても、感覚の根のあり方において、なによりも重要な意味を負う一面として、またその世界の出発を象る『わがからんどりえ』の原理として、そのようにいえるのである。前章「『わが北のための断片』考」で述べたように。また、たしかに、つぎのような歌が遺されているように。

ひとときの食欲に嚙むアフリカの木の実落せし黒き手おもふ　『わがからんどりえ』(「夢を畏れる」)

戦後いくたび暗き夏かな黙ふかくわがクラーレ[14]の矢のみ背向(そむ)かぬ　『翼鏡』

小中英之は、大航海時代からはじまる植民地争奪の犠牲になった人々と文化に、深い関心をよせていた。アイヌだけでなく、海をこえた大陸にも共感の眼差しを向けている。小中自身、近代日本の歩み方に背を向けていたことはたしかであるから、それとは反対のほうへ、幼い頃の記憶や感覚を手がかりに、自己を養っていたことは十分考えられる。「わが北のための断片」の後にはじまる『わがからんどりえ』の歌が、感覚の根本から変わろうとする意志をも負っていたとしたら、ウポポそのものとしての認識ではなかったとしても、ウポポとの縁はつながっているということができるだろう。
なんともいえないことではあり、わたしの希望にすぎないことかもしれないが、『わがからんどりえ』にはじまる小中英之の精神の一局面として、また、閉塞する現代がもつことのできるわずかな、未来への可能性の一端として、記しておきたい。

では、そのような流れをくむ歌の系譜を、短歌史のなかに探してみたらどうなるか。ふとそんなことも思ったが、それはいつかの課題にしておこう。いまはまだ、こんな歌をのこし、息をひそめてけものたちと暮らしている、作者の眠りをさまたげないように。それに、なによりも、系譜という歴史を小中は信じていなかったと思うから。

身に濃ゆき傷痕ありてたへがたき刻をし透きてかまつか炎ゆれ　『わがからんどりえ』（「遠き声」）
秋風に夢むみなもとみえがたくただに鳥獣死ぬる野辺なれ　同（「逆光」）
ひと冬を寂とこもれるけものらよわれも頭上を消灯したり　同（「蘭の室」）

5

『わがからんどりえ』には、循環する季節の二度目にめぐる長い冬の終わりに、「わが北のための断片」を思わせる「大断崖」と名づけられた章が収められている。「断崖」と一般化されているが、これはもちろん「平取」（ピラウトゥル、「崖の間」の意）をさしているのであろう。一九七四年五月に発表された「まぼろしの蜜」（「短歌」）という作品から選んで組み立てたもので、全部で十一首。歌集ではこの章のあとから次の春がはじまる。「少年期」「馬」「死火山麓」「鹿」「大断崖」「黒き森」「旅人」等々、「わが北のための断片」と共通するイメージが頻出し、読んでいると思わず涙ぐんでしまいそうな深い思いの歌である。

冬の日の鶴の一歩をみるまでの遠景にして悲運も白し
ふりくらむ雪に大樹は千年の父たれ白き幻影のまま
孤り食む雪にからくもわが心の臓はれやかに明るむと覚ゆ
少年期凍てたるままの野に馬のたてがみ白く霰たまるも
わが魂も笹生いつしか片翳り死火山麓の歴史むごくす
生きながら傷の雄鹿は凍つるべし二月の沢の水音のうへ
暗き夜を野性凍てしか大断崖落つる響きのときをり鈍し

あてどなく北をめぐるに荒き水やさしき水をのみどにとほす
罪ふかくふりむかざれば忽然と去年（こぞ）の森よりわれを撃つ音
行き暮れてひざまづくはやまなかひの黒き森にも拒まれしごと
旅人のわれがひとりの身を氷上昏れゆく果てに放逐したし

白い雪につつまれ、水の流れる音がきこえる故郷の自然は、いまもなお美しく、悲運の果ての音楽を奏でている。けれども、かつて白影を曳いてあらわれた牡鹿の幻は、いまや深い傷を負って瀕死の身を冷たい水の上に横たえている。それ以上に、

えぞ鹿の額（ぬか）撃たれたるかくてのち声とおざかり森昏みたり　「わが北のための断片」

とかつてうたわれた、森で「撃たれる」ものが、『わがからんどりえ』では、この章の九首目に「われを撃つ音」とあるように、「鹿」から「われ」へと反転していることに驚かされる。「われ」と「鹿」は一体の存在なのだろうか。撃つものと撃たれるものとの呪縛のドラマのなかで、いまもなお身体を熱く重ねあいながら、深い森をさまよっている。とすると、「二月の沢の水音のうへ」に傷ついた身を横たえている「雄鹿」も、「われ」自身でもあるにちがいない。そのとき、「われ」は、罪深き存在であるがゆえに、そのような罰を受けるものとして認識されているのだろう。「われ」は、「死火山麓」にひろがるこの大地を「父」とし、「荒き水やさしき水」の恵みを受けて生命をつないでいるのに、最後の三首

に端的にしめされているように、その大地にたいして「罪」を負う存在であるゆえに、ひざまずいてもけっして許されることなく、「旅人」としてあてどなくさまようほかはない存在なのである。「放逐したし」とせつなく願っているように、この身体が重いのは、病気のためだけでなく、このような精神的、歴史的な痛みをわが身に深く負っているからである。

　この暗い自己断罪の、そしてまた、それでもなお、そのなかにあふれる自然へのすがるような思いが、小中英之の短歌の世界に流れる基調音であり、その歌のとりわけ大きな魅力である。

　小中の歌は、このように、「わが過去への照射」（「短歌」一九七四年十二月）をくり返しながら前進する。あたかも循環する季節のように、生まれては死に、死んではまたよみがえる、生と死の、死と再生のドラマをくり返しながら。

　小中の作品のこのようなあり方は、存在の照応のかたちとして、円環的にひろがる「鈴」の音のひびきや、「すすきみみづく」がひろげる微笑のさざなみ、わが身の闇にこぼれおちる「射たれたる鳥」の脂のきらめき、満ち潮の波が寄せてくる「輪廻転生」の海星のリズムといった、かれの一連の詩句とも正しく呼応しているはずである。

　そして、やはり、この歌が思いだされる。『わがからんどりえ』の後半、三めぐり目の、つまりはこの歌集の最後の秋の「幻聴」の章に、「幻聴の韻（ひび）きはたえず北ならむ眠り入りつつたしかめがたし」とともにおさめられている一首。

　　少年の日におぼえたるユーカラのひとふし剛（つよ）き救ひなりけり

この、少年の日のやわらかな耳にいつまでもきこえる「ユーカラのひとふし」が、もしかしたらすべての発端だったのかもしれない。


最後に、「カランドリエ」と「カントレラ」のエピソードをもういちど思いだしておきたい。

本書冒頭の章「天空の風に吹かれて・追想」に記したように、歌集の命名について小中英之自身にどんな意識があったのかは不明だが、だからといってそのことはただちに、歌集に用いられた「カランドリエ」がアイヌ語を想像させる「カントレラ」と関係しないということを意味しない（本書一七頁参照）。一首ごとの作品にあらわれたものの気配の表情のように、歌人がどのように意識していたかはわからないとしても、深層に、超絶する聴感覚がはたらいて、「カランドリエ」に「カントレラ」を感知していたことも十分考えられるからである。

なんともいえないことではあるのだが、それがフランス語とアイヌ語と日本語の混淆であるとしたら、それもまた小中らしいと思う。純粋な日本語などありえず、わたしたちは有史以前の昔から、有形無形のかたちで多くのものとの混淆を生きている。それが地理的自然のもたらす列島の自然の生成によるものであったとしたら、どんなにたのしいことだろうか。そんな夢の一端を見せられているようだ。

そういえば、二冊目の歌集にこんな歌があったことを思いだす。


風立てば風を朋とす含羞の花うすくれなゐの国籍知らず　『翼鏡』

「含羞の花」は、つい「合歓（ねむ）の花」と読んでしまうが、「含羞花」、おじぎ草のことらしい。辞書によればおじぎ草は、夏、ネムノキに似た淡紅色の花を球状につける、海をこえて運ばれてきた渡来の草である。「含羞」はなんと読めばいいのだろうか。自画像のようでもあり、ふりがななどはつけられていない。

註

（1）一九一五年の作。引用は、亀山郁夫『甦えるフレーブニコフ』（晶文社、一九八九年）第14章。

（2）二〇〇四年に江差を訪ねた。「ベイイルバード残照　江差を訪ねて」（拙著『遠き声　小中英之』砂子屋書房、二〇〇五年）参照。

（3）二音を一拍とし、短歌の一句を八音、四拍子とする考えによる。筆者はこの説を坂野信彦の「深層短歌原論」（「歌壇」一九八九年八月）で知った。他に、坂野信彦『深層短歌宣言』（邑書林、一九九〇年）、同『七五調の謎を解く　日本語リズム原論』（大修館書店、一九九六年）、馬場あき子編『短歌と日本人Ⅲ　韻律から短歌の本質を問う』（岩波書店、一九九九年）等による。短歌四拍子論は古くからある説のようで、坂野自身そのように述べている。拙稿「失われた音を求めて　坂野信彦「深層短歌原論」再考」（「Es」20号、二〇一〇年）参照。

（4）引用した「十九歳の秋」からはじまる一文は、直接的には本書巻末収録「小中英之年譜」の一九五六年、「（19歳）」の項にある、「若年性高血圧症により半年病臥」をさすのだが、ここではそうした出来事が、客観的な時間の経過としてではなく、「馬橇の鈴の音」の消滅とともにふいに思いだされていることに注目したい。この後、時間はさらに飛んで、一九七〇年の小野茂樹の死へ、それによる自己の精神の変調へと移行し、「死」を主題とした自作の短歌へと、飛び石を飛ぶように進んでゆく。

(5)『わがからんどりえ』は「新鋭歌人叢書全八巻」(角川書店)の最後の一冊(第3巻目)として一九七九年三月に刊行された。他の七冊(①小野興二郎『てのひらの闇』、②杜沢光一郎『黙唱』、④玉井清弘『久露』、⑤辺見じゅん『雪の座』、⑥高野公彦『汽水の光』、⑦成瀬有『游べ、櫻の園へ』、⑧下村光男『少年伝』)は、当初の予定どおり一九七六年のうちに刊行を終えているが、一冊だけ遅れて一九七九年の刊行となったもの。これは解説を担当した安東次男の原稿が遅れたためで、このときのことは、『わがからんどりえ』に付された安東の解説のなかで詳しくふれられている。

(6)一九六〇年に刊行された安東次男の詩集『CALENDRIER』には二種類の形態がある。安東の没後に刊行された『安東次男全詩全句集』(思潮社、二〇〇八年)の「年譜、解題、著作目録」によれば、一つは「篠田一士、丸谷才一ら雑誌『秩序』同人のすすめによって同誌第七号に全編を発表して詩集に代えた」もの。もう一つは「それとは別に駒井哲郎との共同制作として三十七部限定の詩画集」を書肆ユリイカから刊行したもの。どちらも特殊な形態で表示のし方がためらわれるが、本書では、『安東次男全詩全句集』の「年譜」一九六〇年の記載に従って、「詩集『CALENDRIER』(書肆ユリイカ)」とした。同詩集は以後の改稿を経て一九六七年、「筑摩書房版『現代文学大系』67『現代詩集』(編集・篠田一士)」に『定本CALENDRIER』として収められた。

(7)『翼鏡』以後の第一作は、「風布」十五首(「短歌現代」一九八一年七月)。「風布(ふうぶ)」は秩父市の地名。一八八四(明治十七年)十一月蜂起の「秩父事件」をとりあげた連作である。

(8)小中には初期作品と遺歌集『過客』の後半に「地球儀」の歌が多く遺されている。『わがからんどりえ』と『翼鏡』にはないが、関心の在処を示していて興味深い。発表誌、発表年とともに何首かあげておく。

・地球儀の破れ目昏しきさらぎの朝の抒情をすでに奪いて　「短歌人」一九七〇年三月
・地球儀をまはせばうしろとなる前面もともと虚妄の球体ならん　同、一九九一年十一月
・地球儀に白髪ふれて夜明けまで野に咲く百合をさがしてゐたり　同、一九九五年九月

・地球儀も冬の玩具のひとつなれ交響楽運命に合せて廻す　「文藝春秋」一九九八年十二月

(9)「水雷艦長」は子どもの遊びの名で、この歌を鑑賞した多くの文章にその遊びを懐かしむ記事がみえる。そもそも発表誌の「短歌」にこの歌が掲載されたとき、同じページに歌人の水野昌雄がそのことにふれた解説を書いているので、筆者も十分承知していたのだが、以前、それを海軍の学徒兵のことをうたったもののように書いて、多くの方からご指摘やご叱責をいただいた。これは筆者の説明不足で、小中の歌の重層的な性質による解釈であることを書き添えなかったための誤りである。この場を借りてお詫びとお礼を申し上げる。ただし、作品についての考えはいまも変わらない。たとえば、はっきりとした比喩ではなく、ほのめかしのようなかたちで、小中は「社会」や「戦争」をうたった歌を多数のこしている。父親も師の安東次男も海軍に所属し戦艦に乗っていた。あるいは、小中自身稚内で樺太(現・サハリン)からの引揚船の悲劇を経験しているし、海難を扱った短歌も多数遺されている。「水雷艦長」と「おさなき声」(歌集では「幼きこゑ」)が、そうしたことと無関係に想起されているとは思えないからである。ただし、一首の鑑賞としては、そうした背景をふくめないほうが、「声」の輝きは増すかもしれない。

(10)「倍音」は、人間の耳には聞き取れないが、ある種の音や音楽にふくまれていて、人の心に影響をあたえるもの。「なぜ、ある人の発する声に魅了されるのか。なぜ、言葉で気持ちが伝えられるのか。なぜ、心の底から感動する音楽が存在するのか。いまだ誰も、その問いに対する明確な答えを提出できずにいます」、「しかし、これらの背後に『倍音』が存在している、ということを見出すと、すべての謎はひとつにつながり、自然にとけはじめていくのです」と音楽家の中村明一はその著書『倍音　音・ことば・身体の文化誌』(春秋社、二〇一〇年)の緒言でいい、幅広い知識や科学的なデータをもとに「倍音」の性質を分析している。

(11)小中は、一九五八年に文化学院文科を中退した後しばらく人形劇の仕事に携っていた。とくにテレビ人形劇の草分けとして知られるNHKテレビの『チロリン村とクルミの木』(放映、一九五六年四月〜六四年四月)という番組のなかで、クルミのクル子の人形を担当していたことは知られている。小中がかかわり始めた正確な時期は不明だが、一九六三年、結核発病による療養のためその仕事から退いた。「どうしたら、『クル子ちゃん』に血を通わせることが出来るか」という内容で当時のことを語った「この頃」(「短歌人」一九六二年十一月)という短いエッセイがのこされている。

(12) 拙稿「鷗の歌　初期歌篇の周辺」(前掲『遠き声　小中英之』)参照。

(13)「プリミティブ」という言葉を使うことには抵抗もあるが、他の呼び方もわからないので、ここはあえて一般的な呼称をもちいた。文化や文化人類学のジャンルでは用語の見直しもされているときく。レヴィ＝ストロースは、「それは不当な呼び方なので、ここでは『無文字民族』と言うことにしましょう」(本文前掲『神話と意味』)といい、文字の有無こそが思考や文化の違いの根本にあり、それは進化や優劣を意味するものではないことを、くり返し述べている。

(14) 前章註21参照。

II

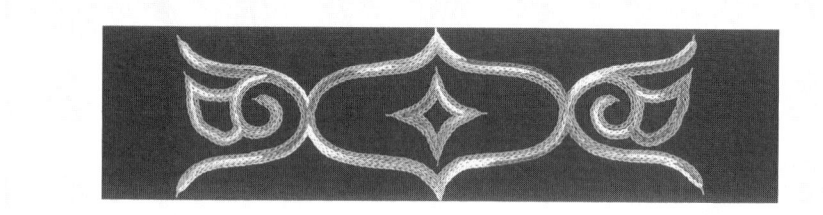

バチラー八重子頌『若き同族（ウタリ）に』小論

1

アイヌの歌人、バチラー八重子は一八八四（明治十七）年六月十三日、北海道胆振国（いぶりのくに）有珠（うす）郡有珠村（現・伊達市有珠町）に生まれた（一九六二［昭和三十七］年没）。有珠は洞爺湖の南、有珠山を擁し、噴火湾に西面する、入り江に深く抱かれた穏やかな土地である。八重子の歌集『若き同族（ウタリ）に』（面表紙以外［箱表紙・背表紙・扉・目次等］の表題表記は「若きウタリに」。竹柏会、発売元・東京堂、初刊一九三一年）には「故郷」と題してまとめられた章に、有珠をうたった歌もたくさん収められている（以下、歌中のアイヌ語は章末「註」に引用のまとまりごとに付した）。

ごと〱と　ちひさき泉（いづみ）　今（いま）もなほ　埋（うづも）れつつも　湧（わ）きてあるらむ
野（の）に咲（さ）ける　数（かず）かぎりなき　草花（くさばな）の　心（こころ）とはまし　野（の）の蜜蜂（みつばち）に

有珠コタン　岩に腰かけ　聞てあれば　岩と岩との　息ぞ聞ゆる
有珠湾に　小舟うかべて　少女子ら　自由に漕ぐ海　鏡の園の如
有珠コタン　彼方此方に　チャシぞある　古きウタリの　後を語りて
ポロノット　タンネシレトや　レブンモシリ　神の園生も　かくやあるらむ
時雨ふりて　翼ぬらせる　粟すずめ　さぞ寒からむ　この秋の夜を
雪解する　丘のをちこち　けなげにも　黄なる花さく　春は浅きに（1）

どれも声低くつぶやくように歌われていて、『若き同族に』の代表歌として引用されることはないが、故郷喪失の悲しみと、尽きることのない異議の声は、一見何気なくみえるこのような歌にも深く刻まれていて、とりわけ野の草花や生物、無生物の世界、地形にも偏在するそれぞれの心を、目をこらし耳をすませて、自分と同じように感じとっている姿に心をうたれる。「ふるさとは遠きにありて思ふもの」とかつて室生犀星がうたったように、故郷のあり方はつねにアンビバレント（両義的）なものであろうが、八重子がうたう故郷の両義的な表情はそれとはすこし異なっている。「今もなほ　埋れつつも　湧きてあるらむ」「聞てあれば　岩と岩との　息ぞ聞ゆる」と表現されているように、八重子の故郷は、望郷のなかに姿をあらわす幻想ではなく、たしかにそこに在るのに、すべてがすっかり変わってしまっていて、しかもそれが同時に、息をひそめて豊かに生きつづけている場所なのである。

八重子の短歌を素直な気持ちで読むことができるようになったのは、少なくとも自分でそう思えるようになったのは、まだつい最近のことである。本や資料に引用されている短歌は、表現が直截的で教訓めいても思えたし、岩波現代文庫版の『若きウタリに』（二〇〇三年）を手に入れて歌集の全体を読み、アイヌ語の短歌やユーカラに取材した作品に強く惹かれた後も、それ以外の歌については、共感や理解はできるが、本当に心を動かされたのではなかったと思う。それはやはり知識的な理解であり興味の持ち方であって、心を分かち合うということではない。

そうしたことが自分のなかでどのように解けて、八重子のほうへ身を預けることができるようになったのか、それもまた思い込みにすぎないとしても、最近になってようやく、八重子の存在を、垣根がとれたように身近に感じ、その作品を正当に意味づけたいという思いにかられている。理解は充分でなくても、八重子と同じように感じることはできなくても、まっすぐに向き合うことができれば、知りたいなにかがきっと見えてくるだろう。そんな心の弾みも感じているのである。

だが、じつをいうと、八重子と読者＝わたしをへだてる垣根には、たとえば自分のなかにふりつもった短歌についての余計な意識のほかに、薄闇にひそむ亡霊のようなとらえがたさが貼りついている。同じ思いは次章でとりあげるアイヌの歌人、違星北斗（いぼしほくと）（一九〇一〜二九年）について考えていたときにも経験したものだが、八重子の場合はもっとこみいっているように思える。そのとらえがたさは、読者の自己反省だけでは解決することのできない、歌集の周辺にたちこめる、霧のような障害物とでもいおうか。北斗と同じように、八重子の声もそれを突き抜けて聞こえてくるのだが、時に、どこかしら違ってもいるような、もやもやとした思いがのこる。それは『若き同族（ウタリ）に』と題されたテキスト自体にかかわる問題で、そこにどんな問題があるのかということも、最近すこしずつ見えてきたように思う。回り道になるかもしれないが、ここではまずそうしたことについて、気づいたことを整理しておきたい。

素朴な疑問からはじめよう。

バチラー八重子は、バチェラー八重子と表記されることも多く、いまあげた初刊本の歌集『若き同族(ウタリ)に』の著者名もバチェラー八重子になっている。歌集には巻頭に新村出、佐佐木信綱、金田一京助という三人の大家の文章が添えられているが、文中での呼び方はやはり三人ともバチェラーになっている。だから一冊の本として見た場合に齟齬(そご)はなく、当初は気づかないまま通り過ぎた。また、北海道の平取(びらとり)でいまも営まれている、八重子の養父であり英国聖公会のキリスト教伝道師、アイヌ語の研究者でもあるジョン・バチラー（バチェラーともいわれる。一八五四〜一九四四年）の衣鉢を継ぐ保育園の名はバチラーだが、これは昔の形をそのまま使っているのだろうと思い、とくに立ち止まって考えたりはしなかった。平取でこの保育園（当時の名称は平取幼稚園）の手伝いをし、八重子とも交流のあった違星北斗の日記には、何ヶ所か八重子の記事がみえる。北斗は八重子を敬い、「ヤエ・バチラー氏」「ヤエ姉様」と呼んでいる。ヤエ姉様とは懐かしい呼び方だが、それを読んだときにもとくに疑問はもたなかった。そういうことはこれ以外にもたくさんある。外国語のカタカナ表記のし方も一様ではない。そしていつのまにか、バチラーは古い書き方で、今ではバチェラーと書くのが一般的なのだと思うようになっていった。

だが、考えてみると釈然としないこともある。たとえば、掛川源一郎著『バチラー八重子の生涯』（北海道出版企画センター、一九八八年）に掲載されている、バチラー夫妻と八重子の「養子縁組契約書」の写しを見ると、姓ははっきり「バチラー」と書かれている。この養子縁組契約書は、一九〇六（明治三十九）年十月、ジョン・バチラー五十三歳、ルイザ夫人六十四歳、八重子（幼名・向井フチ）二十二歳のとき、実家の戸主であった弟の向井山雄と実母の向井フッチセ、そのほか証人二人の立ち会いのもとに交わされた本格的なもので、書面によると、「今般養嗣子トシテ養父母ノ戸籍ニ編入ス可キ筈ナルモ英国ニ於テハ養子ノ制度ナキヲ以テ茲ニ証人及関係人連署ノ上左ノ条項ヲ契約ス」（傍点とふりがなは引用者）とあり、四ヶ条にわたって契約の内容が記されている。八重子がバチラーの養子になったのは、このときすでに故人であった実父（向井富蔵、アイヌ名はモコチャロ）の縁によるもので、八重子は幼い頃バチラーから洗礼を受け、バチラーが運営する札幌のアイヌ・ガールズホーム(2)に入ったりもしている。

ここで注目したいのは、「戸籍」を代行するこの契約書の署名が「養父　ジョン・バチラー」「養母　ルイザ・バチラー」と日本語で名記されていることで、これは次にあげる八重子からの聞き書きと合わせると、バチラー夫妻と八重子の認識が「バチラー」にあったことは明らかなように思われる。

——八重子は幼名をフチといったが、その名を嫌ってのちに八重と改めた。正式な改名届は、昭和三十六年（1961）十月二十一日に伊達町役場が受理している。

フチとは、アイヌ語で老女とか祖母の意である。彼女自身は、〈ヤエ・バチラー〉とか、〈バチラー八重子〉と名刺に刷ったり、書いたものに署名したりしている。

姓のバチラー Batchler はドイツ語のバチロルで、もともとは独身を意味する。〈ヤエコ〉もアイヌ語で独身を意味するのだと、筆者は八重子自身から聞いたことがあるがたしかなことは分らない。

前掲『バチラー八重子の生涯』

〈ヤエ・バチラー〉なら、違星北斗もそう呼び、金田一京助もそう呼んでいる。前述したように、金田一は歌集の巻頭文はバチェラーで書いているが、八重子が死んで二年後に刊行された『写真集　若きウタリに』（撮影・掛川源一郎／歌・バチラー八重子、研光社、一九六四年）への寄稿エッセイではヤエ・バチラーを使っている。この本は晩年の八重子に寄り添って企画・制作されたもので、収められた写真にはいぶし銀のような八重子の歳月と人柄が写し取られている。その本の巻頭に、前年（一九六三年）死去した佐佐木信綱の「バチェラー八重子追想」と題された短歌四首と、「ヤエ・バチラーの悲しみ」と題された金田一の寄稿エッセイが掲げられている。歌集と比べると八重子の姓の表記がまちまちだが、佐佐木の「バチェラー」は佐佐木の生前の意向を尊重したものであろう。金田一が「ヤエ・バチラー」の表記にしているのは、エッセイの内容が八重子に初めて会ったとき（一九〇六［明治三十九］年）のことを語っているからにちがいない、とひとまずは推測される。深い意味はないのだろう。金田一のなかに「ヤエ・バチラー」の名が生きつづけていることがわかって興味深いが、それと同時に、改めて、なぜ歌集ではバチェラー八重子の名が使われたのか、という疑問もわく。後に述べるように、八重子自身の意向であったとは思われない。古いとか新しいとかいう問題でもないだろう。

どちらでもよいことかもしれないが、どうでもよいといいつつ、氏名の発音や表記に一字一画こだわる人は多い。伊沢の沢は「ざわ」ではなくて「さわ」であるとか、猪木の猪には「、」が付いて「猪」であるとか。そして、私たちはたいていその人の自己申告にしたがって名を呼び、あるいは記す。それなのになぜ八重子の歌集には、本人の使う、戸籍にも匹敵する名前が用いられなかったのだろうか。ドイッ語由来のバチラーを、英語読みにする必要があるのだろうか。ジョン・バチラー自身の本では多くバチラーの表記が用いられている。その本の内容を批判するアイヌ出身の言語学者、知里真志保（一九〇九〜六一年）の文章にも「バチラー」が用いられている。悪意や作為があってのこととは思わないが、著者の意向とはべつのところでなにかがうごいていて、それがなにかわからないうちに、形だけはどんどん広まっていってしまう。人権の問題もふくめて、そのことを恐ろしく思うのである。

二つ目の疑問は、すでに何人かの評者が指摘している、歌集に置かれた三人の巻頭文の内容である。国語学者の新村出、国文学者で歌人の佐佐木信綱、アイヌ語学者の金田一京助の順でそれぞれが歌集刊行のよろこびを述べている。金田一の巻頭文には、八重子の生い立ちと歌集刊行にいたったいきさつ（これについては後に触れる）も述べられている。いずれも善意から書かれたものであろうし、嘘はないのだろうが、それだけにいっそう、つぎのような発言には違和感を覚えずにはいられない。少しずつ引用する（傍点と括弧は引用者）。

> 女史が、祖先以来承け継いだところのアイヌの民族感情と、バチェラー老師の慈恩に導かれたキリスト教精神とを、敷島のやまと言葉に表現して、親しく吾ら日本人の胸にひびくやうにされたのは、私たち詩歌を味はふ者どもに於いて、望外の賜ものであつて、こよなき悦びと申さなければなりません。（新村出）

アイヌの婦人にしてわがやまと歌をよくするは、けだし八重子ぬしを始とすべく、同族をおもひ、その前途を憂ふる情の痛切なる、予はおぼえず詠草の上に幾たびか涙をおとしたりき。辞句の未だしきものあり、情感のあらはに過ぐるものなきにしもあらざれど、この至純にして熱誠なる作を、いたづらに世に埋もれしめむは可惜しききはみなるをもて、金田一君と謀り、集中のアイヌ語に君の訳注を乞ひて、ここに印行することとなしつ。文字無かりしこの旧き民族の出にして、今し新た世の光にあひて、その真心を歌ひいでたる歌集を得たり。祝福せずはあるべからざるなり。

（佐佐木信綱）

博士（＝佐佐木信綱）の高懐と、女史（＝八重子）の純情と、我が敷島の道の上に、この歴史的な刊行を実現せられることになつたのである。こと遠き古への胆鹿島、菟穂名が末の世に、教と道とに殉する八重子女史の斜陽の栄光を止め得たかぐはしさを見ることは、この民族の永き歴史を静かに繰つてゐた私にとつて、云ひ知れぬ感慨である。敢て三十一文字に織り成された種族語の訳注を蛇足して、この悦びを記念する所以である。

（金田一京助）

新村出は同じ文章の他の箇所で「異国情致」という言葉も用いて、ひらすら日本人（和人の意で用いられている）に感興を与えるという観点から書いている。佐佐木信綱は三人のなかでは最も八重子に同情的で、歌集の意図も汲んでいるが、それを「今し新た世の光にあひて」というように、文明開化や同化政策の恩恵によるものとして祝福しているのは、その「文明」や「同化」への異議こそがこの歌集が生まれた原因であることを思えば、簡単に肯うわけにはいかない。金田一京助はいうまでもなく、ここでも「斜陽の栄光」といい、「胆鹿島、菟穂名の末の世」（「胆鹿島、菟穂名」は文献によれば「イカシマ、ウホナ」とよむ。『日本書紀』の斉明天皇の巻、阿倍比羅夫の蝦夷征伐の話のなかに出てくる蝦夷の名）などと古代史まで持ち出して、アイヌが亡びゆく民族であることを前提に話を進めている。

三人の国語・国文・アイヌ語学者が、日本の近代化にどのような貢献をしたのかは知らないが、少なくともこの歌集の刊行に際しては、アイヌの女性が日本の和歌を詠んで「敷島の道」（日本古来の和歌の道）に連なったことを、つまりは同化の道を歩んでいることを強調し、言祝いでいる点で共通している。いい方を変えれば、そのことが大事であって、八重子がここで「若きウタリ（同族・はらから）に」こそ呼びかけている、歌集の主要テーマの一つであるつぎのような歌の内容、心の叫びは無視ないし軽視されている（いずれも本と同名の章「若きウタリに」より）。

父の家　嗣ぎてつたへよ　孫曾孫に　亡びの子では　無いといふこと
ふみにじられ　ふみひしがれし　ウタリの名　誰しかこれを　取り返すべき
寄りつかむ　島はいづこぞ　海原に　漂ふ舟に　似たり我等は
死人さへ　名は生きて在る　ウタリの子に　誰がつけし名ぞ　亡の子とは
古の　ヌプルクイトプ　知らせけり　ポイヤウンペの　行くべき道を
どん底に　つき落とされし　人々の　登らむ梯子　ありなばと思ふ
たつせ無く　悩み悩みて　死する外に　われらウタリの　道はなきかや

過ぐる日は　のどけくありし　トットモシリ　今は憂に　とざされにけり
亡びゆき　一人となるも　ウタリ子よ　こころ落とさで　生きて戦へ(3)

説明は不要であろう。アイヌの人々の置かれた状況をふまえながら、またそれを嘆きながらも、八重子はくり返し「亡びの子」とよばれることを拒否し、時には「生きて戦へ」と叫びながら、自分たちの「行くべき道」を探している。それは翻っていえば、「亡びの子」という言説が世の中にまかり通っていたことを示している。知里真志保の姉で金田一京助のアイヌ語の導きでもあった、知里幸恵（一九〇三〜二二年）の遺稿『アイヌ神謡集』（郷土研究社、一九二三年）も、そのような現実のなかから生みだされた、幸恵の畢生の祈りの書である。思いだしてみれば、幸恵が書いたその本の「序」にも、「おお亡びゆくもの……それは今の私たちの名、なんという悲しい名前を私たちは持っているのでしょう」という悲鳴のような一節があった。

一九二二（大正十一）年九月に知里幸恵が十九歳で亡くなったとき、八重子は三十八歳であった。歌集『若き同族に』の刊行は、その九年後となる一九三一（昭和六）年四月。幸恵の死を八重子がどう受けとめたかは不明だが、「亡びの子」「亡びゆくもの」についての二人の姿勢には大きな隔たりがある。幸恵がその言葉の前で立ち尽くしているのにたいして、八重子は敢然と「否」を唱え、「生きて戦へ」とうたう。そこに何らかの精神の継承を見いだすことはできないだろうか。

前掲、掛川源一郎の『バチラー八重子の生涯』によれば、八重子は土地のエカシ（おじいさん）やフチ（おばあさん）からユーカラを聞くのを楽しみにし、「ユーカラは先祖の魂がこもっているから、ほかに誰もいない密室で、ふたり差し向かいでないと教えるわけにはいかない」と知人に語っていたことを書きとめている。また同書では、「八重子は他人、特に和人に盗み聞きされることを嫌っていた」、「ユーカラはアイヌ民族の大切な精神的財宝であり、神聖な文化財遺産として秘匿すべきものだと考えていた」とも述べている。それと呼応するかのように、金田一京助が『写真集　若きウタリに』に寄せた巻頭エッセイ「ヤエ・バチラーの悲しみ」のなかには、つぎのような一節がみられる。

> その頃のヤエさん、しばしばアイヌ語の手紙を書かれる時には、女ながら、アイヌ独特の会釈の辞（ウエランカラプイタク）——対句で畳む詩のような文辞——をつかわされた。かつまた幌別の老媼から、アイヌのユーカラを聞いて、ローマ字で筆録を初められた。ただし、文学であるから、時として愛人へ婦女子が情を求める文句があるに至ると、アアいやだ！　と言って、あとを継がせず、中絶してしまわれるので、残念ながら、一篇も、そのノートを私へ見せて下さらなかった。しかし、あの確実なアイヌ文辞の達者さから推量して、必ずや、精確な筆録が、存在するはずである。

金田一はここで、八重子がユーカラのノートを見せてくれなかったのは「情を求める」場面で八重子が筆録を中断したためだと言っているが、理由はそれだけではなかったにちがいない。安田敏明が『金田一京助と日本語の近代』（平凡社新書、二〇〇八年）のなかで言っているように、いまでこそ「近代日本のアイヌ研究が学知の名を借りた収奪でしかなかったという指摘もしばしばなされる」のだが、あの時代、まさにユーカラ採集という「収奪」の時代に、金田一の触手を拒みとおした八重子の厳しさには瞠目させられる。八重子がノートを見せなかった理由にはさまざまなものがあっただろう。そのひとつに知里幸恵の東京での早すぎる死をあげることは、時期的にみてもけっして無理な想像ではないように思われる。アイヌ状況への発言で知られる佐々木昌雄（後掲「途絶の足音　佐々木昌雄ノート」の章参照）が、かつてその卓抜な論文のひとつ、「〈アイヌ学〉者の発想と論理――百年間、見られてきた側から」（「アヌタリアイヌ」8号、一九七四年／『幻視する〈アイヌ〉』草風館、二〇〇八年に所収）のなかで、金田一によるアイヌ語やユーカラ採集の実態について、過酷な場面を具体的にとりあげながら、また、その言説からもたらされる〈アイヌ〉学の「倒錯」を指摘しながら、つぎのような趣旨の発言をして嘆いていたことを思いだす――それほどアイヌ語が大事なら、アイヌ語が自由に話せる状況を残すことをこそ考えればいいのに、そんな発想をする学者は一人もいない、そういうことをいえば飛躍した暴論だと一蹴される、と。それは、生きている言葉を生きながら埋葬するに等しい暴挙であり、亡び（＝同化）を前提とした保管・採集の事業だったのである。

　さて、このように見てきて、三人の巻頭文のほうに話をもどすと、歌集『若き同族（ウタリ）に』が大いなる矛盾の産物であることがわかる。「ウタリによくわかるように、ふりがなをつけていただければと存じます」（金田一京助宛の書簡。日付不明。前掲『バチラー八重子の生涯』より）という一文に端的に表れているように、八重子はこれをウタリに読んでもらうために刊行した。しかし、それは同時に、刊行を委託された人々の側にとっては、近代日本の拡大を示す、異国の風景にすぎなかった――海外の植民地での日本語教育、皇民化政策の成果と同じように。このようないい方が現在の目から見て一種の酷薄さをもっているとしても、無意識の意識においてそのような意味を負っていることは確かだろう。もっといえば、

『若き同族（ウタリ）に』は、著者の意向にかかわらず、そのような意味においてのみ刊行を許され、世に出現した書物だったのである。

三つ目の疑問に移ろう。それは、アイヌ語の巻頭歌に付された金田一京助の脚注や訳の内容についてと、それを了とした歌集の編者（添削・校訂者）はだれかという点についてである。歌集を開けばだれもが感じるにちがいない疑問である。金田一を批判するのが目的ではないので心苦しいが、自分の感じたまま、考えたままを述べておきたい。

まず、巻頭歌とそこに付された問題の脚注および訳を引用する（傍点は引用者）。

モシリコロ　カムイパセトノ　コオリパカン　ウタラパピリカ　プリネグスネナ

［注］モシリ、国。コロ、有する。カムイ、神＝天皇陛下。パセトノ、尊称。コオリパカン、畏む・尊ぶ。ウタラパ、人長。ピリカ、善美。プリ、風・振。ネ、なり・に成る。グスネナ、せんとす（所期法または未来）。

［訳］「大八洲国知ろしめす神のみことのたふとしや、神のみいづのいや高にさかえますべし」。

アイヌのモシリ（アイヌの大地）を「大八洲国」、カムイ（アイヌの神）を「天皇陛下」「神のみこと」とし、原歌ではウタリを言祝いでいるように思える下句の「ウタラパピリカ　プリネグスネナ」を、神道の神を言祝ぐ祝詞のような訳文にしてしまっている。初めて読んだとき驚かされた。

これには当然批判があるが、いま目にすることができるのは近年になってからの批判であるため、当時どのように読まれたのかは不明。一九三一（昭和六）年という時代を考えると、とくに問題にはならなかったのか、思っても声には出せなかったのか。刊行の翌一九三二（昭和七）年、刑務所の独房でこの本を読んで感銘を受け、それを「パルチザンの歌」と呼んだ中野重治の文章（「文学界」一九三五年三月／前掲の岩波現代文庫版『若きウタリに』に、「『若きウタリに』について」として収録されている）にも巻頭歌については触れられていない。検閲の厳しかった時代のことであるから、あえて触れなかったのか。

この巻頭歌と脚注・訳を初めて読んだときわたしが思ったのは、検閲の目をくぐり抜けるためのカモフラージュではないかということだった。『違星北斗遺稿　コタン』（希望社出版部、一九三〇年。以下『コタン』と記す）のなかの、生前の短歌をまとめた「私の短歌」の一首目にも同じ匂いがあった――「はしたないアイヌだけれど日の本に生れ合せた幸福を知る」（傍点は引用者）。巻頭にそういう歌をあえて置くことによって、皇民・臣民のイメージを強調し、恭順の意を表しているのだ。そのようにでも解釈しないかぎり、『コタン』の編集子のことも、まして金田一京助というアイヌ語の専門家がカムイを天皇陛下と訳すことなど考えられないことだった。

だが、これは好意的すぎる解釈だったようで、金田一京助についていえば、検閲のためのカモフラージュではなく、本心からの作り替えであったのだといまは思う。すでに巻頭文にも表れていたように、金田一のアイヌ語研究は皇国の発展に寄り添っている。時代の潮流のなかでやむをえずしたことではなく、みずからすすんで化粧をほどこしたのである。そうすることによって、この歌集を「敷島の道」につらなるものとした。

それでも、そのようにしてこの歌集が世に出ることになったことを喜ぶべきか、という問いには答えまいと思う。八重子自身がこの解釈にどう反応したかは不明。岩波現代文庫版『若きウタリに』の村井紀による補注では、疑問を呈しながらも、八重子が「異を唱えた形跡はない」ことと「明治神宮へも参拝している」ことをあげて、「おそらくとりたてて葛藤の対象とはならなかったのである」と述べている。が、しかしまた、先の『バチェラー八重子の生涯』によれば、送られてきた歌集を見て八重子が喜んだ形跡もない。それには肉親の重なる死がかかわっているのだが、そうだとしても、待ちに待っていた歌集が、その悲しみをすこしも慰めるものにならなかったのも事実なのである。刊行にいたるまでの経緯を考えると、八重子が歌集の添削・校訂内容を知ったのは、したがって金田一の「注」や「訳」を見たのは、完成したものを受け取ってからのことであろうから、少なくともこの「注」と「訳」に八重子自身の意志がかかわっていないことは確かである。

そもそも金田一京助は巻頭文のなかで、八重子に「切に乞うて」詠草（歌の草稿）を見せてもらったが、それは八重子にとっては「自分が死ぬ時に、一緒に葬つてもらはう」というつもりのもので、歌集にする意志などはなかったものを金田一がひそかに預かって佐佐木博士に託し、博士の厚意で出版にいたったもののように書いているが、『バチラー八重子の生涯』に掲載されている八重子の金田一宛書簡には、たとえばつぎのように、自ら意欲し、ひたすら歌集の刊行を待つ八重子の姿が刻みこまれている。少しずつ抜粋して引用する（傍点は引用者）。

先生、その後、私の歌集はどうなりましたのでございましょうね。私はこんな歌を詠みました。

御覧になってお笑い下さいませ。

待ちわびて　死ぬる思ひす　いとし歌　便りもがなと　仰ぐみ空を

八重子バチラー（昭5・1・26）

ほんとうに、取るに足らぬ者の貧しい歌のことなれば、歌集が出版されましても、売行きが悪いことと存じますので、ますますご迷惑をおかけ申すことと、心配いたしております。私も、自分でウタリに頼んで、せめて二、三百部も買っていただくようにできるかと存じますの。如何でしょうか？［中略］

何しろウタリが悪く言われようが、よく言われようが、読んでいただきたくて詠んだのでございますから、そしてウタリの中に残して死にたかったのでございますから。

八重子バチラー（日付不明）

このお暑い中、大先生方が私如き者のためにお歩きになったり、歌をお直し下さったり、お汗を流されたことを思えば、泣かされるほどに、もったいなく存じます。如何に御礼を申し上ぐべきやと独りまどい居ります。しばらくなんのお話もなかったので、やっぱりいけなかったのだと、ひそかに思って居りました矢先のこととて、それはそれは、何と申していいのかわかりませんほどで御座います。

八重子バチラー（昭5・8・10）

歌集の刊行が八重子の積極的な意志によるものであることは明らかだろう。八重子が歌稿を金田一に託したのがいつ頃のことかはわからないが、少なくとも右の最初にあげた書簡の前年、昭和四年のうちには渡っていたにちがいない。また、歌集には本と同名の「若きウタリに」の章に「逝きし違星北斗氏」として、

墓(はか)に来(き)て　友(とも)になにをか　語(かた)りなむ　言(こと)の葉(は)もなき　秋(あき)の夕(ゆう)ぐれ

が収められており、北斗が亡くなったのは一九二九（昭和四）年一月二十六日であるから、これはその年の秋の歌であろう。さらにこの歌は右の二つ目の書簡にそえて追加で送られたものであるから、最初の歌稿はこの歌が詠まれるより前、同年の夏頃までには金田一の手に渡っていたのではないかと考えられる。とすると、そこから歌集の刊行までには二年近い月日が流れている。また、八重子が歌集を思い立ったのは、違星北斗の遺稿集『コタン』の刊行（一九三〇年五月）より前のことだったことがわかる。

　そんなことを考えていると、一九二二（大正十一）年の知里幸恵の死とその翌年の幸恵遺稿『アイヌ神謡集』の刊行、一九二九（昭和四）年の違星北斗の死とその翌年の北斗遺稿『コタン』の刊行、そして、一九三一（昭和六）年の八重子歌集『若き同族(ウタリ)に』の刊行は、時間の流れのなかに「点」として在るのではなくて、まるで継走する道のように「線」でつながっていることが見えてくる。北斗が晩年、友人と始めた同人誌「コタン」は、創刊号（一九二七［昭和二］年）の巻頭に『アイヌ神謡集』の「序」の全文を掲げている。八重子にはふたりの無念の死に連なりたい思いもあったのではないだろうか。歌集が

刊行されたとき八重子は四十六歳。知里幸恵と違星北斗は八重子より二十歳前後年少で、亡くなったとき、幸恵は十九歳、北斗は二十七歳であった。

ともあれ、歌集は、佐佐木信綱の添削・校訂を経て、歌集中のアイヌ語については金田一京助が脚注（巻頭の四首のみ訳付き）をつけるという形で整えられ、佐佐木信綱が主宰する「竹柏会」（発行元）から「心（こころ）の華（はな）叢書」の一冊として東京堂（発売元）より刊行された。破格の扱いであり、そこには単に厚意というのではない、「アイヌゆえの特別の厚遇」という違星北斗の東京でのかつての経験や、ジョン・バチラーという八重子の養父の存在感が大きく与っていたはずである。そして八重子は、引用した手紙にも表れているように、一方ではへりくだりながらも、一方では臆することなく自分の気持ちを伝え、おそらくはしたたかにこの日本の学者たちと渡り合った。『バチラー八重子の生涯』を著した掛川源一郎は、貧しい生活のなかで伝道の生涯を送った晩年の八重子の姿を、身近な人々の証言もまじえながら「童女」という言葉で語り、天真爛漫、天衣無縫な人柄であったことを伝えているが（八重子は七歳で洗礼をうけ、十八歳から聖公会の伝道者として布教の生涯を歩んだ）、その面影は歌集をめぐるあれこれや、歌の調子にも表れていて、この書のなかで「童女」という言葉に出会ったとき、わたしはふかく納得させられたのである。

とはいえ、『若き同族（ウタリ）に』についてはよくわからないことが多い。そのわからなさのなかには、いま述べたような出版についての作者の意図など、巻頭文によって歪められたこともふくまれている。『バチェラー八重子の生涯』にはつぎのような記事も見える。

——八重子の死後、その遺品中に、〈若き同族に〉の自筆原稿の一部があった。それと歌集とを対照してみると、佐佐木の加筆のあとがかなり目立つ。しかし小学校卒業の学力ももたぬ八重子のことである。一首として未熟なものや形の整わぬものがあったとしても、また彼女の日本語が充分に消化されておらず、文法的な誤りが目についたとしても、歌集一冊の価値をそこなうものではないであろう。

これによると、歌集名を『若き同族に』とつけたのは、八重子自身であったことがわかる（初刊本の奥付裏広告には『若き同族の為に』と記されている）。一方、初刊の面表紙では「同族」に「ウタリ」というふりがなをつけていながら他所（箱表紙・背表紙・扉・目次等）では「若きウタリに」と印字され、それが『若きウタリに』という現在流布しているような表題に改められた経緯は不明。また、短歌としての形を整えようとすれば、加筆・修正はやむをえないことだったとは思うが、それが八重子の了解を得て本になったのかどうかも不明。もとの形がどうであったのかを知りたいと思うが、そのような「遺品」は現在どうなっているのだろうか。書簡や日記もふくめて一般的に読める形になっているのかどうか。そんな疑問や関心がつぎつぎに湧いてくる。『若き同族（ウタリ）に』は、そもそもまだテキストじたいが不安な状態のまま歴史のなかを漂っているのだ。

ところで、順序が後になってしまったが、ここで先にあげた「モシリコロ」の歌について、金田一京助の脚注への異論を述べたものをふたつ紹介しておきたい。どちらも本としては二十一世紀になってから刊行されたもので、ひとつは丸山隆司著『〈アイヌ〉学の誕生——金田一と知里と——』（彩流社、二〇〇二年）にあるもの。もうひとつは川村湊編『現代アイヌ文学作品選』（講談社文芸文庫、二〇一〇年）の解説で川村が述べているものである。

まず、丸山隆司は、右にあげた著書のなかで「モシリコロ」の歌をとりあげて、「バチェラー八重子のアイヌ語の短歌が、金田一の注と日本語訳とどのように交錯するのか、数知れない疑問が湧いてくる」と述べ、「あえて日本語に訳すとすれば」と断ったうえで、金田一の訳をつぎのように訂正する。

大地の神、尊い神をわれら尊ぶ
人々の長よ、善良でありましょうよ！

丸山はここで、「このアイヌ語が、金田一の訳のようになるのはなぜか」と問い、金田一の作為を指摘するだけでなく、「その作為をささえているものはなにか」と問うたうえで、原因を「短歌という器」に求めている。つまり「モシリコロ　カムイ」が「大八洲国知ろしめす神のみこと」になるのは、「短歌という器」においては「モシリ（国）、コロ（有する）、カムイ（神）」とは「天皇陛下」であって、短歌に潜在するそのような主体にアイヌ語が囚われてしまったからだという。これはどういうことかわたしにはわかりにくいが、金田一がそういう観念に囚われていたということだろうか。丸山の分析はここから「アイヌ的なもの」と「キリスト教的なもの」と「日本的なもの」とに引き裂かれた八重子のアイデンティティの問題へと向かい、八重子の短歌は結局「短歌という器（枠組み）」を露出させ、逆説的に「日本的なもの」に囚われている歌い手を発見させるだけだといい、さらに、バチラー夫妻の養女で伝道師という特殊な立場と、それによって生じる「ウタリたちへの負い目」から、その歌は結局、自分に戻ってくるほかはなく、ウタリへの呼びかけとして力をもつものにはなりえなかったという評価にいたる。丸山はそもそもアイヌ語の短歌を、音節の構造の観点から「原理的に奇怪」なものとし、八重子が短歌を選択したこと自体に疑問を呈しているようにみえる（これについては後で改めて触れたい）。巻頭歌の注釈や訳に異議を呈している点ではまったく共感するのだが、「短歌という器に潜在する主体」という観念を持ちだし、それを天皇と無条件に結びつけているのは、短歌と天皇制の問題が念頭にあってのことではあろうが、いささか先入観にとらわれた見方のようにわたしには思える。

一方、川村湊の解説では、金田一の注釈と訳を、「時代的な制限があったにせよ、その歌の意味と意義をまったく取り違えていたというほかない」と明確に否定し、同じようにアイヌ語だけでうたわれた三首目の歌（後出、一八三頁に掲載）と関連づけて、一首目の歌も「善良なる人々を寿ぐ歌」であるとして、つぎのように訳しなおしている。

地を統べる神の尊し、良きことに人々を導きたまえり

川村はこれに先だち、アイヌ語によるカタカナ書きの短歌が可能となる理由を、アイヌ語の詩歌の音節が短歌の五・七音の音節に合せやすい性質をもっていることと、アイヌの歌謡にうたい手の「私」の感情を即興的に表現する「ヤイシャマネナ」（「ヤイシヤマネナ」「ヤイサマ」ともいう。本書一〇一頁註7参照）という一人称の形式があることにもとめ、八重子の短歌を、「日本語による作品というより、アイヌ語

の文学の新しい形式と考えることも可能なのだ」と独自の観点から評価している。また、違星北斗や森竹竹市（もりたけたけいち）[4]の作品とあわせて、短歌へのアイヌ語や卑俗語やユーカラなどの取り入れは「『雅語としての日本語』や『日本語の詩形』をいったんは受容することによって、それを換骨奪胎してゆくという高度な文学的抵抗の表現にほかならない」とし、それを、アイヌ語を奪い、日本語を強いた和人に対する「少数民族の側の抵抗の形であり、決して日本語や日本文化（文学）への屈従ではなかったのだ」と評価している。

さて、このふたりの論者の見方をくらべてみると、金田一の訳に異議を述べて訳しなおしている歌意の方向は同じだが、また、アイヌ語の短歌を「短歌」という「形式」の問題として捉えていることも共通しているが、そこから引きだされてくる意味づけや評価には大きな違いがあることに気づかされる。分岐点は、短歌をアプリオリに天皇と密着したもの、日本的なものと捉えるか、べつのものへと変換可能な開かれたものと捉えるか、というところにあるだろう。もちろん作品の内容的な評価と切り離せないことではあるのだが、それが「形式」の問題を引き寄せてしまうところに、「なぜ短歌なのか」を考える際の難しさと、意味もあるにちがいない。後述するように、わたし自身は形式の可能性と作品の意味づけにおいて川村の意見に共感する。八重子や北斗が微妙な二重性のなかにいたことはたしかだが（状況のなかでそのようでしかありえなかったと思う）、そのなかにあっての「抵抗」は、川村が「文学的抵抗の表現」「抵抗の形」といういい方で慎重に表しているように、また、丸山のいうアイデンティティの問題へとつながる契機をたしかに孕んでもいるように、微妙な内実をともなっており、中野重治のいうような、いわゆる武装蜂起をイメージさせるパルチザン的な意味での「抵抗の歌」ではなかったことは確認しておきたい。

2

八重子はなぜ、表現の手段として日本の詩型である短歌を選び、そこにアイヌ語を盛るという冒険を試みたのか。また、なぜ、大切に思うユーカラを短歌で表現したのか。この点について、歌集に収められた作品を読みながら考えてみたい。

テキストは、「1」の節同様、一九三一（昭和六）年の初刊本を用いた。歌集は全体で十一の章に分けられ、それぞれ次のような内容と首数の短歌が収められている。その実質的な編集・校訂・注釈を行なったのは、岩波現代文庫版『若きウタリ』の解説者村井紀によれば金田一京助であるという。それについての疑問もあわせての現行のテキストである。まず、歌集の章の構成を記しておこう。

「若きウタリに」……前掲「亡びの子」の一連とアイヌ語の歌をふくむ（百三十首）
「養父母」……ジョン・バチラーとルイザ夫人をうたったもの（七首）
「逝きし父にささぐ」……十二歳で死別した実父をうたったもの（十九首）
「故郷」……故郷有珠をうたったもの（二十八首）
「逝きし姪に」……三歳で死去した姪のスミ子をうたったもの（八首）
「平取でのクリスマス」……教会での思い出をうたったもの（六首）

「英国に旅して」……………………養父バチラーに伴われて英国に行ったときのもの（二十五首）
「アイヌラックル」………………神謡に登場するアイヌの祖神をうたったもの（十八首）
「トミサンペチ　シヌタプカ」………英雄叙事詩ユーカラの郷土をうたったもの（六首）
「カムイサシニ　ユーカラカムイ」……ポイヤウンペの戦いをうたったもの（十三首）
「イレスサポ」…………………ポイヤウンペの育ての姉（イレスサポ）をうたったもの（五首）

括弧内の作品数は筆者が数えたもので、全部で二百六十五首。中心となるのは、歌数としても全体の半ばを占める「若きウタリに」であろう。ここには同族の苦しみをうたったもの、同族に呼びかけた歌のほかに、「養父母」以下の内容にあてはまらないものがすべて集められている。前述した違星北斗の墓前にささげられた歌もここに収められている。また、アイヌ語だけでうたわれたもの、アイヌ語が多く用いられているものの多くは、この章の冒頭にまとめておかれている。

後半の「アイヌラックル」からはじまる四つの章は、アイヌの物語世界に取材したもので、テーマごとに分類されてはいるが、四編でひとつのまとまりをもつ。

つまり歌集の全体は、「若きウタリに」と「アイヌラックル」以下の四編をふたつの大きな柱とし、そのあいだに八重子のプライベートな生活や家族、旅の歌をはさみこむ形で構成されている。冒頭に引用した「故郷」の歌からもうかがえるように、そこにはウタリやカムイへの思いとは異なる形で、八重子の思いをつたえる作品が収められている。

ここではこのうち、「若きウタリに」の巻頭にまとめられた〈アイヌ語の歌〉と、「アイヌラックル」

からはじまる〈物語世界の歌〉とをとりあげて、先に記した作者の意図を考えてみたい。

　順序が逆になるが、まずは〈物語世界の歌〉から。いま述べたように、この〈物語世界の歌〉は歌集では四つの章から成る。それぞれの章扉には「註」としてテーマごとの解説が添えられている。この四編を大別すると、カムイユカㇻ（神揺）の主人公のひとりであるアイヌラックルの物語に取材した「アイヌラックル」の章と、英雄叙事詩（人間のユーカラ）の主人公ポイヤウンペの物語に取材した「トミサンペチ　シヌタプカ」以下の三つの章とに分けることができるだろう。つまりここでは、数あるユーカラのなかでも、人間の祖神であり人間に文化を伝えたとされるアイヌラックルと、人間世界の不死身の超人ポイヤウンペとがとりあげられていて、八重子の関心のありかが示されている。なぜこのふたりでなければならなかったのかは、作品のなかで明かされていて、そこに八重子の願いが託されていることもわかる。

　まず、「アイヌラックル」の章から八首引用する。

裾燃ゆる　アツシを纏ひ　ウタリをば　教えたまひし　君慕はしも
輝やける　オイナカムイの　御面影　仰ぎ得ざりし　トレスしのばる
ウセモシリ　ポクナモシリを　経めぐりて　君はことごと　征服せりと
君舞へば　手下につかふ　雲舞へり　詩舞につれ　拍子とりとり
オイナ神に　優れる神は　あらずとし　ウタリは伝ふ　ウタリの末に

オイナ神（がみ）　君（きみ）は誰（たれ）なる　ウタリには　救主（すくひぬし）とも　思（おも）ひてあるを
オイナカムイ　アイヌラックル　よく聞（き）かれよ　ウタリの数（かず）は　少（すくな）くなれり
オイナカムイ　救主（すくひぬし）なれば　ウタリをば　救（すく）はせ給（たま）へ　奇（く）しき能（ちから）に(5)

八重子による配列かどうかはわからないが、整然とした物語仕立てになっている。たとえば、最初に「裾燃ゆる　アッシ」という、アイヌラックルに特徴的な姿が描写され、つぎには三、四首目のように戦のさまが語られ、五、六首目では神をたたえ語り伝えるさまを、さらに最後の二首では、ウタリの現在の窮状をうったえて救いを求める、という展開になっている。またそれを、カムイユカラのようなカムイの一人語りではなく、作者の立場から見て表現し、句末に「慕はしも」「しのばる」「征服せりと」「あらずとし」「思ひてあるを」というように、作者の心情をまじえ、伝聞の形で表している。さらに最後の二首では、「よく聞かれよ」「救はせ給へ」というように、カムイに向かって直接語りかけている。

これはカムイユカラでカムイが自らの身の上を自ら物語る形を取っているのとは大きな違いで、現在の感覚ではあたりまえのように思えるかもしれないが、ユーカラに親しんでいた八重子にとっては、神の語りから伝え聞く「私」へのこのような視点の転換には、なんらかの切り替えが必要だったにちがいない。具体的にどんな経過を経てのことだったのかはわからないが、それによって詠み手は客体として主人公から分離し、カムイに訴えるということが可能になった。ただし、ユーカラの語り手が誰かは、アイヌ語の人称の問題と関係して微妙な面もあるようなので、他の考え方もできるかもしれない（中川裕「アイヌ文学の特質」『アイヌの物語世界』平凡社ライブラリー、一九九七年参照。神謡やユーカラの文体にはまだまだ不明の点が多い)。ともあれ、これらの歌がユーカラの形式をそのままなぞっているのでないことはたしかで、八重子はユーカラを再現しているのではなく、ユーカラと対話している、あるいはユーカラを伝えているのである。

同じことはつぎのように「伝へ聞く」から始まり、「君」という二人称で語りかけるように綴られてゆく、ポイヤウンペの物語に取材した「トミサンペチ　シヌタプカ」以下の章の作品についてもいえる。

伝へ聞く　トミサンペチの　シヌタプカ　カムイイワキヒ　今何処なる
カニスンク　カムイヤクラは　代々の　君し坐して　見しか戦を
君が世は　絶えず戦　なりしと聞く　ウタリの骨鳴り　胸さくばかり
キキリパス　ニイタイクンネ　寄せ来る　敵にぞ勝ちし　君一人にて
はらわたを　引きずりながら　敵国に　君攻め入りて　滅ぼせしとぞ
ウタリの子に　君流せし血　生きてあり　などか恐れむ　クンネチカッポ等
在りし世に　勇ましかりし　君は今　何処のはてに　いますらむ今
古の　ユーカラカムイを　育てたる　サポ君のごとき　サポ君ほしい(6)
サポ君の　巫の力　今もなほ　ほしきものかな　ウタリのサポに

最初の二首は「トミサンペチ　シヌタプカ」の章から、三首目から七首目までは「カムイサシニ(7)　ユーカララカムイ」の章から、最後の二首は「イレスサポ」の章から引用した。「アイヌラックル」と同じように、英雄叙事詩（ポイヤウンペの物語）の要点を押さえ、固有の用語や出来事をふまえて場面の様子をいきいきと表現している。「カニスンク　カムイヤクラ」、「キキリパス　ニイタイクンネ」のように、アイヌ語のリズム、対句と反復が効果的に用いられて、作品を勢いのあるものにしている。短歌としての出来映えは「アイヌラックル」の章より優っているといえるだろう。個人的にも好きな一連である。

また、内容を読み比べると、「アイヌラックル」の歌が仰ぎ見るような視線をもち、くりかえし名を呼びながら救いを求めているのにたいして、こちらのほうは「今」と地続きの戦いの物語として表現されている。とりわけ六首目に「ウタリの子に　君流せし血　生きてあり」とうたわれているように、自分たちをポイヤウンペの血を受け継ぐ戦いの主体として見つめ、鼓舞している。順に読んでいくと、視線が過去から現在へ、また未来へと流れていることにも気づかされる。

ここに収められた歌群のこのような表情は、「若きウタリに」の章にある、

亡(ほろ)びゆき　一人(ひとり)となるも　ウタリ子(ご)よ　こころ落(お)とさで　生(い)きて戦(たたか)へ

とまっすぐにつながる、明日に生きるための志のありかを示しているということができるだろう。ユーカラは、そのような志をささえるための精神的なバックボーンとして見いだされ、歌集の主題にそって編まれ、加えられたのであろう。いうまでもなく、たんなる愛好や保存・伝承のためのものでないことは、ここにあげた作品の内容が示しているとおりで、その主人公としてアイヌラックルとポイヤウンペが選ばれたのは、かれらが戦いの神であり、英雄であり、同族を勇気づけてくれる存在であるからにち

がいない。「はらわたを　引きずりながら」ともうたわれているように、肉体をずたずたに切り裂かれても、ポイヤウンペは生きて、何度でもよみがえるのである。

すでに触れたように、掛川源一郎の『バチラー八重子の生涯』によれば、八重子はユーカラを先祖の魂がこもったものとして尊重し、その伝授については、「ほかに誰もいない密室で、ふたり差し向かいでないと教えるわけにはいかない」と語っていた。とりわけ「和人に盗み聞きされることを嫌っていた」。しかし一方で、それを若い人たちに伝えたいという思いは強く、同書には、八重子が短歌を始めたころ見てもらっていたという、「歳は下だが、歌作りでは八重子の師匠格」だった、近所に住む女性のつぎのような言葉が書きとめられている（括弧は引用者）。

――八重子さんはいつもウタリの将来について心配していた。そして若い人たちのために、私（＝八重子）の考えを書き残したいと思うのだが、私は文章が苦手でうまく書けない。しかし歌ならば、わりに素直に自分の気持ちが表現できる。私たちアイヌ民族にはユーカラという立派な伝承があるのだが、今の若い人たちはふり向こうともしない。私はユーカラを歌に詠んで、私たちの祖先がすばらしい民族であったことを若い人たちに知ってほしいと思った、と話していた。――

ここから考えられるのは、〈民族の心〉を〈日本語の歌〉で表現して伝えるということであろう。言葉には魂がこもっているから、本来、ユーカラの神髄はアイヌ語でうたわれる詩句のなかにしかなく、それはひとりの口からひとりの口へとじかに受け渡されるべきものである、というのが八重子の考えであった。そういうものを、自分たちから何もかも奪っていった和人に渡すべきではない。けれども、それを自分の言葉に移しかえ、自分の気持ちもまじえて表現すれば、ユーカラそのものではないけれども、いや、そのものではないからこそ、魂は守られたまま広くその面影を伝えることは許されるだろう。八重子はそんなふうに考えて、〈秘匿すべきユーカラ〉と〈伝えたいユーカラ世界〉との厳密には重ならないクレバスを、クレバスのまま跳びこえたのではないだろうか。そこにはキリスト教の伝道者であった八重子の、伝道者としての感覚や使命感もまじっていたかもしれない。聖書の言葉を人々に翻訳して伝える者――。

もちろんユーカラは聖書ではなく、ポイヤウンペはキリストではないから、信仰のあり方としては二重性を負っているが、キリスト教の神とアイヌの神話世界の神とのあいだで八重子が葛藤した様子は、すくなくとも歌集からはうかがえない。あたかも写し絵のように、思考のパターンが類似の行動をなぞったのだと考えることも可能であろう。またそれだけでなく、じっさいに若い人たちに言葉をとどけようとすれば、すでに日本語を用いなければならない時代に立ち至っていたのである。

一八八四（明治十七）年生まれの八重子は一九〇一（明治三十四）年に公布された「旧土人教育規程」（和人児童と区別して、アイヌの子どもたちに日本語で教育を強いる法律）以前の世代であるから、違星北斗や知里幸恵やそれ以降の世代とは違って、日本語よりもアイヌ語のほうを自由に話すことができた。掛川源一郎は前掲書のなかで、「私ね、お祈りはいつもアイヌ語でするのです。アイヌ語の方が、すなおに自分の気持ちを神さまに訴えることができるからです」という八重子の言葉を伝えている。掛川によれば、じっさいに八重子の語る日本語はぎこちなく、文章も、ローマ字で綴るアイヌ語はきれいだが、日本語の文章はテニヲハの使い分けも十分でなく、字も稚拙であったという。すでに触れたように、とくに晩年は、「面倒臭くなったのか、目茶々な日本語になっているが、その稚拙さにかえって自由奔放・天真爛漫（らんまん）な面白さがあって、晩年の彼女の童女的な性格がよく出ていた」とも述べている。

　五・七・五・七・七の形式をもつ短歌は、そんな八重子にとって、つまりアイヌ語を母語とし、日本語を借り物の言葉としてつかうアイヌの女性にとって、他のなによりも扱いやすい、日本語における表現の形だったのであろう。先ほどあげた引用のなかに、「しかし歌ならば、わりに素直に自分の気持ちが表現できる」という言葉があったことを覚えておきたい。日常的な日本語では表現しにくい気持ちを、短歌を使って表すということである。そうであれば、八重子にとって短歌は、丸山隆司がいうような「日本的なもの」に「囚われ」たゆえの選択ではなくて、自分たちが閉じこめられた世界のなかで、「同族」と言葉を交わすための手段だったのであり、まさにピジン（混成語）としての役割を果たしていたということができるだろう。その歌のなかに、折にふれてアイヌ語が飛び出してくるのを見ると、それはアイヌ語とも親和する形式だったのだと思わずにはいられない。

　こんなことをいうのは、短歌という形式の有効性をいうためではまったくない。ただ、五・七・五・七・七という形に固定されて千数百年の時をわたってきたこの詩型の向こう側に、どこの国のものでもないリズムの原形が息づいているのを、ありありと眼前に見る思いがする。それをこそ大事にしたいと思うのである。[8]

＊　＊　＊

さて、ここまで〈物語世界の歌〉をとりあげてきたが、ここからは〈アイヌ語の歌〉について考えてみたい。数は多くなく、一首すべてがアイヌ語でうたわれているものは歌集全体のなかで三首、アイヌ語のなかに一部日本語がふくまれるものが二首、アイヌ語と日本語が半々に用いられているものが三首。他はおおよそ日本語が中心で、中に一部アイヌ語がふくまれるものがある程度である。だが、アイヌ語だけでつくられた歌が三首もあるのと、それらが歌集の巻頭部分にまとめて置かれているために、また、後半の章のユーカラに取材した歌にも物語に関連するアイヌ語が用いられているために、一読したときのアイヌ語の印象は強い。

巻頭のまとまりを一首目から順に書き写してみよう。

①　モシリコロ　カムイパセトノ　コオリパカン　ウタラパピリカ　プリネグスネナ
②　ウタシパノ　仲良(なかよ)く暮(くら)さん　モヨヤッカ　ネイタパクノ　アウタリオピッタ
③　ウタシパノ　ウコイキプウタリ　レンカプアニ　アイヌピリカプ　モシリアエケシケ
④　セタコラチ　イテキウコイキ　イコレヤン　ピリカウカツオマレ　ウエニシテヤン
⑤　ウタシパノ　ウコヤイカタヌ　ピリカプリ　忘(わす)るなウタリ　永久(とこしへ)までも
⑥　若人(わかうど)よ　サポを助(たす)けて　はげまれよ　ミチのオカケタ　ハポのオカケタ

⑦　父の家　嗣ぎてつたへよ　孫曾孫に　亡びの子では　無いといふこと
⑧　お互に　憎みそねみて　滅せし　ウタリの国土　誰が手にある
⑨　お互に　にくみそねみて　何ならむ　今はむなしく　人の手に泣く
⑩　カントオッタ　アイヌカラカンチ　ありといふ　うちなほしてよ　痛めるウタリを
⑪　アウタリヒ　モシリイコンヌプ　トノトなり　イカエチクーな　エチイホシキな
⑫　ふみにじられ　ふみひしがれし　ウタリの名　誰しかこれを　取り返すべき

この後の十三首目には、有名なつぎの歌がつづく。

野の雄鹿　牝鹿子鹿の　はてまでも　おのが野原を　追はれしぞ憂き

歌集ではさらにこの後にも野の鹿の歌がつづいている。十三首目を境にして人間の身の上から自然の生物へと視点が変わり、作風も転調しているので、十二首目までをひとつのまとまりとして考えてよいだろう。

――と、じつはここまで書いてきて、自分の間違いに気づかされた。十二首で区切るところまではよいのだが、その十二首をどのように読めばいいのかということが、突然黒雲に襲われたようにわからなくなってしまったのだ。

ふり返ってみると、巻頭のこの部分について、わたしはアイヌ語の歌が日本語の短歌の音数律に則って作られていることに感嘆し、そのようなことが可能になるのはなぜかということを考えていた。音節の形や語の連なり、アイヌに伝わる歌謡との類似点、音韻の響きの美しさや、カタカナでの表し方、また、短歌に内在する拍のリズムのことなど。そうしたものの混淆のなかから、短歌の形式が、形をたもちながらも外延をもって解体されていくさまを、なつかしいものに出会ったような気持ちで見つめていたのである。短歌がまだ和歌となる前の、身体とともに野にあった、はるかに遠い昔のこと――。

けれども、それはわたしの関心のもち方であり、短歌を中心とした見方であって、八重子の歌を読むことではない、と気づかされた。言葉の仕組みを考えること自体はまちがったことではないが、それは八重子の思いを受けとめることとはべつの問題だろう。だからそのほうへ引っ張られすぎないように、内容を中心に読まなければならない。それによって八重子が表現しようとしたことをくみ取らなければならない。

そのように考え、作品の前に立ちなおした。どのように読めばいいのか、いまもまだよくわかってはいないのだが、気づいたところからもういちど始めたい。

まず、それぞれの歌の内容をたどってみよう。歌集の脚注や手元の辞書も参考に一首ごとに概略で記す。なお、つぎの括弧で示したアイヌ語の一字空白は単語の切れ目、「・」で示した「ウ・」や「・プ」や「コ・」などは意味を添えるアイヌ語特有の「接辞」とよばれるもので、「ウ」は「互いに」、「プ」は「物・者」、「コ」は「～にたいして」などの意味を表す。語構成がわかるように書き添えてみた。そうしたことについては後でまた触れたい。

①は、すでに述べたように、大地の神（モシリ　コロ　カムイ）を尊び、自分たちの善い風習（ピリカ　プリ）を大事にしようと言っている。祝福の歌である。

②〜⑤は同族（ウタリ）の歌。②は、人数は少なくなったが（モヨ　ヤッカ）、いつまでも（ネイタ　パクノ）、皆で（アウタリオピッタ）仲良く暮らそうと呼びかけている。③は、相争う人々（ウ・コイキ・プ　ウタリ）のために、善い人々（アイヌ　ピリカ・プ）が国土（モシリ）から追いやられてしまうと嘆いている。④は、犬のように（セタ　コラチ）、相争わず（イテキ　ウ・コイキ）、親しみ合って、互いに強くなれ（ウ・エ・ニシテ　ヤン）と励ましている。⑤は、互いに譲り合う（ウ・コ・ヤイカタヌ）、善い風習（ピリカ　プリ）をいつまでも忘れるなと諭している。

⑥は、若者に、姉（サポ）を助けて、父（ミチ）とハポ（母）の跡に（オカケ　タ）続くようにと呼びかけている。

⑦・⑧・⑨は日本語の歌。⑦は「亡びの子」ではないと宣言し、⑧・⑨では国土（モシリ）の主権を奪われたことを、「誰が手に」と問い、「人の手に」と答えている。

⑩は、天上に（カント　オッタ）いる人間を造る鍛冶神（アイヌ　カラ　カンチ）に、傷ついた同族（ウタリ）の修復を「うちなほしてよ」と訴えている。

⑪では、恐ろしいもの（イコンヌ・プ）として酒（トノト）をあげ、飲む（ク）な、酔う（イホシキ）な、といさめている。

⑫は日本語の歌。踏みにじられた「ウタリの名」を取り返せとうたっている。名を取り返すとは、名誉、尊厳を回復するということにほかならないだろう。

最初に神を言祝ぎ（①）、次に現状を踏まえてウタリたちに語りかけ（②〜⑤）、若者たちに歩むべき道を教え（⑥〜⑨）、さらに今後への思いとして、再生を願い（⑩）、自戒すべきことを示し（⑪）、最後に名誉の回復という大きな目標を掲げて（⑫）、全体をしめくくっている。

主題は明快であろう。アイヌの物語世界に取材した後半の章作品と同じように、展開も明快で、全体で十二節から成るひとつの短い楽章のようでもあり、一冊の歌集のプロローグの役割を担っているようにも思える。

とはいえ、読み直すまでは、ここがこのような整然とした構成になっていることに気づかなかった。これまでは先ほど述べたように、一首ごとのアイヌ語の仕組みや響きのほうに気をとられて、意味はもちろん考えてはいるのだけれども、前後が切断されてしまって、かたまりとしての流れをつかむことができなかった。そして不思議なことに、重心を内容を追うほうに傾け、そこだけに意識を集中して読みはじめたらすぐに、言葉が前後の流れのなかでうごきはじめた。それはおそらく八重子の意識がそのようにうごいているということであろうから、このあたりの構成は八重子自身の手によるものではないかということも感じさせられた。断定はできないが、本章の「1」の節で触れたように、歌集刊行の強い意志を八重子が持っていたとすれば、未整理の原稿をまるなげの状態で金田一に渡したとは考えにくい。追加して送ったものもあるようだから、最終的な整理や不十分なところは金田一が補ったのだろうし、脚注と扉の説明が金田一であることはたしかなのだが、要所要所の構成はあんがい八重子の手によるものかもしれないという気持ちに、じつはいま書きながら思いはじめているのである。

それに関連して、アイヌ語の歌の用語や用字の工夫についてすこし触れておきたい。

前述したように、アイヌ語では意味を添えたり、語のはたらきを変えたり、主語や補語を示したりする「接辞」とよばれる短い言葉が頻出する。そういう語が次々に重なって、長い単語を作ることもある。また、①の歌の第三句に「コオリパカン」とあるのは、「コ」(〜にたいして)、「オリパク」(畏れ敬う)、「アン」(私たち)という三つの語が、アイヌ語の規則に従ってくっつき合って五音になったもので(子音の「k」が次の「a」と連音して「ka」になる)、仮名の音で考えると六音ないし七音になるものが、一つのまとまりとして五音で用いられている。

また、①の初句と第二句の「モシリコロ　カムイパセトノ」は、言葉のまとまりとしては「モシリコロ　カムイ」(大地の神)に尊称の「パセ　トノ」(パセは「重い」。トノは「お方」、日本語の「殿」の借用)を重ねたもので、短歌の音数に合せるために「モシリコロ」でいったん切り、「カムイ」の後に四音の「パセトノ」を添えて七音の句にしたものであろう。以後の説明は省略するが、このようなアイヌ語のもつ接辞や単語の組み合わせの特徴をうまく生かして、短歌の音数律にのせている。アイヌ語・アイヌ文学の専門家で広く実践的な活動もしておられる中川裕氏の前掲『アイヌの物語世界』によれば、さまざまな工夫で音節の数をそろえることは、韻文である神謡(カムイユカラ)と英雄叙事詩では頻繁に行なわれているということであるから、アイヌ語でうたわれたこのような作品には、句節のつくり方としても、八重子がユーカラから学んだことが生かされているにちがいない。

さらに、「モシリ　コロ」は、アイヌ語の発音に従ってローマ字で表記すると「mosir kor」となり、母音の数は二音と一音で三音だが、これを、「ん」以外のすべての音に母音がふくまれる日本語のカタカナ表記で書くと「モシリ　コロ」(mosiri koro) となり、三音と二音で五音になる。こういうときの音節(一母音で一音節)の数え方は筆者にはよくわからない面もあるが、すくなくとも仮名書きされたものは、一字のなかに確実に母音をふくみ、日本語の音節として五・七・五・七・七の音数をもつことが可能になる。そんなこともふくめてのカタカナ短歌だったのではないだろうか。

『アイヌの物語世界』「第四章　アイヌ文学の特質」によれば、アイヌ語の韻文は「韻」より「律」に重点がおかれ、「日本の俳句や短歌が五・七・五や、五・七・五・七・七という音数をもとになりたっているのと同じく、アイヌ語の韻文は基本的に四ないし五という音節の数を基準にしている(四よりはむしろ五のほうが基本だと考えられる)」という。足りない場合は先ほどあげたようなさまざまな工夫(語と語を連ねるなど)で音数を伸ばしたり、時には「三音節しかない句や七音節もある句などがでてくることも珍しいことではな」いという。アイヌ語でうたわれた八重子の短歌は、アイヌの伝承文学のそのような性質を養分にして生まれた、つまり、両者がかさなるゾーンに生きる人魚のようなもので、日本の文化に追従したものでないことは、歌われている内容自体がしめすとおりである。

そして、このような工夫や選択の跡を見るにつけても、歌集に収められたアイヌ語の短歌は、けっしてかりそめのものでも、自然に生まれたものでもなく、八重子の深い思いと厖大なエネルギーのなかから生みだされたものであることが理解される。音読してみるとわかるように、音韻の工夫(母音やp音の重なりなど)もされていて、アイヌ語の意味はわからなくても、また時に、内容だけでは説教のようで膨らみに欠けると感じられる場合でも、それを補って広がる、弾むような音のひびきやリズムを味わうことができる。そのリズムにはやはりユーカラから学んだ対句や反復の技法が生かされている。

とはいえ、これはアイヌ語の短歌が可能となる理由であって、なぜ、八重子がそれをアイヌ語で書いたのかの理由にはならないが、それについては、これまで述べてきたことのなかにすでに答えはふくまれている。

ひとつは、先に引用した、「私ね、お祈りはいつもアイヌ語でするのです。アイヌ語の方が、すなおに自分の気持ちを神さまに訴えることができるからです」（前掲『バチラー八重子の生涯』）という八重子の言葉に表れているだろう。八重子が短歌を書いたのは、自分の気持ちを若い人に伝えたかったからである。そういうものを当時すでに生活語となってしまっている日本語で表現するには、文章よりも短歌のほうが八重子にとっては親しみやすい形式であった。歌集の冒頭の歌をアイヌ語にしたのは、言いかえれば、自分たちの本来の言葉をそこで用いるのは、ごく自然な気持ちのうごきであろうとわたしは思う。それは同時に、祈りの気持ちであるといってもよいものであろう。アイヌ語ばかりでは若者たちに気持ちを伝えることはできないけれども、最初の言葉はアイヌ語で発したい。八重子にとってそれは当然、神にささげられるべきものであっただろう。アイヌモシリには無数のカムイが存在するが、そのなかでもとくに神格の重いカムイとして、八重子は「モシリ　コロ　カムイ」の名を呼び、大地の守り神に祈りを捧げた。歌集はそこから始まらなければならなかった。そのとき、神はひとりでなく、十二人で現前したのである。

もうひとつは、ユーカラを伝えたい気持ちと同じように、アイヌ語を伝えたい、忘れないでほしいというメッセージもふくまれていたにちがいない。八重子がアイヌ語を大切にしていたことは、短歌からも、祈りの言葉からも、ユーカラを筆録していたことからも明らかで、教会ではアイヌ語の賛美歌を歌っていたことも語り伝えられている。これはコタン（集落）の教会で歌えるように義父ジョン・バチラーが翻訳したものらしい。養父の仕事を身近に見て、教えられること、思うこともあったにちがいない。

さらにもうひとつ、うがった見方になるかもしれないが、和人へのデモンストレーションをあげておきたい。前掲⑫の歌のなかで「ふみにじられ　ふみひしがれし　ウタリの名」とうたった八重子にとって、また、前にあげた「亡びの子」の一連のなかで「生きて戦へ」とうたった八重子にとって、日本によるアイヌ語の収奪は許しがたいもののひとつであったことだろう。巻頭に、ほかならぬアイヌ語の短歌をまとめて掲げることで、そうしたことへの抗議の意も表したのだと考えたい。

このように読んできて、『若き同族（ウタリ）に』という歌集の強靭さにあらためて目を見瞠らされる。表現が素朴であったり、教訓的であったりして、時にマイナスの評価を受けることもあるが、ここには歌の原型があり、人々にまっすぐに呼びかける声がある。そしてまた、読み直しながら、これは八重子のユーカラではないかという思いにも誘われた。はらわたを引きずりながら戦い、死の淵から何度でもよみがえっては、故郷への帰還を果たすまで一人で戦いつづける。八重子は、伝来のユーカラの筆録は秘蔵したまま、みずからうたった近代のユーカラを、同族にだけでなく、金田一京助をとおして日本にも手渡したのである。そういう意味ではこれは告発の書であり、日本の社会が受けとめなければならないものである。また、独自の意味をもつ歌集として、短歌の世界でも正面から受けとめなければならないものであるだろう。

最後に、これまで触れられなかった作品のなかから、好きな歌をあげておきたい。社会的な状況からはすこし距離をおいたところでうたわれた、信仰者の面影をたたえた思索的な歌である（三首とも「若きウタリに」の章に収められている）。

我良くば　何かは我に　よからざる　猛き獣も　我を傷めず
知ることは　知らぬ事より　少なけど　一つ知るとも　よき事知らむ
何故ぞ　おほくの人と　住みながら　なほも寂しく　我は在るかな

とくに前の二首は心意気を感じさせる内容で、八重子の自恃の思いをよく伝えている。うたい方も独特で、一首目は「我」の反復、「良くば」「よからざる」の対比表現、二首目は「知る」「知らぬ」「知る」「知らむ」とたたみかけるように重ねた言葉が、歯切れの良いリズムのなかに息づく、ひとりの人の生命の波動を伝えて魅力的である。ここにはもちろん、八重子の血肉に溶けこんだユーカラの文体が脈打っている。

【附記】
・文中の引用歌は原典では上三句と下二句で二行に分かち書きされているが、一行で記した。
・各句のあいだの一字空白とふりがなは原典どおり。すべての漢字にふりがなが付されている。

・原典の旧漢字は新漢字に改めた。

註

(1) 五首目の「チャシ」は、砦の意。
六首目の「ポロノット」「タンネシレト」「レブンモシリ」は、それぞれ、大きい岬・長い崎・沖の島の意。有珠から見渡される、地勢を生かした地名である。

(2) 「アイヌ・ガールズホーム」は一八九八（明治三十一）年、ジョン・バチラーが札幌の自宅の別棟に開設したアイヌの子女の教育機関。ローマ字によるアイヌ語の読み書きやキリスト者としての生活、裁縫などを教えたという。掛川源一郎著『バチラー八重子の生涯』（本文前掲）によれば、このころ外部からの圧力によって「聖公会が放置し［閉校させられ］たアイヌ学校に代わるもの」としてバチラーが開設した学校である。八重子の入校は一八九九（明治三十二）年、十五歳のとき。このころすでに聖公会の伝道師として活動していた、知里幸惠（本文後述）の伯母でユーカラ伝承者の金成（かんなり）マツの姿に憧れてのことであったという。

(3) 五首目の「ヌプルクイトプ」は、「ヌプル」が霊力がある意、「クイトプ」は雁。「ポイヤウンペ」は、英雄叙事詩ユーカラの主人公の名（本書六八参照）。
八首目の「トットモシリ」は、「トット」が母、「モシリ」は静かな大地、国土の意。

(4) 森竹竹市はアイヌの歌人・詩人。一九〇二〜七六年。著書に詩集『原始林』（ピリカ詩社、一九三七年）がある。

(5) 一首目の「アッシ」（アットゥシ）は厚司。オヒョウの木の皮の織物、着物のこと（『萱野茂のアイヌ語辞典』三省堂、一九九六年）。「裾燃ゆる　アッシ」は、アイヌラックルの衣裳をさし、裾に火が燃えているのが特徴である。

二首目の「トレス」は妹。若い妻の意のアイヌ語。

二・七・八首目の「オイナカムイ」と、五・六首目の「オイナ神」は、アイヌラックルと同じ。「アイヌラックル」は、「アイヌ」（人間の）、「ラク」（味・匂いがする）、「クル」（人・神）と分解され、「人間くさい神」と訳される。「オイナカムイ」は「アエオイナカムイ」と同じで、「ア」（人が）、「エ」（彼を）、「オイナ」（伝承する）、「カムイ」（神）と分解される。つまり「人々に語り伝えられている神」であり、「カムイではあるが人間の姿をしており、天界からおりてきて人間に狩りの仕方や、食べられる食料、獲物の送り方、神々への祈り方などを教えた、いわゆる『文化英雄』とされる神である」（本文前掲、中川裕『アイヌの物語世界』）。『萱野茂のアイヌ語辞典』では、「アイヌラックル」「アエオイナカムイ」のどちらの項にも「オキクルミの別名」とあり、ハヨピラの丘（本書五四頁参照）に降臨した人文神オキクルミと同一視されている。八重子の歌集では、このような人文神としての側面に加えて、天地を駆けめぐる戦いの神としても表現されている。

附記すると、この戦いは三・四首目にあるように、自然の力を借りて「ウセモシリ」（地上の世界）、「ポクナモシリ」（「ポクナイモシリ」と同じ。死者の国、地底の世界）で災いをなす魔神を退ける戦いで、ポイヤウンペの戦いと同じように、「征服」といっても所有や支配ではなく、戦いが終われば、アイヌラックルは、ウララ・ルイカ（霞の橋）を渡って故郷（天上の国）へ帰って行く。

（6）一首目の「トミサンペチ」は川の名。「シヌタプカ」は地名。「カムイイワキヒ」の「カムイ」は美称、「イワキヒ」は城趾。トミサンペチ川の流れるシヌタプカの美しい城跡の意。

二首目の「カニスンク」の「カニ」は美称、「スンク」はエゾマツ。「カムイヤクラ」の「カムイ」は美称、「ヤクラ」は物見やぐらの意。

四首目の「キキリパス　ニイタイクンネ」は、虫（キキリ）の涌く様子、林（ニイタイ）が黒く立ち並ぶ様子を形容した言葉で、敵の多いことを形容する常套語である。

六首目の「クンネチカッポ」は、「クンネ」が黒い、「チカッポ」は鳥で、黒鳥のこと。物語に出てくる、群がって肉を食む怪鳥である。

最後の二首にうたわれている「サポ君」「サポ」は、姉の意。物語のなかでは英雄ポイヤウンペを育てる、養育上の姉（イレスサポ）として登場する。

（7）「カムイサシニ」は、神の血筋の意。前掲『萱野茂のアイヌ語辞典』では、「カムイサシミ」として、神の落とし子、落胤、預かり子。田村すず子の『アイヌ語沙流方言辞典』（草風館、一九九六年）では、「sasini（サシニ）」として、…の子孫、「kamuy sasini（カムイ サシニ）」として、神の子、神の世継ぎ、神の子孫、としている。つまり、英雄叙事詩ポイヤウンペの物語は、カムイユカラにたいして人間のユーカラともいわれるが、この不死の英雄は、アイヌラックルやオキクルミカムイの物語とも境界を接する、超人的、神話的な存在でもあり、そこからさらに「ユーカラカムイ」（英雄叙事詩の神）という霊的なイメージが生みだされてくる。少なくとも八重子はポイヤウンペをそのような存在としてうたっている。

（8）本書第Ⅰ部収録「小中英之歌集『わがからんどりえ』の生成」の章の註3で触れたように、短歌には、「五・七・五・七・七」と一般的に言われている、五音と七音の五句から成る音数律のほかに、二音を一拍として休止を含む一句四拍の五句から成る（音を○、休止を●で表すと、五音の句は「○○｜○○｜○●｜●●」、七音の句は「○○｜○○｜○○｜○●」となり、このような八音四拍の構造をもつ句が短歌では五回くり返される）とする考え方がある。これはいうならば音数律と拍のリズムが短歌のなかで二重構造をもって機能するという考え方で、後者の「拍」のほうは明快な形としては見えにくいが、重心をそのほうへ移して考えると、短歌の固定された五・七・五・七・七の形式は、いわゆる二拍子（2ビート）の基本リズムをもち、定型からはみ出す部分を初めからふくんだ、ゆるやかな構造体となる。これはおそらく、時間的には古代へ、有史以前へと遡る契機をふくんだ、べつの言い方をすれば有史以前の、したがってまた大和朝廷成立以前の記憶をとどめて周辺諸地域の言語とも親和的に交流する、豊かなグレイゾーンの音楽へと解体されうるものではないだろうか。仮説ではあるが、筆者自身が短歌の存在理由について、そんなことを思うので、アイヌ語をこそ母語とする八重子の短歌の試みは、きわめて本質的なところで日本を相対化する志向をふくんだ貴重なものといえるのである。今後の課題として記しておく。

違星北斗の短歌

1

二〇〇六年の春に北海道沙流郡の平取町を訪れたとき、平取にゆかりの歌人として違星北斗という名をもつアイヌの青年のいたことを教えられた。平取町を縫って流れる沙流川のほとり、二風谷小学校の前庭に北斗の歌碑があり、四角く型どられた黒い石碑の前面に金田一京助の書によるつぎの二首が刻まれている[1]。

沙流川ハ昨日の雨で水濁り
コタンの昔囁きつつ行く

平取に浴場一つほしいもの

金があったらたてたいものを

違星北斗が平取に滞在したのは、昭和のはじめの一時期である。没後にまとめられた『違星北斗遺稿コタン』（希望社出版部、一九三〇年。以下、初刊『コタン』と記す）の「故人年譜」によれば、そのころ北斗は数え年の二十六歳。[2] 一九二五（大正十四）年二月に上京し、一年半ほど東京で暮らしたのち、民族復興の悲願をいだいて帰郷した、それからまもなくのことである。

平取は、金田一京助が著書のなかでくり返し「アイヌの旧都」と謳った、アイヌの歴史を語りつたえる町である。北斗はそこで、平取幼稚園（現・バチラー保育園）の手伝いや日雇い仕事をしながらアイヌ研究に努め、短歌の創作にもとりくんだ。当時平取は、イギリス人宣教師ジョン・バチラーをはじめ、バチラーの養女で、後に歌集『若き同族に』を編むことになる伝道師のバチラー八重子（前章参照）、『アイヌ神謡集』の著者知里幸恵（一九〇三［大正十二］年没）の両親、幸恵の伯母（母の姉）であるユーカラの伝承者金成マツなどが、伝道のために居住していたとも伝えられ、さながら北斗の来たるべき日にそなえての揺籃となっていた趣がある。藤本英夫著『知里真志保の生涯』（新潮選書、一九九二年）によれば、北斗はこのころ、知里幸恵の弟で、後に言語学者となる知里真志保とも交流があったという。真志保は短歌にも興味をもち、北斗と八重子が短歌をつくる場に同席したこともあった。平取で書かれた北斗の「日記」（初刊『コタン』所収。後に述べる増補版『コタン』にも収録されている）を読むと、北斗がこのほかにも多くの人々と交流し、研鑽をつんでいた様子がうかがえる。[3]

碑に刻まれた前掲の二首の短歌は、平取でのこうした日々のなかでつくられたものである。悲憤にみちた作品の多い北斗の歌のなかでは、比較的おだやかな表情をしている。とりわけ一首目の「沙流川」の歌は、やわらかな抒情性をたたえていて心をひかれる。これをはじめて読んだとき、太宰治が辞世代わりにのこしたという、伊藤左千夫の「池水（いけみづ）は濁りににごり藤なみの影もうつらず雨ふりしきる」という歌が、まるで陰画のように脳裏にうかんだ。「水濁り」という言葉からの連想にすぎないのだが、雨で濁った水の様態に見入っているうつむきがちな暗い視線は同じである。そこから、左千夫の歌はひたすら「濁り」に集中し、雨の闇のなかにすべての風景をとじこめていく。一方、北斗の歌では「濁り」から「音」が発生し、その音が「コタンの昔」という、うしなわれた時間と空間とをひろげていく。歌が祈りであるならば、わたしは北斗の歌に希望をみいだすことができる。「コタンの昔囁きつつ行く」とは、けっして回顧の嘆きではなく、時間をこえて生きつづけている光景のなかに、いま、じぶんが息をしながらはいりこむことである。左千夫の歌が、死に向かう自縛の世界につながっているとすれば、北斗の歌は、飛躍をはらんだ広い世界につながっている。「行く」とは北斗にとって、かれ自身が「行く」ことでもあったにちがいない。風景がふと、観察の対象であることからはなれて、人間の行為ととけあってくるのだ。そんな感性のはたらき方にも魅力を感じて、このとき違星北斗の名を心にとどめた。音をたてて流れる沙流川の岸辺にたって北斗がきいているのは、悠久の時間につながる自分の足音でもあったのではないだろうか。

北斗の短歌を、後年刊行[4]された『コタン　違星北斗遺稿』（草風館、一九九五年。初刊『コタン』の増補版。以下、増補版『コタン』と記す）のなかでまとめて読んだのは、平取から帰ってからのことである。この書には、北斗がのこした短歌を中心に、アイヌの遺跡についての論文や、エッセイ、日記、書簡などがおさめられている。一読して、違星北斗を論じることのむずかしさを痛感した。
　そのむずかしさは、近代日本の歩みのなかでアイヌの人々が負わされた歴史のむごたらしさとつながっている。たとえば、この書のなかで短歌と俳句をあつめた「北斗帖」(5)のページを開いて、わたしはおもわず眼をそむけた。こんな歌をうたわせるどんな権利が人間にあるだろうか。しかもそれが巻頭をかざっているとは。

　はしたないアイヌだけれど日の本に
　　生れ合せた幸福を知る

　そしてまた、二首目におかれたつぎの歌、三首目におかれたそのつぎの歌をみて、わたしはますますわけがわからなくなった。これらの歌と巻頭歌とは、いったいどんな糸でむすばれているのか。

　滅び行くアイヌの為めに起つアイヌ
　　違星北斗の瞳輝く

　我はたゞアイヌであると自覚して
　　正しき道を踏めばよいのだ

けっして代表歌とはいえない、むしろ通りすぎたほうがよい歌を、ここにあえて引用したのは、北斗の短歌をこんなふうに並べかえた初刊『コタン』の編纂者に、（万が一、北斗自身の手によるものであったとしたら、その場合は、北斗をそのようにし向けたものに）憤りをおぼえるからである。ここには二重の悲劇がよこたわっている。北斗のいう「アイヌの自覚」が、畢竟「日の本に生れ合せた幸福」のなかに吸収されてしまう悲劇と、死してなおこのようにして重心をずらされ、同化の道具にされてしまう悲劇。こんなふうに言うのは、北斗の死を惜しんでのことにちがいない、編纂にかかわった人々の善意を踏みにじるようで胸が痛むが、あえて記しておく。増補版『コタン』の解題をみると、初刊『コタン』の編纂にあたって「希望社関係のものに偏った遺稿整理をした可能性はある」ということわり書きが付され(6)ている。初刊『コタン』に収められた「私の短歌」の構成にもなんらかの意図がはたらいているのであろう。増補版に新たに加えられた発表誌紙のなかで読むと、この三首のうち、一首目と三首目は、一九二八（昭和三）年四月三日の歌誌「志づく」（札幌・零詩社）に「遺星北斗歌集」として掲載されたらしい全八十首のなかの後半に収められているが（註15参照）、二首目の「滅び行く」の歌は典拠不明。北斗の歌なのかどうかも確認できてない。詳細は省くが、北斗の活動の全貌はまだ闇に埋もれている部分がある。その闇は国粋化の道をたどる昭和の闇とかさなっている。北斗の短歌と、かれがかかわった民族復興の運動は、そうした時代のうごきと無関係ではありえない。そのことに、遺稿集を読みはじめたとたんに気づかされたのである。

違星北斗の歌がかがやきを放つのは、なによりも自然の風景に向かうときと、自己の姿を感覚的、身体的に受けとめて言葉に託そうとするときである。アイヌとしての自覚と苦しみをうたった歌を、もちろん読みすごすわけにはいかないが、その前に、そうしたところからはすこしずれた位相をもつ作品についてみておきたいと思う。北斗がもしも近代以前のコタンに生まれていたら、日本語で短歌をよむことはなかったであろうが、そのときにはこんな歌が、「アイヌの言葉」で紡がれていたのではないだろうか。そしてそのときも北斗は、感性豊かな詩人であったことだろう。そんなことを夢想させるような、生命の香りにみちた、優しく美しい歌である。明るいひびきをもつアイヌの言葉で、こんな歌をたくさんうたうことができていたら、北斗は「いま」よりも、もうすこしは幸せだったにちがいない。

カツコウと鳴く真似すればカツコウ鳥
カアカアコウとどまついて鳴く

バツケイやアカンベの花咲きました(7)
シリバの山の雪は解けます

熊の肉俺の血になれ肉になれ
赤いフイベに塩つけて食ふ(8)

永いこと病んで臥たので意気失せて

心小さな私となつた

前の二首は初刊収録の「私の短歌」より、後の二首は最晩年の「日記」から引用した。

これらの歌にわたしはつよく心をひかれる。未知の言葉や、未知の風景、未知の生活をうたっているからひかれるのではない。ここには澄んだ眼があり、声と言葉、身体と音韻の幸福な一致がある。意味や心理に傷つけられることのない無心な言葉のはたらきが、ものの生きてうごくすがたをそのままのかたちで取りだしてくる。

「カッコウ」のくり返しのなかからひろがっていく「私」と「鳥」の輪唱。花の名や山の名が音響となって切りひらいていく季節のうごきの力づよさ。「熊の肉」の精気は言葉の力ともなってあふれ、病んで臥せると意気が失せて、言葉も「心」もしぼんでいく。四首目の「心小さな」は日本語でいう小心とはちがっている。心は単にもの思う意識ではなく、水蒸気をたてて氷のかたまりが小さくなっていくように、意気の消失とともに小さくなっていく形ある生命の実体なのだ。

作者の眼には、音のひびきや気力の消長が、空中にきらめく光の粒のように、ありありと見えているのではないだろうか。そのリアルな感覚にささえられて、歌が言葉とともにひろがったり、ふくらんだり、縮んだりして、それじたいがまるで一個の生きものとなって呼吸しているように感じられる。

以前、知里真志保が「アイヌ族の俚謡」（『和人は舟を食う』北海道出版企画センター、一九八六年）と題した短い文章のなかで、つぎのような歌詞を紹介しているのを読んで感嘆させられたことがある。「ウポポ」とよばれる座唄の一種で、二行から三、四行の短いものを、曲にのせて輪唱や掛け合いでくり返しうたう。その唄の詞のありように、右にあげた北斗の短歌は通じあうところがある。

北風が急に炉端へ吹いて来て
灰が雲のやうに空へ舞ひ上る

葦原が光る美しく光る
後の丘へ神様が天降つた
後の丘で美しい風の音が聞える

わしは大層大きな鯨だから
庭の上から
冷い空気や風に
吹き上げられる

これらの詞に表れた詩情をどのように語ればよいだろうか。日本の古代歌謡にも掛け合いを思わせるくり返しの形式はのこっているが、内容がここまで無心なものはめずらしい。ここでは、人間は主役の座からしりぞいて、風によってはこばれる世界のさまざまな変化の相を、神からの贈り物として受けとめ、言祝ぐ者である。灰が空へ舞い上がり、葦原が美しく光る。鯨が陸に打ち寄せられる。目の前に起こっている現実の光景なのだが、それが生まれたばかりの子どものようにみずみずしく感じられるのは、その都度更新される生命の気配が、言葉のなかに宿っているからである。風や光のうごきによって風景はかがやき、食べ物がもたらされ、人の心も揺れて、新しい息吹にみたされる。口承によって人から人へとうたい継がれてきたこれらの詞曲をささえているのは、観察や認識、幻視、述懐といった概念によってはとらえることのできない、人間と世界とのあいだにかよいあってひとしく流れる霊妙な生命への感覚であろう。

その感覚が、違星北斗の短歌にも生きていると思うのである。前掲の北斗の歌に「風」や「神」は登場しない。情景の背後に神の存在が想定されているわけではなく、各句の構成や「俺」「私」といった言葉のつかい方には、ウポポよりはるかに人称性のつよい、作歌主体の意識があらわれている。しかし、そうした意識が自意識となって他を侵害することのない、透明で優しい感受性が、言葉のなかに息づいている。学び覚えた日本語の論理の底に、日常語としてはつかわれなくなったアイヌ語の感覚が脈打っているのではないだろうか。ウポポに代表されるアイヌの短詩の伝統も流れていることであろう。

北斗の歌を民族の文化の形代にするつもりはないが、読んでいるとどうしても、そうしたところにひかれてしまう。「私」を、大自然との交感のなかで生きているものと感じる心。それゆえに、「私」をさえひとつの光景としてとらえることのできるはるかな「眼」を、かれは獲得していると思う。個の意識によってではなく、遠い眼のなかからあらわれてくる「私」というものがあるのではないだろうか。対象と自己の二項対立ではなく、あるいは対象への没入とか、自己を殺すことによって他を生かすといった、自己犠牲の精神でもない、かよいあうところから生れてくる、権利意識や支配意識とは無縁のなにか。それは一民族の感受性であることをこえてわたしたちに語りかけてくる詩のみなもとであり、未来への希望の端緒でもあるように感じられる。身体はコタンに属しながら、言葉は日本に帰属させられたアイヌの青年によって日本語で書かれた歌が、そうしたやわらかな生のかたちのあることをオリジナルな言葉でつたえてくれている、そのことを、歴史の皮肉としてではなく、ひとりの青年が苦しみのなかからのこしていった遺産として、受けとめなければならない。

違星北斗が本格的に短歌をつくりはじめたのは、東京での生活をすてて北海道に帰ってからのことである。[9] 帰道したのは一九二六（大正十五）年七月、亡くなったのはそれからわずか二年半後の、一九二九（昭和四）年一月二十六日のことである。北海道で北斗は、口語短歌の歌人並木凡平[10]の知遇を得て「新短歌時代」や「小樽新聞」などに作品を発表している。それらの誌紙をみると、北斗の作品掲載は、帰道と死の、この二つのできごとにはさまれた一九二七（昭和二）年と翌二八（昭和三）年に集中している。平取時代をへて道内のコタンからコタンをめぐっていたころのことである。つまり、違星北斗の短歌は、北海道での民族復興の活動とともにあり、アイヌの人々とともにあった。はじめから重い課題を背負っての営みだったということができるだろう。そうした背景のなかから、前にあげたような作品も生まれてきたのである。北斗は、生前かれが出した唯一の同人誌「コタン」創刊号（一九二七〔昭和二〕年八月）の巻頭に、「其の昔此の広い北海道は、私たちの先祖の自由の天地でありました。」という一文からはじまる、知里幸恵の『アイヌ神謡集』の「序」を掲げている（『コタン』所収）。幸恵の遺志をうけ継ぎ、アイヌの風土と人々への思いをたくして、故郷への讃歌、あるいは鎮魂歌をうたったのである。

ホロベツの浜のはまなす咲き匂ひイサンの山の遠くかすめる
オキクルミ、TURESHI トレシマ悲し沙流川の昔をかたれクンネチュップよ
やさしげにまた悲しげに唱はれるヤイサマネイナに耳傾ける
ウタリーの絶えて久しくふるびらのコタンの遺跡(あと)に心ひかれる
不景気は木のない山を追って行く追れるやうに原始林伐られる
煎じつめればつかみどこないことだのに淋しい心が一ぱいだ冬
あばら家に風吹きこめばごみほこりたつその中に病んで寝てゐる
岸は埋立川には橋がかゝるのにアイヌの家がまた消えてゆく
ひら〳〵と散ったひと葉に冷ややかな秋が生きてたアコロコタン
暦なくとも鮭くる時を秋としたコタンの昔したはしきかな(11)

空をながめる北斗の眼は、遠い昔を追想する。歌中にもちいられたアイヌ語や、対句的な発想、濁音の反復、視線のめぐらし方などに歯切れのよいリズムがあり、外側へとひろがっていく空間性を感じさせる。「悲し」「淋しい」という言葉を北斗はよくつかっているが、ここにうたわれている悲しさ、淋しさは、作者自身の感情ではなく、たとえば伝説につたわる神の悲しみであり、コタンでうたわれる「ヤイサマネイナ」の声のひびきの悲しさであり、気配としてみちる「冬」の情景の淋しさである。そこにはもちろん作者の感情も投影されているのだが、それを「私」のものとしてではなく、神や人々や季節のものとしてうたっているところに、言葉がそのような方向にむかっていく、優しい感受性のありよう

を認めることができるだろう。はるかな歳月をかけて培われ、北斗のなかに生きつづけている精神のかたちを尊く思うのである。

2

違星北斗は一九〇一（明治三十四）年、北海道余市郡余市町（現・余市市）に生まれた。戸籍上の生年は明治三十五年一月一日になっているらしく、増補版『コタン』では、生年月日はその日付に訂正されている（註2参照）。知里幸恵より二歳、知里真志保より八歳年長で、かれらとともに、明治政府によって進められた、学校でのアイヌの児童にたいする日本語教育（「旧土人教育規程」一九〇一［明治三十四］年公布）のなかで育ち、日本語を日常語としてもちいるようになった世代のひとりである。その後の足跡については北斗自身がつぎのように述べている。

北斗は号であって、瀧次郎と云ふ。小学校六年生をやっと卒業した。その後鰊場のカミサマを始め或る時は石狩ヤンシュ等に働きました。どうもシャモに侮辱されるのが憤慨に堪へなかった。そのあたり（大正七年頃）重病して少しづゝ、思想的方面に興味をもって来た。大和魂を誇る日本人のくせに常にアイヌを侮蔑する事の多いことに不満でした。［…］その後（大正十四年二月）東京府市場協会に事務員に雇われて一年と六ヶ月都の人となりました。

見るもの聴くもの私を育ててくれるものならざるはなく、私は始めて世の中を暖かく送れるように晴れ〳〵としました。けれどもそれは私一人の小さな幸福であることを悲しみました。アイヌの滅亡――それも悲しみます。私はアイヌの手に依ってアイヌの研究もしたい。アイヌの復興はアイヌでなくてはならない。強い希望にそゝのかされて嬉しかった。東京をあとにして、コタンの人となったのです。

「淋しい元気」(「落穂帖 その一」増補版『コタン』所収)(12)

東京で北斗は多くの人々の知遇を得た。金田一京助をたずねて知里幸恵のことを知ったのも、このときのことである。アイヌ学会や講演会などにも出席し、自身が演壇に立ったこともあるという。宮沢賢治が熱中した日蓮系の仏教団体、国柱会の田中智学のもとにも出入りしていた形跡がある。右にあげた文章のなかに、「私一人の小さな幸福」という言葉があるのを見ると、宮沢賢治が思いだされる。関係があるのかどうかは不明だが、当時の青年をひきつけた精神風景のなかに、世直し的な流れがあり、そこで学んだ「小さな幸福」に安んじない生き方を、北斗はアイヌの復興運動に身を投じる根拠としたのかもしれない。北斗は東京で自己の生きる道をさがしていたのであろう。宮沢賢治の上京は一九二一(大正十)年、北斗の上京は一九二五(大正十四)年であるから、関東大震災(一九二三[大正十二]年)をはさんで、ふたりは行きちがっている。けれども、目には見えない風のなかで、するどく交叉する瞬間があった。そんな想像をふとめぐらしてみたくなる。

金田一京助は違星北斗を追想する文章のなかで、東京での北斗の「幸福」に深い陰影の刻まれていることと、帰道後の苦難についてふれている。北斗は人々の厚遇をうけ、東京で安定した生活を送れるようになったが、そのとき、じぶんのうける厚遇がアイヌゆえのものであることに気づき、深く苦悶したという。「『アイヌだから』という差別待遇を拒否し、悲憤してきた自分」であるのに、「『アイヌだから』のこの特殊の待遇を甘受していて、私はすむか？」（金田一京助「違星青年」『金田一京助全集 14』三省堂、一九九三年）。これは金田一京助が北斗の心中を思いやって述べた言葉であるから、文字どおりに受け取ってよいのかどうかはわからないが、北斗の苦悶を眼前に見ての述懐であることはたしかだろう。北斗の「幸福」は、ほんとうには「私一人の小さな幸福」ですらありえなかった。どんな差別待遇もなくならないかぎり、「私一人」の幸福もありえないところに、かれは身をおいている。そして、北斗は、そうした矛盾のはざまに立って同族への思いをふかめ、民族の復興への「強い希望」にかられて、北海道のコタンへ帰ったのである。

北斗のほんとうの苦しみがはじまったのは、ここからであると金田一京助はいう。帰道後、北斗は仲間と「一貫同志会」という団体をつくり、アイヌの地位向上の運動のために北海道の各地をまわっている。死の前年には「売薬商人」となって、やはり道内の各地を薬を売りながら歩いている。はじめて訪れた町々で、人々の理解が容易に得られたとは思われない。それに加えて貧困と病気がおそってくる。孤独や空腹ともたたかいながらの苦しい行脚の旅である。

売薬の行商人に化けてゐる俺の姿をしげ〴〵とみる
売薬はいかがでございと人のゐない峠で大きな声出してみる
ひるめしも食はずに夜の旅もするうれない薬に声を絞って
空腹を抱へて雪の峠越す違星北斗を哀れと思ふ[13]

　このように行商の姿をうたった歌もたくさんのこしている。「雪の峠」を越えていく「違星北斗」は、夜空に輝く北斗星を仰いでいるのではないだろうか。比較的おだやかに過ぎた平取滞在の期間をふくめて、帰道から死までのわずかな年月、北斗が身をおいていたのは、希望と失意にみちた過酷な現実のなかであった。

　すでに述べたように、違星北斗の短歌は、北海道へ帰ってから死にいたるまでの数年のあいだにつくられている。苦しい行脚の生活とともにあったものでもある。本章の「1」の節では叙景・抒情歌に類する感性的な特質のあらわれた作品をとりあげたが、ここでは社会との葛藤のなかから生まれた作品に照点をあて、北斗が短歌にたくした思いをさぐってみたい。なおこれ以後の短歌の引用は、おおむね増補版『コタン』に発表誌紙から集められた「落穂帖　その一・その二」による。こまかな説明は省くが、初刊『コタン』の「私の短歌」に収められているものも多い[14]。

しかたなく「諦める」と云ふ心哀れアイヌを亡したこゝろ
卑屈にも慣らされてゐると哀れにもあきらめに似た楽しみもある
無茶苦茶に茶目気を出してはしゃいだあとしんみりと淋しさにをそはる
アイヌとして生きて死にたい願もてアイヌ画をかく淋しいよろこび
淋しいか?　俺は俺の願ふことを願のまゝに歩んだくせに
子供等にからかはれては泣いてゐるアイヌの乞食に顔をそむける

酔ひどれのアイヌを見れば俺ながら義憤も消えて憎しみのわく⑮

自然の光景に向かうとき、北斗の心はのびのびと広がってゆくが、人間の光景にむかうとき、北斗の言葉は内向し、多く「自損」の方向へと進んでゆく。

一首目の歌は、目の前の光景から、アイヌがこれまでたどってきた道をふり返っているのであろう。諦めて現状にしたがう、そういう人々の姿のなかに「アイヌを亡ぼした」原因をもとめている作品である。

二首目の歌は、アイヌの背景をとりさって読むと、屈辱的な状況におかれた無力な人間のつぶやきときこえる。心理的な重い言葉のつらなりを、「も」の反復によってリズミカルにすくいあげたユニークな作品である。けれども、これをもういちどアイヌの世界にもどしてみると、権力によって制圧させられた非人間的な状況が、いっそう鮮明に見えてくる。アイヌの人々の声として読むべき作品であろう。卑屈に慣らされ、諦めに似た楽しみのなかで平安を得ようとする生活を、「哀れ」と嘆じている歌である。

三、四、五首目の歌は、北斗自身の心情に焦点をあわせている。どの歌にも「淋しさ」「淋しい」という言葉がもちいられている。はしゃいだあとの淋しさ。よろこびにまじる淋しさ。ふりかえる道に影のようについてくる淋しさ。この淋しさはどれも、空しさや絶望とはちがっている。願いは潰えることなく北斗の胸にあり、それをよろこびとしても、生き方としても保ちつづけているのだが、その底にけっして癒されることのない暗い穴がひらいている。同じ連のなかに、「アイヌがナゼほろびたらうと空想のゆめからさめて泣いた一夜さ」、「その土地のアイヌは皆死に絶えてアイヌのことをシャモにきくのか」などの作品があるのを見ると、北斗の短歌に頻出する「淋しさ」は、生涯消えることのない北斗の存在の根そのものだったように思われる。それは前にあげた作品のなかで「淋しい心が一ぱいだ冬」とうたわれていた、風土の「淋しさ」ともつながっている。うしなわれたものの大きさ。取り返しのつかない思いが、すべての努力を超絶して北斗の心に闇をひろげているのだ。自己をかえりみるとき、どこから入っても北斗はその闇につきあたらざるをえない。だから、じぶんの生き方をうべなうときですら「淋しいか?」と問わずにはいられないのである。

最後の二首は、同族への屈折した思いをうたっている。二首ともに、結句の「顔をそむける」「憎しみのわく」というところで感情が飛躍する。通りすがりに出遇った光景にじぶん自身が傷つき、行き場をうしなった悔しさが、絶句となってほとばしり出るのだ。顔をそむけても心はとどまっている。憎しみのうしろにははげしい愛がうずくまっている。そう感じられるのは、静から動へ、対象から自己へとめぐらされるきびしい転調のリズムが、せっぱ詰まった印象となって、読む者の心に訴えてくるからである。北斗の歌はここでも、眼と心と言葉とがむすばれた、北斗の身体のリズムを反映している。そのリズムのなかに、言葉が表出する概念とは異なる、分析不能な思いの総体、内的なざわめきの総体がとじこめられている。

人間の社会に目をむけるときも、違星北斗は本質的に抒情歌人である。端的に主張をのべた、もっとメッセージ性のつよい作品もないわけではないが、静かに自分の心を見つめたこうした作品にわたしはひかれる。そして、それと同時に、素朴な疑問もいだかずにはいられない。北斗はわかっているはずなのに、なぜ「アイヌを亡した」原因を、じぶんたちの内側にもとめようとするのだろうか。また、なぜ

「アイヌの乞食」や「酔ひどれのアイヌ」に、たとえ裏返しの表現であったとしても「憎しみ」の感情をぶつけるのか。

立ちどまって解釈しようとすれば、それなりに納得できる答えが見つからないわけではない。たとえば一首目の「諦める」心は、それを捨てよというメッセージなのかもしれない。「諦める」心を「アイヌを亡ぼした」心とむすびつけることによって、同族の自覚をうながしているのだと読むこともできるだろう。けれども、そういう思いが託されているとしても、この歌の主調音は、結局「哀れ」の情感のなかにのみこまれていく。すると目標をうしなった銃口は、同志としての同族ではなく、諸々と現状にしたがっている内部の敵——後に触れる「アイヌの姿」のなかで、「保護と云ふ美名に拘束され、自由の天地を失って忠実な奴隷を余儀なくされたアイヌ……、腑甲斐なきアイヌの姿」と北斗自身が呼んでいるもの——のほうに向いてしまうのだ。ここでは北斗の関心はアイヌの内側に向けられていて、アイヌをそのような境遇に追いやったもの、ほんとうに「アイヌを亡した」もの、すなわち日本のことは不問に付されている。そのことが不可解である。

「憎しみ」についてもおなじように、北斗はからかう子どもたちの向こうにあるもの、「酔ひどれのアイヌ」を追いつめているものに「義憤」をいだきながらも、それを宙づりにしたまま、むなしく土にうずくまる者たちに憎しみの刃を向ける。なぜだろうかと思わずにはいられない。同族を問いつめる心のうごきが、北斗の内奥にひそむ、おそろしい「淋しさ」や、かれがアイヌ復興の活動にかけた願いと、どのようにつながっているのかわからないのだ。

北斗の歌は、画一的な倫理基準や正義感から免れて、生きている心のなかへまっすぐに下りていく。

それゆえに、このときアイヌの人々がおかれていた状況を内側から炙りだすことができた。それは得がたいことである。諦める心を攻撃し、同族への憎しみをうたうことは、状況へのきびしい眼差しとつよい意志がなければできないことであろう。だからわたしは、北斗が思ったこと、うたった内容に異議をとなえているわけではない。ただ、なにか、もやもやとした割り切れないものがのこるのである。それがいったいなんなのか、北斗を苦しめているものの正体を知りたいと思う。

ネクタイを結ぶに伸べたその顔を鏡は俺をアイヌと云ふた
のむ？　ことが何よりのたのしみで北海道がよいと云ふシャモ
ウッカリとアイヌの悪口云った奴きまり悪るげに云ひなほしする
正直なアイヌだましたシャモをこそ憫れなものとゆるすこの頃
アイヌ！　と只一言が何よりの侮辱となって憤怒に燃る
開拓の功労者の名のかげに脅威のアイヌをのゝいてゐる
シャモと云ふ小さな殻で化石した優越感でアイヌ見に来る(16)

北斗は「シャモ」という言葉をつかっている。日本人（シャモ、和人の意）への屈託した心情をうたった作品である。臨場感があり、日本人とのさまざまな交流があった、その具体的な場面を彷彿とさせる。

わたしには理解できていないのだろう。違星北斗にとって日本人は、突然宣戦布告をしてきた海の向こうの敵ではないのだ。生活を侵害し、屈辱をしいてくる理不尽な権力の行使者ではあるのだが、おなじ言葉で語らいもし、ひとりひとりの顔がみえる、そのなかにはよい人もいればわるい人もいる、自己の身体領域のなかにはいりこんでいる、具体的な人間なのだ。北斗の心のなかには、深い「淋しさ」があると同時に、じぶんがアイヌであることへの屈折した感情もある。アイヌをだますシャモに怒りをいだくと同時に、憐憫の情もいだく。そうした個々の現象をこえて「開拓」を憎む心はあるが、さらにそれをこえて「日本」そのものを批判する視点は北斗にはない。そして、読んでいくと、不意打ちのように、この先につぎのような作品があらわれてくるのだ。

日本に己惚てゐるシャモ共の優越感をへし折ってやれ
アイヌは単なる日本人になるじゃない神ながらの道に立て！
まけ惜みも腹いせも今はない只だ日本に幸あれと祈る
はしたないアイヌだけれど日の本に生れたことの仕合せを知る

この四首はすべて歌誌「志づく」に発表された作品で、先にあげた「シャモと云ふ小さな殻で化石した」という歌に接続する、一連の終盤に収められている。このうち前の三首は同人誌「コタン」創刊号の「コタン吟」にあるもので、一九二七（昭和二）年八月からの再録。「志づく」のほうは一九二八年（昭和三）年四月の発表であるから、「志づく」のほうが新しい。また、どちらも北斗の生前の刊行であるから、この四首の表現や配列には北斗の意志が反映されていると考えてよいだろう。

四首目の短歌は前半でふれたように、初刊『コタン』に収められた「私の短歌」の巻頭に採られた作品である。ただし、下句の「生れたことの仕合せ」は「私の短歌」では「生れ合せた幸福」になっている。「しあわせ」の表記は、北斗は他の箇所でも「仕合せ」をつかっているので、「幸福」は改変であろう。一首目から三首目までの、口惜しい気持ちをうたった三首は、「私の短歌」には採られていない。註12に示した「淋しい元気」の削除と同様に、編纂者の手によって故意に省かれたものと思われる。

ところで、いまあげた四首は、これまで読んできた北斗の短歌とくらべると、どれも身体性をもたない、主張を叫んだだけの歌のようにみえる。前にあげた短歌のなかの「シャモ」という言葉には実体があるが、ここにもちいられている「日本」という言葉には実体がない。北斗がどんなにひたむきに叫んでも、うたわれているのは借り着のような考えであり、北斗の本質からは遠くへだたっている。そのことはなによりも短歌にあらわれた概念的な言葉のつかい方がしめしているとおりであろう。

しかし一方で、これらの歌は、違星北斗が身を投じたアイヌ復興のための活動の中身がどのようなものであったかを教えてくれる。また、北斗の攻撃の矢が、日本ではなくアイヌの内部に放たれている理由も教えてくれる。そのいたみをおもえば、これらの歌を安易にすてるわけにもいかない。

北斗の考えははっきりしている。アイヌは民族の誇りと自覚をもって日本という国の一員になる、ということである。アイヌとして、おごり高ぶった日本人以上の日本国民になるのだという思いである。そうはっきり言ってしまうと意外な気持ちにさせられるのは、わたしが現在の意識からふり返っているせいであろう。一歩しりぞいて当時の社会に身をおいてみれば、北斗が「日本」への帰属をもちだすのは、それが北斗にとって考えられるかぎりでのアイヌ存続の道であったからにちがいない。

北斗は同人誌「コタン」創刊号に掲載した文章のなかで、つぎのように述べている。

アイヌはシャモの優越感に圧倒されがちである。弱いからだと云つてしまへばそれまでゞあるが、可成り神経過敏になつてゐる。耳朶を破つて心臓に高鳴る言葉が「アイヌ」である。〔中略〕吾人はこの態度の可否は別問題として、かゝる気づかひを起さしめた（無意識的に平素から神経を鋭くさしてゐる程重大な根本的欲求の）その第一義は何であらう？　――アイヌでありたくない――と云ふのではない。――シャモになりたい――と云ふのでもない。然らば何か「平等を求むる心」だ、「平和を願ふ心」だ。適切に云ふならば「日本臣民として生きたい願望」であるのである。

吾アイヌ！　そこに何の気後れがあらう。奮起して叫んだこの声の底には先住民族の誇まで潜んでゐるのである。この誇をなげうつの愚を敢てしてはいかぬ。不合理なる侮辱の社会的概念を一蹴して、民族としての純真を発揮せよ。公正偉大なる大日本の国本に生きんとする白熱の至情が爆発して「吾れアイヌ也」と絶叫するのだ。

見よ、またゝく星と月かげに幾千年の変遷や原始の姿が映つてゐる。山の名、川の名、村の名を静かに朗詠するときに、そこにはアイヌの声が残つた。然り、人間の誇は消えない。アイヌは亡びてなるものか。違星北斗はアイヌだ。今こそはつきり斯く言ひ得るが…………反省し瞑想し、来るべきアイヌの姿を凝視（みつめる）のである。

「アイヌの姿」〔筆名・北斗星〕（初刊『コタン』所収。増補版にも収録）(17)

文末に「二五八七・七・二」の日付がある。「二五八七」は皇紀であろう。一九二七（昭和二）年七月に書かれたものである。

語調はつよいが、ここには苦しい葛藤の跡が刻まれている。「平等を求むる心」や「先住民族の誇」をうったえる言葉が、いきなり「日本臣民として生きたい願望」や「大日本の国本に生きんとする白熱の至情」に飛躍することを、いま読むわたしは不思議に感じるが、北斗の身になってみれば、そこには矛盾を一挙に解消しようとするせっぱ詰まった願いがこめられているのであろう。最後の段落の「見よ」以降の情感には、あの「淋しい心」がただよっている。うしなわれた時間をいたみ、それを未来へと引き継ぎたい祈りの声が流れている。「日本臣民として生きたい願望」は、そんな悩める青年の耳にささやかれたあまい誘惑の罠だったのではないだろうか。日本はそうやって民族の危機意識を利用しながら、アジアの他国の運命も自己の傘下におさめていった。北斗はおそらくそうしたことには気づかずに、現実的な手だてとして、アイヌがアイヌとして生きのびるために、日本のなかにとびこんでいった。この文章に記された一足飛びの論法と、先ほどあげた四首の短歌の空疎さはけっしてべつのものではないだろう。北斗の熱意はいつわりではないが、北斗の日本への願望は、外側から、北斗をとりまく社会的人的環境によってあたえられたものに、北斗自身が身をよせた結果であると思う。だから言葉に身体や心がついていかないのだ。

北斗が短歌のなかで「諦める」心や「酔ひどれのアイヌ」にはげしい苛立ちを向けるのは、同族の姿がアイヌの誇りを傷つけるものと見えるからなのだが、その背後には、民族の運命にたいする深い恐れがよこたわっている。逆に、「卑屈」を強いてくるものに憤りをおぼえながらも、それが日本への怒りとなって爆発しないのも、おなじ理由によるだろう。アイヌにたいする日本の横暴は、大正・昭和にはじまったことではないが、昭和初年における北斗の自覚や活動に、当時の日本社会の動向が深く影をおとしているのも、たしかなことに思われる。時代の闇は、北斗の遺稿を整理した他者の手を覆っているだけでなく、じつは、北斗自身のなかにもしのびこんでいるのである。

「日本に幸あれと祈る」ことは、北斗の内奥の「淋しさ」をけっして救ってくれはしないだろう。うしなわれた時間にこだわることと、「日の本に生れたことの仕合せ」とは本質的には両立しない。矛盾していると思う。その矛盾のはざまに立って、北斗は、とりもどすことのできない時間を、とりもどすことのできるもの、すなわち民族の尊厳の回復によって埋め合わそうとしたのではないだろうか。

若き日、北斗と交流のあった知里真志保は、のちに北斗の短歌を批判したという。真志保はアイヌ語を民族の魂であるとして、北斗が私淑したバチラーや、自身の師でもあった金田一京助ともはげしく対立した。「アイヌの土地はアイヌに返せ」といい、後年はアイヌ独立論にかたむいていたという話もつたわっている。それがほんとうなら、真志保はとりもどすことのできない時間それじたいをとりもどそうとしたことになる。アイヌの言葉とアイヌの土地と。それは北斗のいう民族の誇りや自覚を足もとでささえる共同体の具体的な財産である。いまとなっては現実にそぐわない理想論といわれるかもしれないが、繊細な論客であった知里真志保の志をつたえる、納得できるエピソードでもある。

違星北斗の短歌と思想は、成熟する充分な時間をあたえられないまま、その死によって中断された。北斗がもしも戦争の時代を生きていたら、戦後まで生きのびることができていたら、それらはどんな変遷をたどったことだろうか。前掲「アイヌの姿」にも書かれていたように、北斗の心のなかには、大きくいえば「平和」への願いがある。アイヌへの愛を日本への愛に吸収させて共存の方向へ歩きだしたのは、争いをいとう心にうごかされてのことでもあったにちがいない。その心は、本章の前半で述べたような自然への愛、はるかなものとの交流のなかで生命をわかちあう、アイヌの人々の優しい感受性とつながっている。そうした心のありようが、近代という機構のなかで、政治の思惑や社会の思潮によって侵害され、うらぎられていくのを見るのは悲しいことだ。

違星北斗の短歌は、アイヌ民族の復興をねがう現実の活動のなかからこぼれおちた涙のようなものである。その涙は、とうめいな結晶体となって、遠い山河のきらめきや、さびしい現在、苦しみにみちた人々の姿をうつしだす。うつしだされたものは、北斗自身の考えをこえて、読む者の心にひびき、アイヌの心をつたえて、はるかな歳月をわたっていくことであろう。北斗の短歌には、日本の近代の歩みがいたましいかたちで刻印されている。それと同時に、なにものによっても傷つけられない美しい魂のあることを教えてくれる。その歌を、過去の遺産としてではなく、生きている精神の言葉としてうけとめなければならない。

いかにして『我世に勝てり』と叫びたる
キリストの如安きに居らむ

世の中は何が何やら知らねども

死ぬ事だけはたしかなりけり

絶筆となった一九二九（昭和四）年一月六日の日記に書きつけられた、北斗の最後の作品である（『コタン』所収）。死の床にあっても北斗の眼は明晰で、ほのかなユーモアさえたたえて哀切である。違星北斗にとって短歌は、活動の旅の友であっただけでなく、自己をささえる砦でもあったのだということに気づかされる。

この歌を詠んだ二十日後の同年一月二十六日、死去。享年二十七歳。前年喀血し、生まれ故郷の余市に住む兄のもとに身をよせたまま、帰らぬ人となったのである。十五歳のころから北海道の各地に出稼ぎに出てはたらき、二十四歳のころ上京、翌年東京から帰ったのちは道内をめぐり歩いた、一所不住の短い人生であった。

本章を書いていたころ、札幌の北海道大学附属図書館に、二〇〇七年四月、全国初の「アイヌ・先住民研究センター」が開設されるという報道に接した。活動の中心に「先住権実現の条件を探る」（「東京新聞」二〇〇七年一月二十五日朝刊）ことを掲げたものである。日本政府はいまだアイヌの先住権をみとめておらず、[18]アイヌの問題は多く、根本的解決がはかられないまま放置されているのが現状であろう。そのことは他の民族にたいする日本の法律の不平等、不寛容なシステムとも深くかかわっていることであろう。アイヌの問題はいうまでもなく日本の問題である。違星北斗の短歌を読みながら、そうしたことも考えさせられた。短歌を読むことが目的であったが、途中からすこし観点がずれた面もあるかもしれない。しかしまた、そうしたことを考えさせるのも北斗のもつ言葉の力である。違星北斗の名は、アイヌ関係の資料にはかならず出てくるが、日本の短歌史には登場しない。かれの歌もまた日本の歌であり、詩歌の貴重な財産である。そのことを書きそえておきたい。

【附記】

・原典の旧漢字は新漢字に改めた。
・引用した短歌のなかで、「違星北斗」と「キリスト」がゴシック体になっているのは『コタン』(初刊・増補版共)にしたがったものである。『コタン』では文章のなかでも他の人の「跋」のなかでも人名をゴシックにしているものがあり、編纂者の意向として強調されたものと思われるが、それについての説明などは付されていない。
・初刊『コタン』に収められた「私の短歌」と、増補版『コタン』収録の「北斗帖」には、北斗の手によると思われる、短いまえがきが付されている。北斗が自分の歌をどのように認識していたかを示すもので、出典は不明。あるいは自選歌集のために用意されていたものかもしれない。以下はその全文である。

「私の歌はいつも論説の二三句を並べた様にゴツゴツしたもの許りである。叙景的なものは至つて少い。一体どうした訳だらう。

公平無私とかありのまゝにとかを常に主張する自分だのに、歌に現はれた所は全くアイヌの宣伝と弁明とに他ならない。それには幾多の情実もあるが、結局現代社会の欠陥が然らしめるのだ。そして住み心地よい北海道、争闘のない世界たらしめたい念願が迸り出るからである。

殊更に作る心算で個性を無視した虚偽なものは歌ひたくないのだ。」

註

（1）この二首は後出の『違星北斗遺稿　コタン』には、つぎの形で収められている。括弧は収録されている章名。
本文の引用は歌碑のとおり。
沙流川は昨日の雨で水濁り
コタンの昔唄きつ行く　（「私の短歌」）
平取に浴場一つ欲しいもの
金があつたら建てたいものを　（「日記」昭和二年七月十四日）
歌中の「コタン」はアイヌ語で「集落、部落、村」の意（『萱野茂のアイヌ語辞典』三省堂、一九九六年）。
（2）北斗の生年には異説がある。初刊『コタン』では「明治三十四［一九〇一］年出生」としているが、後に述べる増補版『コタン』では一九〇二（明治三十五）年一月一日。註1の歌碑の裏面に刻まれた碑銘には「明治三十四［一九〇一］年」とあり、二〇一六年刊行の「沙流川歴史館年報　第17号」（沙流川歴史館）に発表された最新年表「違星北斗に関する出来事」（「違星北斗研究会」山科清春氏による）では、一九〇一年十二月末とし、「戸籍上は翌年の一月一日生まれ」としている。つまり、一九〇一年にするか二年にするかで異なり、近年の刊行物でもこのふたつに分かれて踏襲されている（本書では実際の生年に即して一九〇一年とした）。なお、本文では初刊『コタン』の年譜により、北斗が平取に滞在した時期を「数え年の二十六歳」としたが、満年齢では二十五歳のときである。
（3）北斗が平取に滞在した時期には異説がある。『コタン』では、初刊・増補版ともに一九二七（昭和二）年としているが、註2であげた最新年表「違星北斗に関する出来事」では一九二六（大正十五）年とし、北斗がバチラー八重子や知里真志保と会ったのも、平取ではなく幌別（現・登別市）であるとしている。筆者は文中にあげた藤本英夫著『知里真志保の生涯』（新潮選書、一九九二年）により平取での出来事と理解して書いたが、幌別は知里家のもともとの居住地であり、当時すでに聖公会の伝道師となっていたバチラー八重子の勤務先（けっこう移動がある）も、調べてみるとこのころは幌別の教会だったようなので、北斗は幌別を尋ねた後、平取へ向かったのかもしれない。いずれにしても昭和初年のころ、北斗が八重子と知里真志保に会い、平取で平取幼稚園の手伝いをしていたことは確かなので、ここはひとまず旧来の説に従ったことを断っておく。

（4）増補版には一九八四年版もある。一九九五年版の「凡例」によれば、初刊『コタン』の後に新たに発見された資料を、「落穂帖　その一」として加えたのが一九八四年版、さらに「落穂帖　その二」を加えたのが一九九五年版である。新しく収集した資料には初刊『コタン』の収録作品と重複するものがあるが、「初出を考慮し、あえて収録した」と「凡例」にある。

（5）初刊『コタン』の「跋」（岩崎吉勝の名で書かれている）によれば、同書編纂のために用いた北斗の遺稿としてあげられている雑誌・日記・ノート等の資料のなかに、「歌集北斗帖（墨書）一冊」がある。註2であげた二〇一六年の最新年表の記事によれば、これは北斗が死の直前にあたるころ「病床」でまとめた自選の歌集であるという。ただし、この歌集自体は、一九三三（昭和八）年の希望社解散後行方不明になっていて、現存しないとみられている。

一方、増補版『コタン』に収められている「北斗帖」は、同書の「凡例」によると、初刊『コタン』に収められた「私の短歌」と「俳句」の章を合わせたもので、内容を読み比べてみると、たしかに一首一句まちがいなくそのまま転載されている。短歌百三十三首、俳句十句。ところがそれを、右記した墨書の「北斗帖」と同じ章名としたために、一見、北斗自身がまとめた伝説の歌集のように見えてしまうのだが、このふたつ（北斗の自選歌集「北斗帖」と増補版『コタン』の「北斗帖」）は、北斗の作品を収めているという点では同じだが、編纂者が異なるという点で、まったく別ものといえる。後者は、初刊『コタン』の「私の短歌」の編纂者と同じである。そもそも「私の短歌」は、初刊『コタン』の編纂時に、北斗自選の「北斗帖」を資料の一つとして編纂されたものなのである（自選の「北斗帖」をそのまま使った可能性もないわけではないが、それならそうと書いているであろうし、集名を変える必要もないから、やはりなんらかの手が加わっていると考えるほうが自然なように思われる）。

（6）「希望社」は、社会運動家の後藤静香（せいこう）（一八八四〜一九七一年）が一九二一（大正十）年に創設した団体。雑誌の発行や社会事業などを中心に活動した。北斗の遺稿集である初刊『コタン』は同社の出版部が発行元で、巻頭に「序に代えて」と題した後藤の文章を掲げている。

（7）「バッケイ」は、ふきのとう。ふきのとうはアイヌ語では一般に「マカヨ」というが、知里真志保の「分類アイヌ語辞典・植物編」（『知里真志保著作集　別巻I』平凡社、一九七六年）には「paxkay」（ぱㇵカイ）でも出ている。「ばㇵカイ」（「バッカイ」とも）は、子を背負うという意味のアイヌ語である。「アカンべ」は、赤い花の総称。「シリバ」は、北斗の故郷余市（よいち）に現存する岬の名。北斗が愛した余市のシンボルであるという。註2・3で示した最新年表の編者、山科清春氏の教示による。

（8）「フイべ」は、肝臓のこと。

（9）北斗は短歌に先立って詩と俳句をつくっている。大正年間に雑誌に発表されたものが何編かのこっている。もともと詩歌を愛する青年だったのだが、帰道後はもっぱら短歌に親しんだ。きっかけがなんであったかは不明。平取時代には、当時平取に滞在していたバチラー八重子、知里真志保と親しみ、一緒に短歌を作ったこともあるという。ただし、註3に示したように異説もあることを書き添えておく（掛川源一郎『バチラー八重子の生涯』北海道出版企画センター、一九八八年／藤本英夫『知里真志保の生涯』新潮選書、一九九二年による）。

(10) 並木凡平は一八九一（明治二十四）年札幌郡（現・札幌市）生まれ。一九二〇（大正九）年より「小樽新聞」記者となり、一九二四（大正十四）年から同紙に「口語短歌欄」をもうけ、口語短歌の普及に努めた。一九二七（昭和二）年、「新短歌時代」（口語歌）創刊。一九四一（昭和十六）年、室蘭にて急逝。

(11) ここにあげた十首は、増補版『コタン』の「落穂帖　その一」に収録された発表誌紙より引用した。前五首は北海道の文芸誌「志づく」（一九二八年四月／註15参照）、六・七首目は並木凡平主宰の歌誌「新短歌時代」（一九二八年六月）、八〜十首目は「小樽新聞」（一九二七年十一月・十二月）より。初刊『コタン』に収められた「私の短歌」と「日記」は二行の分かち書きになっているが、ここでは一行。行分けの異同の経緯は不明。本章では出典にしたがって記載した。

二首目の「オキクルミ」は、アイヌの人文神オキクルミのこと。「TURESHI トレシマ」は、妹、若き妻の意。「クンネチュップ」は、月。

三首目の「ヤイサマネイナ」は、ヤイサマ（本書一〇一頁註7参照）と同じ。自己の身の上をうたう抒情歌の一種。

以下の歌にある「コタン」は村、集落のこと。「アコロコタン」は、私たちの村。

(12) 「淋しい元気」は、初刊『コタン』にも収められているが、初刊では途中に大きな削除があり、長さが三分の一に縮められている。引用文中の「シャモに侮辱される」「大和魂を誇る日本人のくせに」などの内容も、初刊本では文ごとカットされている。編纂者の意図を示す出来事と思う。

文中の「ヤンシュ」は「やん衆」、北海道で、ニシン漁などに雇われて働く男たちのことをいう。「ヤン」はアイヌ語ともいわれるが不明。「シャモ」は、アイヌ語のシサムウタラ（隣人）の略で、和人のこと。なお、文中の［…］は引用者、他の括弧は原典どおり。

(13) 前三首は増補版『コタン』「落穂帖　その一」（発表紙「小樽新聞」一九二七年十二月、一九二八年二月）より。

四首目は初刊『コタン』「私の短歌」に二行で書かれているものを一行に改めて引用した。

（14）「私の短歌」に再録されたものは、発表誌紙と比べると表記や表現に変更が目立つ。その変更が、北斗自身の手によるものか、編纂者の手によるものかは不明。ここにあげた作品では、一、四、六、七首目の歌が「私の短歌」にも収められているが、そこでの表現はつぎのとおり。傍線の部分が変更の箇所である。二行書きを一行にして示す。

・仕方なくあきらめるんだと云ふ心哀れアイヌを亡ぼした心
・アイヌとして生きて死にたい願もてアイヌ絵を描く淋しい心
・子供等にからかはれては泣いて居るアイヌ乞食に顔をそむける
・泥酔のアイヌを見れば我ながら義憤も消えて憎しみの湧く

こうしたことについては別途の検討が必要であろう。感想もあるが割愛する。

（15）引用の七首は、すべて「落穂帖　その一」からの引用で、前五首が歌誌「志づく」（一九二八年四月）、六首目が「新短歌時代」（一九二八年七月）、七首目が「小樽新聞」（一九二八年四月）に発表されたものである。このうち「志づく」は、増補版『コタン』の解題には「第三巻第二号」とあるだけで時期が示されていないが、同書に付された「違星北斗略年譜」の一九二八（昭和三）年四月三日の記事に、その巻号の「志づく」が「『違星北斗歌集』の特集号」であったことが示されている。歌数は全部で八十首。時期からみると、これがあるいは北斗が病の床で自選したとされる墨書の「北斗帖」の原型、ないしそのものだったのではないかと考えたくなるが、確かなことはわからない。いずれにしても、初刊『コタン』の「私の短歌」とは内容が大きく異なっている。

なお、増補版『コタン』は、仮名遣いは歴史的仮名遣いだが、撥音（「ん」）と拗音（「っ」「ょ」など）は現代仮名遣いと同じように小さくしている（増補版の「凡例」に「読み易くするため」と付されている）。そのため増補された部分（「落穂帖　その一・その二」）はその形でしか見ることができず、北斗の原稿や発表誌とは、仮名遣い表記が厳密には異なる部分が含まれる。本書では初刊にあるものは初刊の表記を生かし、初刊にない「落穂帖　その一・その二」は、増補版の形を踏襲した。以下同。

（16）ここにあげた七首はすべて註15に記した「志づく」八十首のなかの作品で、掲載順に拾っている。最後の「シャモと云ふ」からはじまる一首は、シャモの優越感をうたった類似の歌を一首挟んで、つぎにあげる「日本に己惚れてゐる」に接続する、終盤の歌である。

（17）「アイヌの姿」は、冒頭に「後藤先生」という宛名を冠して書かれたものである。「後藤先生」とは、註6に記した「希望社」の主宰で、社会運動家の後藤静香のこと。後藤は北斗が一時期つとめた「平取幼稚園」の支援者でもあった。北斗は後藤と東京で知り合い、以来、信頼をよせて交流した。後藤は初刊『コタン』の刊行にあたって「序に代えて」を書き、そのなかで北斗が「アイヌ民族に対しての私の計画を遂行させてくれる殆ど唯一の中心人物であつた。兄を失つたことは、私の此の民族へなさんとする愛の事業の大頓挫である」と述べているが、いま読むと尊大ないい方にきこえる。後藤のいう「計画」の内容は不明。同化推進の手段だったのではないだろうか。この序文は増補版『コタン』には収められていない。後藤は北斗に大きな影響力をもった人物のようだが、それは『コタン』を読むかぎりのことなので、他の資料がみつかれば訂正される可能性もある。

（18）この後の二〇〇八年六月に、「アイヌ民族を先住民族とすることを求める決議」が国会で採択された。前年九月の「先住民族の権利に関する国際連合宣言」を受けてのことである。本文自体を訂正するべきであったかもしれないが、このままにしておく。

「ある老婆たちの幻想」　鳩沢佐美夫の遺稿をめぐって

1

二〇一三年十二月に刊行された「日高文芸　特別号　鳩沢佐美夫とその時代」（日高文芸特別号編集委員会編）に付された暫定版「鳩沢佐美夫年表」（木名瀬高嗣編）によれば、鳩沢佐美夫は一九三五（昭和十）年八月八日、北海道沙流（さる）郡平取（びらとり）村大字荷菜（にな）村字八番地（現・平取町去場（さるば））に生まれた。去場は沙流川の西岸にあり、かつて歌人の小中英之が住んだ平取町本町よりすこし下流に位置する地域である。鳩沢は幼い頃より病弱で、脊椎カリエス、肺結核で入退院を繰り返しているが、生涯その地に住み、一九七一（昭和四十六）年八月一日にその地で亡くなった。朝、近所の沢へ水を汲みに出かけて倒れ、そのまま帰らぬ人となったのである。満三十六歳の誕生日を目前にしての死であった。

鳩沢は若い頃から文学を志し、地域の文芸誌「日高文学」「山音」に投稿、晩年には自ら立ち上げた「日高文芸」（一九六九［昭和四十四］年発足）を拠点に活動し、作品を発表した。代表作に小説「証しの空文」

（「山音」一九六三年／『コタンに死す　鳩沢佐美夫作品集』新人物往来社、一九七三年／『沙流川　鳩沢佐美夫遺稿』草風館、一九九五年に収録）、「遠い足音」（「山音」一九六四年／同上）のほか、アイヌをめぐる状況を独自の視点で語って話題になった「対談　アイヌ」（「日高文芸」一九七〇年／『若きアイヌの魂　鳩沢佐美夫遺稿集』新人物往来社、一九七二年に収録）などの作品がある。標題にあげた小説「ある老婆たちの幻想」は晩年の作で、「第一話　赤い木の実」は生前の発表（「日高文芸」一九六九年／前掲『コタンに死す　鳩沢佐美夫作品集』に収録）。「第二話　鈴」は死後発見された未完の作品で、未発表のまま二度目の校訂を経て、冒頭にあげた「日高文芸　特別号」のなかで発表された。「鈴」は、登場するアイヌ青年アコシの長い告白を、すべてアイヌ語で語らせようとした野心作で、その部分の、すでに日本語で書かれているものをアイヌ語に訳そうとして中断している部分と、表現のゆれている部分があるほかは、ほぼ出来上がっているようにもみえるが、誌面に付された「解題」のなかで、「（内容からみてほぼ完成に近いところまで書かれていると判断してよいだろう）」と書き添えながらも、「未完に終わっている」と明言しているように、鳩沢がこれをどのように仕上げたかったのかは、やはり闇のなかである。

本章ではこのようなかたちで残された遺稿の「第二話　鈴」を中心に、鳩沢の晩年の思いを探ってみたい。「第一話　赤い木の実」とともに、「ある老婆たちの幻想」には、鳩沢の初期の代表作「証しの空文」に登場する「祖母」の面影がかさなってみえる。そこには、祖母の世代から次の世代へといたるアイヌをめぐる状況の変化と、変化する状況のなかで生きつづける老婆たちの若き日のすがたが描き出されている。鳩沢は未来に向かって立ち上がろうとしていたが、病気と、押し寄せる状況の波と、文学（人間）への思いとのはざまで苦しみながら、志なかばで世を去った。その深い思いの底に届くことはできないとしても、作品を読みながら感じたこと、考えたことを、今後への糧として記しておきたい。

その前に、すこし寄り道をして小中英之のことに触れておこう。わたしが鳩沢佐美夫の小説を読むようになったのは小中英之の縁による。小中は一九三七（昭和十二）年九月生まれであるから、鳩沢より二歳年少。敗戦直後に平取へ転居したとき、小中は小学二年生、鳩沢は四年生である。ただし同じ村内ではあっても小学校は別で、小中は平取村立平取小学校、鳩沢はひとつ隣の平取村立紫雲古津（しうんこつ）小学校。小中がもしも中学生になるまで平取にいたら、同じ平取中学校に通うことになっただろうというほどのはかない縁なのだが、鳩沢佐美夫の存在を初めて知ったとき、小中が平取で親しんだというアイヌの少年に出会ったような気がして、胸がときめいた（本書第Ⅰ部、「沙流（さる）川のほとりで」の章参照）。少年は同じ小学校の同級生であるから、鳩沢でないことは明らかなのだが、以前からその少年に会いたいと思って探していたので、ふとそんな錯覚に襲われたのだろう。その少年がだれだったのか、結局わからないまま探すのはやめたのだが、後に読んだ本のなかでこんな一節に出会ってみると、幻想はなかなか消えてくれないのである。

彼［鳩沢のこと。引用者］は死の前日、ある人に、

「平取の自然を書きたい、入院中に散歩していた義経神社から裏の方の通りのイメージをもとにして、何か書きたい。自然そのものを書き表わすか、さもなくば創作の中でそれを書き表わすか、ともかく何らかの形で作品化したい」

と語ったそうであるが、そのモチーフはこの「自然の善」であることは論をまたない。
須貝光夫『この魂をウタリに』栄光出版社、一九七六年

著者の須貝光夫は「日高文学」の創設者のひとりで、文芸誌「山音」の編集にも携わっており、鳩沢と生涯親交のあった人物であるらしい。

文中でいう「この『自然の善』」とは、須貝によれば、「アイヌの神々を源とする自然の摂理」であり、その「摂理との語らいの中に芸術を位置づける」ことが、とりわけ晩年の鳩沢の願いであったという。

鳩沢が入退院をくり返した平取病院（村立、一九五四年より町立）は、かつて小中英之が住んでいた家（親戚の旅館）のすぐ裏手に今もある。また、「義経神社から裏の方の通り」は、小中ら周辺の子どもたちが幼いころ遊んだ場所であり、そこへ出る道は、日々通う小学校への裏道ともつながっている。引用した鳩沢の言葉は後年のものだが、ふたりの眼のなかには同じ風景が宿っている。そう思うと、沙流川の岸辺で遊ぶ子どもたちのなかに、小中だけでなく、幼いころの鳩沢の姿もまじっているような気がしてくる。そしておそらく、そのようなことと深くかかわっているにちがいない、平取という土壌に育まれた、それぞれの「自然」への思い――。

わたしは、平取に住む小中英之の小学校の同級生、宮北禮造氏（二〇一四年逝去）を通して、鳩沢とともに「日高文芸」を立ち上げ、鳩沢亡き後の雑誌の刊行、資料の保管・整理などに尽力してこられた詩人の盛義昭氏（当時、平取町本町在住）と知り合い、氏から鳩沢のこと、平取のこと、ハヨピラの丘（本書五四頁参照）のこと、その丘（崖）の裏側にひっそりと咲くソラチコザクラのことなど、いろいろと教

えられたばかりでなく、前掲「日高文芸　特別号　鳩沢佐美夫とその時代」（盛氏は編集委員の一人）が刊行されたときには送ってもくださり、おかげで鳩沢の活動の詳細と遺稿の「鈴」についても知ることができたのである。鳩沢佐美夫の名はその前から知ってはいたが、まさかそのゆかりの人に、しかも平取に住む小中の同級生を介して出会うことになろうとは、思いもよらないことであった。

夢想したことと現実にあったこととがからまりあって「縁」というひとつの言葉に吸われてゆく。たまたまのことといえばそれまでだが、そうだとも思い切れないのは、平取という土地がもつ磁力のせいかもしれない。盛氏は特別号に寄せた「回想『日高文芸』」の最後を、つぎのように結んでおられる。

シシリムカのほとりに群生し鋭い葉先をこちらに向け、光を浴び、ゆれているラペンペ（ガマ）。そこには、赤裸で人間の本性を貫く自然的で土着的な文学の情動が、言葉を越えて脈打つ。それはまるで、現代という虚妄にみちた日常性をどう生きるべきかと問いかけた磁場が、いまも確かにこの地にあることを静かに教えてくれているようだ。

あたりの様子は昔とはすっかり変わっているというが、たしかに、シシリムカ（沙流川の古名）のほとり、神々の伝説に彩られた平取の自然には、なにかしら不思議な力があって、それがいまも私たちの周辺に生きてはたらいているような気がするのだ。

2

「ある老婆たちの幻想」は、鳩沢佐美夫が三十代になってからの作品で、祖母の世代の少女時代をとりあげ、明治から大正にかけての時代を背景に、主人公の少女の一人語りという形で描かれている。第何話まで予定されていたのか詳しいことは不明だが、少なくとも完成された作品として読むことのできる「第一話　赤い木の実」は、まだアイヌ語が日常語として使われていた（文中にそのような表現がある）時代を想定して書かれている。主人公は十五、六歳の少女シュモン。唇に入墨を施そうとする母親とふたりの姉の手を逃れて、好きな男のいる和人部落へと近づこうとしたところで、女友達のアニパが密会の現場をとりおさえられて人々に責め立てられている場面に出くわす、という設定で話は展開する。切り立った〈魔の崖〉の情景、過去の出来事の回想、アニパの死。ところどころにアイヌ語の会話や、河原から聞こえる成人男女の魔除けの声をまじえながら、恐怖に後じさりする「私」（＝シュモン）の、行き場のない、不安な心情を描いている。

シュモンが入墨を拒むのは、好きな和人の男から「シエメノコ（入墨女）はん嫌いや――。そないなことしてしもたら、わて、あんたはんも嫌いになりますせ。あんたはんは、ただのアイヌはんやおまへんね……。野蛮な蝦夷と違うねん――」と言われたからである。シュモンは薪とりを日課にし、母親の手伝いをしながら暮らしている普通の少女だが、そのころからなにかが少しずつ変わりはじめ、友人のアニパとも疎遠になる。

悲劇は、コタン〔集落〕の近くに和人の部落ができ、大人たちの社会に和人の影が流れこみ、それによって少女たちの意識に変化が生じるところから始まっている。その変化はきまって負の方向へとうごいてゆく。いまあげた男の台詞に表れているように、少女たちは心をよせる異族の男から差別を受け、劣性意識を植え付けられる。そして現実にも、その男〔シュモンが心を寄せていた男だった〕とアニパとの密会が露見したとき、男はひとりで逃げてしまう。その夜、アニパは〈魔の崖〉から身を投げて死に、以来、男はシュモンの前からもふっつりと姿を消してしまう。

けれども、作者がここで見つめているのは、社会の変化や男の振るまいそのものではなく、つまり、そういうことを批判することに主眼はなく〔もちろん肯定しているわけではないが〕、そのような状況のなかで自分を「野蛮な蝦夷」として認識させられ、コタンの生活からも和人部落からもはじきだされて行き場を失ってゆく少女たちの身の上である。アニパは死に、シュモンは立ちつくしたまま、小説はぷつんと終わっている。象徴的な終わらせ方であり、ここでこの物語はいったん終結する。

このように読むと、この作品は、鳩沢の自伝的小説「遠い足音」と似た構造のうえに成り立っていることに気づかされる。材料も書き方も大きく異なるが、「遠い足音」に描かれているのも、小学校へ入学するときには無垢であった少年が、学校生活のなかで、同級生や周囲の者たちから受ける差別的な言動によって、自分が「〝アイヌ〟なる者」であることを自覚させられていく、あるいはそのような者として生きる覚悟を強いられてゆく過程である。それはけっして勇ましいものではなく、「逃げ廻るような日々」の始まりでもあった。小学校の卒業式の日、主人公の為男は級友たちの嘲る声が聞こえてくるような錯覚に襲われながらも、これまで「ただ一人きりで大勢の彼たちを向こうに廻して来た」自分を英雄のように感じ、一方ではまた、中学校へ通うことになるのを懸念して、学校へはもう行きたくないと思うのである。

「遠い足音」では、鳩沢は自分自身の身の上を、そのような社会との関係から生みだされる構造的な問題として提示している。人はそのままでは「アイヌ」でも「和人」でもない、同じ「人間」でしかないのに、他者（マジョリティ）の視線が、かれらより下位にあるものとしての「アイヌ像」をつくりだし、それがアイヌである者自身の内面をも冒してゆく。「アイヌの影におびえるアイヌ」と言ったのは違星（いぼし）北斗（ほくと）（前章参照）だったか、そういう状況をつくりだし、アイヌの人々を追い込んでいったのが、日本の近代であった。「ある老婆たちの幻想　第一話　赤い木の実」は、鳩沢のこのような視線を祖母の世代の少女時代にまでさかのぼらせて、祖母の世代を理解しようとした作品である。

だが、須貝光夫の前掲書によれば、「赤い木の実」が発表されたとき、反響は芳しくなかった。須貝自身も、説明が冗長でなにが言いたいのかわからないと辛辣な批評を加えている。わたし自身は共感しながら面白く読んだので、あとでその評を見て、意外な気持ちにさせられたことを覚えている。鳩沢はむしろ、主張も結論も求めてはいず、ただ、そのような状況におかれた少女たちの内面の声を聞き取ろうとしたのではないだろうか。そこにモチーフもあると思うのだが、鳩沢の小説についてのこのような議論は、まだ十分には行なわれていないというのが現状であろう。

さて、「第二話　鈴」は、前述したように未完成の作品である。作品の前に付された木名瀬高嗣の解題によれば、「第一話　赤い木の実」の下書き（実際に発表された「赤い木の実」とは一部内容が異なるという）

が書かれた原稿用紙の裏側に綴られており（本書口絵参照）、使われているペンや筆致などから見て、第一話の下書きが書かれてまもなく着手されたものであろうと推測されている。とすると、「鈴」が書きはじめられたのは「赤い木の実」の発表前ということになるのだろうか。A４版原稿用紙の裏面計四十七枚。発表誌となった「日高文芸　特別号」では、このうちの「最終的に鳩沢が削除せずに残したと判読できる部分のみを、改行位置などに極力手を加えずそのまま文字化するという方法」で、資料的に示す形となっている。そのため、これも前述したように、日本語で書かれたアコシ青年の告白のうち、アイヌ語に訳されていない部分が空白のまま残されることになり（日本語の言葉を下段に書き、上段をそれに対応するアイヌ語にあてている）、見た目の印象としても、すでにアイヌ語を失っている鳩沢の呻吟がそのまま聞こえてくるようで胸が痛む。

ここにはたぶん、第一話で展開しきれなかった問題が、稿を改めて提出されている。第二話の主人公は語り手でもある十八歳の少女エシコルン。そしてもうひとり、エシコルンに求愛するアコシ青年が重要である。

時代は第一話よりすこし下る大正年間。エシコルンは学校で「ハト、マメ――」とある教科書を使い、「四年間の全学過程をどうやら終了し」て、いまは和人の農家に子守奉公として住み込みで働いている。農家には主人夫婦とふたりの幼い子ども、主人に拾われて一緒に住むようになった怠け者の和人の助三がいる。一方、アコシ青年は遠い地方の資産家の息子で、東京まで学問にも行っている。初めて会ったのはエシコルンがまだ実家で暮らしていた十五歳の頃のこと。きっかけは偶然だったが、アコシ青年はその後もたびたびエシコルンに会いにくるようになった。ハイカラな帽子をかぶり、道産子馬に乗って、シャンシャンと鈴を鳴らしてやってくる。アコシ青年は向上心に富み、和人嫌いで、屈折した心情をもてあましている真面目な青年である。

だが、残念なことに、この恋は成就しない。

そもそも出会った最初のときのみ、エシコルンはアコシ青年を驚きの目で見つめたが、その後はいつも冷静な目で、突き放して眺めている。それよりも怠け者の助三のほうが気になるのだ。

均衡が破れたのは、「私」(=エシコルン)が主人の言いつけで役場に書類を届けに行った日のこと。役場の立派な建物と書類の山に囲まれた男たちに圧倒されて、「私」は用を済ますと逃げるように外へ出た。帰路の途中で雨が降り出し、ずぶ濡れになって家の近くまできたとき、主人に殴られたのか、顔を腫らしてうずくまっていた助三に出会い、傷口を拭ってやろうと近づいた瞬間、抱きすくめられた。そのとき鈴音がきこえ、馬に乗ってアコシ青年がやってきたのである。様子を察してかれは、「私の父や母たちが使う」アイヌ語で語りかけた。

「トオンペフンナアン(そ奴は誰なんだ)?……」

「ヘマンタエチカルコルオカヤン(お前たちはそこで何をしていた)――」

「アシトマメノコ(恐しい女だ)――」

アコシ青年はわざとのようにアイヌ語を使い、訳がわからずにうろたえている助三を尻目にアイヌ語で「私」に訴えかける。自分がこれまでしてきたアイヌゆえの苦労と、「私」への思い。また、昨日、役場から「臨時採用の通知」が届き、それを「私」に伝えるためにやってきたのだということなど。「私」はアコシ青年の語るそのアイヌ語を、わからぬふうを装って聞きながら、これまで自分が感じていたアコシ青年にたいする違和感の正体に気づかされた。

「私」は子守奉公の農家で、女将さんと助三の情事を目撃したり、主人の夜這いにあったり、女将さんにアイヌゆえのなじられ方をされたりして傷ついている。けれども意識では、自分は奉公に上がっても、戸惑ったりつらい目にあったりしたことはなく、実家にいるときよりも幸せだと思っている。和人を憎んだり恐れたりする気持ちはない。むしろ、学問をし、和人への恨みを抱えながら、和人の社会に入っていこうとしているアコシ青年のほうを恐ろしいと思う。そして、その恐ろしさは、「あの役場の建物の中に感じた、場違いのいかめしさ」と同じだと思うのである。つまり、アコシ青年は、和人を憎んでいるはずなのに、いつのまにか和人と同じ世界の人間になっていて、「私」を圧迫する。「私」はそのことを恐ろしく思わずにはいられない。

ここにはエシコルンとアコシ青年の、それぞれに負う二重性がむき出しに語られている。エシコルンは自分がかかえる負の要素を抑圧して生きている。後の場面で、「アコシ青年が言うように和人に騙されたアイヌ――の私なのかも知れなかった」と言わせられているように、あるものをないもののように装うことで日々を平穏に過ごしている。その皮膜が、このとき、アコシ青年によって破られる。

一方、アコシ青年は、和人に負けまい、騙されまいとして頑張ってきた自分に矜恃をもっているが、その矜恃は、エシコルンによって潰されてしまう。これも後の場面で、エシコルンに語りかけながらみじめな気持ちに追い詰められていくアコシ青年の、雨に濡れた姿を、エシコルンは、役場に入ったときの自分の気持ちになぞらえて、みじめなものに感じている。つまり、エシコルンにとってアコシ青年は、役場そのものであると同時に、その前でひるむ「私」自身でもある。このときアコシ青年は、佐々木昌雄〈次章「途絶の足音 佐々木昌雄ノート」参照〉[1]の言葉を借りれば、「『シャモ』との対関係で決定される意識」〈「『アイヌ』なる状況」『幻視する〈アイヌ〉』草風館、二〇〇八年／「亜鉛」19・20号、一九七三年〉に縛られているゆえに、和人とアイヌとを優劣の関係でみる意識から自由でなく、矜恃の裏側にはべったりとアイヌゆえの劣等意識がはりついている。かれが語るアイヌ語の台詞は、そのまた裏返しの表現であり、そのような価値意識に立つかぎり、この堂々めぐりの輪から抜け出すことができない。作者はアコシ青年を、そのような課題を負う人物として造型している。そして、アイヌ語の台詞が、日本語で書かれたまま、アイヌ語としては中断されているように、そこから抜け出す道はまだ示されていない。前述したように、誌面上段の空白に「胸が痛む」のは、中断させられた時間がぽっかりと口をひらいているからであり、それがほかならぬ鳩沢自身の苦しみを表しているように感じられるからである。

一方、エシコルンは、その夜、とっさの思いつきで、助三に「逃げるべ！」ともちかける。以下の「　」の引用は、行がえを省き、まとまりごとに続けて記す。

「自分でも、逃げ出そう――などという大それた考えにびっくりした。が、助三の手が私の身体にかかった時、あのいまわしい夜の思い出がからんでくる。そればかりか、今しがた洩れてきたご主人夫婦の悩ましい声……。そして、雨の中に佇んだアコシ青年――。私はそのどれからも逃げ出したかった」。

そして、また思う。

「私は、アコシ青年とだけは連添いたくない。あの心の中に潜んでいる激しいものが恐しいのだ。私はとにかく、子供を育てて、畑の中に立っていればそれでいい。役場に踏込んで感じた場違いの趣きは、私の命がいくつあっても、足りないような気さえした」。

「怠け者の助三が、叱られるのを聞く度に、歯痒いほどの腑甲斐無さを感じたりする。がそんなことがいつのまにか、愛しさとして私の心に焼ついていたようだ。それも、あのアコシ青年の激しさと対象するからだったろう」。

だが、助三の反応ははかばかしくなく、「私」はひとりぽっちを感じながらも、「夜が明けたら、歩けるだけ歩き続けて遠くへ行こう」と思って立ち上がる。そして廐(うまや)を出ようとしたとき、「オラも行く――」と助三の声がしたのである。「私」はなぜか、その言葉が信じられなかった。

物語はこの後に「が、」という一行を残して中断している。前述したように、このあたりで終わるのかどうかは不明だが、エシコルンとアコシ青年の物語としてはいちおうの終結を迎えているということもできるだろう。

「第一話　赤い木の実」との大きな違いは、主人公のエシコルンが自らの意志で前へ一歩を踏み出したことと、第一話ではシュモンをとおして描かれていた「〝アイヌ〟なる者」の問題が、ここではエシコルンとアコシ青年とを通して、二様に展開されていることである。ひとつは、エシコルンから見た助三とアコシ青年の人物像の違いに表れているように、和人とアイヌの対立軸が、強者と弱者、支配と被支配の関係として一律に捉えられるのではなく、ここではもっと入り組んだ形で表現されていて、エシコルンが選んだのは立派なアイヌであるアコシ青年ではなく、ふがいない和人の助三であったということ。もうひとつは、アコシ青年をとおして、支配されている者、――ここでは役人によっておかしな名前が勝手につくられ、戸籍簿に記入されてしまうことが、よくある出来事としてあげられている（アコシ青年の戸籍上の名は「カイセン」〔疥癬〕。それだけでいじめの原因になった)、そのような傷を負う者が、長年の努力の結果、たとえ反抗の意図からであったとしても、支配する者の側へと組みこまれてゆく構図が、「役場」という公共の機関を用いて象徴的に描かれていることである。

ここで扱われているのは、人間の意識の問題であり、状況のなかで絡みついてくるものとの距離の測りがたさであるだろう。エシコルンの選択とアコシ青年の選択は、一見べつの方向を向いているようにみえるが、結局、形としては和人社会のなかに取り込まれてゆく、というように考えれば、どちらも「同化」の一形態といえるのかもしれないし、かといって、ここから逃げだそうとする意識や、抵抗の意志を秘めて和人社会に飛び込んでゆく姿勢を、単に「同化」ということはできないだろう。

「第一話 赤い木の実」から「第二話 鈴」への変化は、コタンの生活がまだ色濃く残っていた時代から和人の農家へと舞台を移し、和人の社会に溶けこむにしろ、反抗するにしろ、内的な葛藤がより深刻なものになってゆく世相を反映している。それは同化の問題を顕在化させ、アイデンティティをゆさぶる——エシコルンはくり返し、和人のなかに入って行けという学校の先生の言葉を思いだす。そういう日常のこまごまとしたことが、人間の生存にかかわる意識の深層にまで及んでいく問題であることを、ここで鳩沢は改めて見つめなおし、表現しているのである。

鳩沢は初期の評論のなかで、「虐げられ、詐取された末裔の真の抵抗は文学でしか換言できない」(「『アイヌ人の抵抗』反省記」(2) 一九六一年/前掲『若きアイヌの魂 鳩沢佐美夫遺稿集』所収)と言っている。和人の側から押しつけられるアイヌのイメージに異義を申し立て、もっとリアルなもの、生きた本質的なものを提示したいということである。そのためには、老人たちの話を虚心に聞き、生きた資料をつかんでひとつひとつ積み重ねていくことが大事である。まだ「証しの空文」も「遠い足音」も生まれていないころのことで、鳩沢が自戒のためにしたためたとおぼしいこの文章からうかがえる姿勢は、以後の鳩沢の作品全体におよぶ基調であり、「赤い木の実」から「鈴」へとつづく「ある老婆たちの幻想」においても、日本との関係のなかで変化してゆく同族の人々と社会のありようを執拗にたどることで、現在の自分たちの等身大の姿を見定めようとしていたのだということが理解される。

とはいえ、具体的に、鳩沢がこの先をどのように進めようとしていたのか、また、過ぎてしまった時間の先にどんな未来を願っていたのかはわからないままである。

ただ一つ、「鈴」にのこされた異様な情熱の痕跡――アイヌ語に翻訳された、また、されなかったアコシ青年の告白が、ストーリーとはべつの次元で切なるものを訴えているようにわたしには思われる。

3

つぎにあげるのはアコシ青年の告白の冒頭部分である（本書口絵参照）。発表誌の形のまま引用する。ただし、校訂者による校訂上の説明は省く。下段の括弧の使い方は原典どおり。

「ピリカオロスペクヌクナックククラムワチエッアク（いい話が聞かれるだろうと思って出かけて来たのに）……」

と、アコシ青年は私たちを見下してから、怨めしそうに、雨空を仰ぐ。

「エネアンアップト（この雨）……エネアンシリキ（この情景）……」

アコシ青年の乗って
来た道産子馬の鬣からも雨雫が垂れている。
「コッシツケヘエヤイコシランスイパ
ネップネヤツカシネイタクヘネ
ポンミナポカ
クヤイヌアンクス、
クコルポンチヨメホクレパシ
ポロパシヤン！
クノンノイタクツソンノ
ヌ゚イマモシリヌ゚イマコタンコイカワ
タネポソンノエキリサマタ
ルエネワエカツチヤマハマツクネルエアン
エネポエアシリエンコパンクス
エンコヌコシネヒ
……………
［以下略］

（俺の胸中推量れ）
（例えどのようであっても一つの言葉か、
微笑だけでも、
（と思うからこそ、
（私の道産こ馬よ早く走れ
もっと突走ってくれ！と
（神に願いをかけて語るように
（遠い部落をはるばる越えて
（ようやくお前の側にたどり着けた
（それなのになんだこの有様わ！
（それほど俺が嫌いなのか…
（憎いのか（3）
（……………

このように上段にアイヌ語、下段に日本語で記されているが、前述したように、途中から上段のアイヌ語がなくなり、下段の日本語だけが延々と続くことになる。ここに引用したあたりはアイヌ語と日本語のどちらが先に書かれたのか、それとも同時に進められたのかはっきりしないが、全体としてみると、日本語でまず書かれ、それをアイヌ語に訳そうとしたと考えるのが妥当なように思われる。このように書かれたアコシ青年の告白部分の分量は、先に示した「A４版原稿用紙の裏面計四十七枚」のうち、【28枚目】から【37枚目】にかけてのおおよそ八枚分（途中に地の文の混じる箇所がある）、そのうちの後半六枚分が、翻訳されないまま上段空白の状態で残されている。数ヶ所にアイヌ語の単語のメモも残されている。

一九三五（昭和十）年生まれの鳩沢の世代は、「遠い足音」に描かれているように、戦前戦後をはさんだ六年制の学校教育を受けた世代であり、日常生活でも日本語が使われている。正確にいえば日本語を使うように強いられた。アイヌ語は祖母の世代ではまだ使われているが、親の世代はもう変わっている。本書がとりあげてきた人物を例にすると、祖母の世代というのはバチラー八重子の世代で、「証しの空文」のモデルになった鳩沢の祖母は一八八一（明治十四）年生まれ。八重子の三歳年長である。親の世代は、一九〇一（明治三十四）～〇三（明治三十六）年生まれの違星北斗や知里幸恵（ちりゆきえ）よりすこし下の世代にあたる。知里幸恵がアイヌ語に堪能だったのは、伯母（母の姉）でユーカラの伝承者であった金成（かんなり）マツと、祖母モシノウクのもとで育ったからで、同世代のなかでは特殊な例といえる。こうして祖母の世代、親の世代、子の世代の三代のうちに、アイヌ語は社会の表層からは姿を消していった。鳩沢は日本語を母語とする新しい世代であるから、身辺で聞くアイヌ語はわかっても、自分で自由に使うことはできなかったはずである。

また、「鈴」の時代背景を考えると、エシコルンがアコシ青年のアイヌ語を、わからないふりをして聞いているという描写に端的に表れているように、一般的にアイヌ語のわからない人が増えている、またはわかるけれども使われなくなった時代の出来事と考えられる。小説ではあるが、その辺の時代設定は、前述したように、リアルをもとめる執筆の意図そのものにかかわることであるから、鳩沢は厳密に考えて書いている。あちこちのつじつまも合っている。

さて、このようにアイヌ語が稀薄になっている状況を思えば、エシコルンの驚きを待つまでもなく、アコシ青年のアイヌ語による告白はそれ自体、異様な印象を与える。「〜とアイヌ語で語った」という表現法をもちいて日本語で書いてもよさそうなものだが（他の小説にはそういう描写もある）、そうはしなかったのはひとえに、アコシ青年をそのような人物として描きたい、という作者自身のこだわりがあったからであろう。「赤い木の実」が発表された一九六九年三月から鳩沢が亡くなる一九七一年八月までは、およそ二年半。先述したように、「鈴」の作品が「赤い木の実」の発表前から書きはじめられていたとすれば、約三年近くの間、鳩沢の傍らにはこの原稿が未完成のまま置かれていたことになる。冒頭に触れた暫定版「鳩沢佐美夫年表」によれば、この間にも執筆活動は盛んに行なわれているので、「鈴」については途中で放棄したか、時を待っていたかのどちらかであろう。当時はまだ、いまのように身近に使えるアイヌ語辞典もなかったはずであるし、祖母もすでに他界しているのに、どうするつもりだったのだろうか。

なんともいえないことをあれこれ言っているようで心苦しいが、ここには鳩沢の情熱がとじこめられていると思うので、すこし考えてみたい。

じつは「鈴」、とくにアコシ青年のアイヌ語のセリフを初めて読んだとき、「証しの空文」に描かれている、印象的なふたつの場面を思いだした。

ひとつは、祖母に付き添って、新興宗教のお参りに泊まりがけで出かけた翌朝のこと。祖母の姿が見えないので外に出てみると、祖母は神様からいただいていく井戸水を汲んでいたが、その後、近くのせせらぎの淵へ行ってしゃがみ込み、手で清水を掬って一口飲んで、「『カムイオピッタエネプンキネワ……』と唱え出した。神様皆で自分を護ってくれたおかげで、こんな遠いところへ無事着いた」、そして、さらに続けて、水の神への感謝の言葉をアイヌ語でせせらぎに語りかけるようにつぶやいた。「私」はそれを見て、祖母の信仰にたいしてこれまで抱いていたわだかまりが解け、「祖母の中にはなお厳然として、葬られたはずの私たちの神々が生きていた。念仏も経文もいらない。ただ自分の心に生じた言葉を、身辺の木や水に語りかければいいのである」と思い、深呼吸をする。

もうひとつの場面は、祖母が亡くなったときの弔いの情景。葬儀は仏式で行なわれたが、装束は祖母が生前から自分で用意していた「チカルカルペ（模様縫いをした礼服）」を着、首には「タマサイ（首飾り）」、耳には「ニンカリ（耳環）」をかけ、「ホッツ（脚絆）」や「テクンベ（手っ甲）」もつけている。弔問客は和人が多かったが、祖母の従姉妹にあたる老婆が来て喪主である母に、「イヌヌケアシ、エチウヌフウエンベアン（可哀想にお前の母親が死んでしまって）……」と「イムサ（抱き合って悲しむ行為）」すると、遺体の周りの女たちが、いっせいに泣き声を奏で、「畳に両手をつかえ、左右に小さく体を揺って哀切きわまりなく泣いている」。「私」はそれまで何かが足りないような気がしていたが、女たちの「ライチシカリ（哀悼泣）」の仕種を見て、自分の無意識の渇望が何であったのかを知った。近くにいた同族の男がやめさせるように言ったが、「私」は首を振り、心地よい感触を味わいながら「もっと泣いてくれ、もっと泣いてくれ」と心のなかで叫んでいる。

「私」は以前は祖母の信仰のあり方に疑問をもち、アイヌの古い習慣にも忌避的な感情を抱いていたのである。しかし、せせらぎに祈る祖母の姿を見、女たちのライチシカリの仕種を見てわだかまりが解け、アイヌの信仰の世界を受け入れる。どちらの場面にも、祖母への愛情と同時に、そのような「私」の回帰の瞬間が刻印されている。そのとき、「声」が残るのである。「カムイオピッタエネプンキネワ」という祖母の祈りの声。「ネツエサクノカ、チエコエプンキネ、イヤイライケクス、ワッカウスカムイオルン、アシルアシテナ（何も供物もないけど、自分を護ってくれたことをここに感謝して、水の神様にお礼を申し上げます）……」とせせらぎに語りかける祖母の声。僧侶が唱える通夜の読経の声は形式的に流れていくだけで、「私」の耳には幼い頃に通夜できいた、死人を慰める「フチ（老婆）」たちの「イソイタクツ（お噺）」の声や、エカシ（老爺）がうなる「ユウカラー（詞曲）」の声が聞こえている。アイヌ語は音声としてひびく言葉である。次元をこえて神にとどき、死者にとどく声でもある。そして、「証しの空文」に刻まれたこのようなアイヌ語の声のひびきは、わたしにもうひとつのことを夢想させる。

「年表」を見ていると思わぬことに出くわす。鳩沢は一九六六年から翌六七年にかけて精神に乱調をきたすことがあったらしく、「入院中に右手中指の第一関節から先をナイフで切り落とす」（一九六六年九月）、「平取町立病院から失踪」（一九六七年一月二日）、「札幌で発見される」（同年一月九日）などの記事がつづく。さらに前掲の須貝光夫著『この魂をウタリに』によれば、

　このとき〔病院からの失踪をさす。引用者〕、彼は向井八重子の墓を訪れ、その後、相川神霊院と大谷地観霊院を参詣しているが、向井八重子の墓を訪れたのは死の旅立ちを決意してのことであり、神霊院を参詣したのは八重子の墓前で受けた啓示を生きるためであったと考えられる。

　文中の「向井八重子」とはバチラー八重子のことで、八重子の故郷有珠に建つ墓碑には「向井八重子之墓」と刻まれている。鳩沢はその墓に参りに平取の病院を抜けだして有珠まで行ったのであろう。平取から有珠へは、日高本線、室蘭本線を乗り継いでいかねばならない。かなりな距離である。文中に書かれている他の施設のことはわからないが、八重子の墓に参ったと聞けば思いだされることがある。鳩沢は前掲「対談　アイヌ」の「序章」で、対談相手に、「ところで、向井八重子の歌、知っている？」と問い、八重子の歌集『若き同族（ウタリ）に』（竹拍会、一九三一年）からつぎの歌をふくむ五首を紹介している。引用は前掲『若きアイヌの魂　鳩沢佐美夫遺稿集』所収「対談　アイヌ」より（本書一六〇〜一六一頁も参照）(4)。

死人さへ名は生きて在るウタリの子に
誰がつけし名ぞ亡の子とは

感想などは語られていないが、密かに傾倒するところがあったのだろう。とはいえ、病院から失踪したとき、死を覚悟して八重子の墓参に行くほど傾倒していたとは、須貝の本を読むまでは知らなかった。とすれば、ここからは推測だが、祈りの言葉、訴える言葉をアイヌ語で発することは、鳩沢にとって、もしかしたら八重子からの、あるいは八重子の歌集からの啓示だったかもしれないという思いにも誘われる。アイヌ語の記憶をもつ青年の耳に、八重子の言葉はどのように響いただろうか。そうでなくても、鳩沢はすでにアイヌ語で発せられる祖母の祈りの声を聞いているのである。八重子や祖母の世代にとっては、それが最もよく心を伝えられる言葉だったからで、その点は鳩沢自身とは異なるが、たとえ不自由であっても、そこに気持ちを託そうと考えることがあっても不思議ではない。

言葉を、思惟し感受する力と考えれば、鳩沢はすでに日本語を母語とする人間だが、そのあり方は一様ではなく、深層には祖母の語るアイヌ語の感触が生きている。世代を重ねればそれもいつかは消えてゆく、そういって同化に同調する人にたいし、鳩沢は、日々のこの一刻が耐えがたいのだ、とべつのところで答えている。郷愁からではなく、生きるために言葉が必要だったのである。

一九六七年一月失踪、八重子の墓参。一九六九年三月「ある老婆たちの幻想　第一話　赤い木の実」を発表。一九七〇年十一月「対談　アイヌ」を発表。一九七一年八月死去。一九七三年八月「ある老婆たちの幻想　第二話　鈴」が遺品中より発見される。

このような跡をたどると、「ある老婆たちの幻想」は、一九六六年の乱調以後の苦しみのなかから生まれた作品であることも忘れるべきではないのだろう。そのなかに、アイヌ語で語ろうとして空白のまま残された未生の言葉があるのを見るとき、言葉とはまさに生命そのものであり、それを強制的に奪うことの恐ろしさと重大さに慄然とさせられずにはいられない。

須貝によれば、鳩沢はこの時期、信仰への傾斜を深めていったという。それが「アイヌの神々を源とする自然の摂理」（本章二三三頁参照）への傾斜であるとすれば、言葉の回復を求める声は、そのなかからおのずと湧きあがってくるもののように思われる。自己の身体の回復として。アコシ青年にあらわれたアイヌ語の奔出は、鳩沢のそのような希求とまっすぐにつながっているのではないだろうか。

鳩沢佐美夫は多くの可能性を残したまま亡くなった。無念の生涯であったと思う。そして、その足跡は、いまだ十分確かめられているとはいいがたい。

ところで、一九七〇年十一月、「対談　アイヌ」を載せた「日高文芸」6号が店頭に並ぶころ、小中英之はフェリーで仙台から北海道へ渡っている（本書一〇三頁註15参照）。三十首の連作「わが北のための断片」（「短歌」一九七一年一月）が書かれたのはそれからまもなくのこと。時期が重なったのはたまたまのことにちがいない。まさかすれちがったりはしていないだろうが、もしかしたら小中は、その出たばかりの雑誌を読みながら、ハヨピラの丘のふもとの道を歩いていたかもしれない。そんな夢想にも誘われる。

鳩沢佐美夫の「対談　アイヌ」には、「告発　其一」として、ハヨピラの丘に空飛ぶ円盤の基地がつくられ、それをアイヌのオキクルミ伝説と関連づけ（本書五四頁参照）、アイヌの人々をも巻き込んでお祭り騒ぎをしている、マスコミがらみの当時の世相を痛烈に批判する鳩沢の発言が、かなりのページにわたって掲載されている。

一方、小中英之の「わが北のための断片」には、すでに本書の第Ⅰ部でとりあげたように、巻頭の二首目にこのハヨピラの丘の歌が収められている。

ハヨピラの丘に雪降れまむかえどすでに神（カムイ）の顕ちがたくして

「対談　アイヌ」を読んでのこととはかぎらない。読まなくても、小中の目にも見えていただろう、聖なるものが失われてゆく世界のすがた。けれどもまた、ハヨピラの丘をしるべに、時をおなじくしてふたりの青年の思いがこのように交錯したことも確かである。そのことを、ふしぎな気持ちで仰がずにはいられない。

註

（1）佐々木昌雄には「鳩沢佐美夫の内景」と題したすぐれた評論がある。『コタンに死す　鳩沢佐美夫作品集』（新人物往来社、一九七三年）の解説として書かれたもので、佐々木昌雄著『幻視する〈アイヌ〉』（草風館、二〇〇八年。次章参照）にも収められている。鳩沢が提出した「〝アイヌ〟なる者」の意識の問題は佐々木に受けつがれ深められてゆく。また、佐々木が一時期編集長を務めた言論紙「アヌタリアイヌ」（一九七三年創刊）は、鳩沢の死後、平取で一九七二年に発足した「葦の会」を前身とし、「日高文芸」（一九六九年発足）と深いつながりをもつ（次章註1も参照）。

（2）「『アイヌ人の抵抗』反省記」は、一九六一年二月、「日高文学」に投稿するため執筆し、「日高文学」解散のため未発表となったもの。鳩沢の死後、『若きアイヌの魂　鳩沢佐美夫遺稿集』（新人物往来社、一九七二年）に収められた。文末に未発表となった右の理由が示されている。「日高文学」を発行する日高文学会は一九六〇年一月に発足。鳩沢は、北海道新聞〈胆振版〉に掲載された記事を見て入会したという。このとき二十五歳。「アイヌ人の抵抗」（「日高文学」5号、一九六〇年）などが掲載されている。

（3）ここに引用したのはA4版原稿用紙裏面の【28枚目】のもので、下段の日本語の一行目と七行目に［　］でつぎのような校訂者のコメントが入っている。

・下段一行目　（俺の胸中推量れ）［※横に「マックヤイヌクニエラムヤ」と記載あり。］

・下段七行目　［※消し忘れか。下に「（神に願いをかけて語るように」と書いて削除した跡あり。］

一行目はアイヌ語の表現の迷い、七行目は日本語の表現の迷いを示すものであろうか。

ちなみに、アイヌ語の表記にはローマ字が使われることが多いが、このようにカタカナ書きで表すことも多い。バチラー八重子も歌集ではカタカナを使っている。鳩沢はカタカナ書きで、分かち書きをせずに続けて書いている。

（4）鳩沢があげている五首はつぎのとおり。すべてバチラー八重子歌集『若き同族（ウタリ）に』の「若きウタリに」の章に収められている。引用は「対談　アイヌ」『若きアイヌの魂　鳩沢佐美夫遺稿集』より。なお、新漢字への変更、ふりがなと一字空きを入れていない、仮名遣いに一部違いがある（一首目の「面は」「はずかしき」が、『若き同族（ウタリ）に』では「面わ」「はづかしき」）など、表記上の違いの見られる部分はあるが、それ以外は同じである。

ウタリ思ひ泣き明したるこの朝の
　やつれし面ははずかしきかな

たつ瀬なくもだえ亡ぶる道の外に
　ウタリ起さむ正道なきか

死人さへ名は生きて在るウタリの子に
　誰がつけし名ぞ亡の子とは

国も名も家畑までうしなふも
　失はざらむ心ばかりは

ふみにじられふみひしがれしウタリの名
　誰しかこれを取り返すべき

途絶の足音　佐々木昌雄ノート

その本に出会ったときのことをいまでもはっきりと覚えている。

そのころ住んでいた小さな町の図書館の逆光に翳った暗い書棚の一角。

薄いクリーム色のカバーのせいかそこだけが仄かに明るくて、周囲の闇から浮かびあがっているように見えた。誘われる気がして近づくと、銅色の文字で二列に分けて、

佐々木昌雄
幻視する〈アイヌ〉

と書かれている。下方に小さく出版社の名も記されていた。

そのときわたしは、佐々木昌雄という人の名も、『幻視する〈アイヌ〉』という本のあることも知らなかった。アイヌのことを考えはじめて数年後のことである。

扉をひらくと、詩集からはじまり、文学評論と、アイヌの問題に鋭く切り込んだ、きわめて現代的でシャープな感覚の文章とが、発表誌ごとにまとめて掲載されている。文章と文章のあいだにも長編の詩

があり、最後にふたたび、「この死者を鞭打て」と題した長編の詩が「新資料」として紹介されている。最初、遺稿集かと思ったが、そうでないことは巻末に付された故・内川千裕氏の「編集後記」から明らかで、その本は、一九七〇年代半ばに筆を断って言論の世界から姿を消した佐々木昌雄という青年の、一九六〇年代末から一九七〇年代半ばにかけて書かれた詩と文章とを、発行元である草風館の館主・内川氏がみずから収集・編纂し、世に問うたものなのであった。

刊行にいたる経緯について、内川氏は編集後記のなかでつぎのように述べている。文中の「S」は佐々木昌雄のこと。一九七三年に佐々木が仲間と創刊した月刊紙「アヌタリアイヌ」（われら人間）[1]の編集後記にもちいていた、イニシャルのSである。

Sは〈シャモ〉を切った返す刀で〈アイヌ〉までも斬りつける。満身創痍にならぬわけがない。身震いするほどの舌鋒である。

一方わたしは、この三十数年間、Sの著作の出版を志向し続けてきた。そこへわたしの事故（食道癌全摘出手術）である。余命は現代医学でも不明、半年サイクルでわが生命と向き合うことにした。全身全霊をこめて書き綴った、かつてのSの著作集を上梓する機会が運命的に巡ってきたのである。

かつてSは著作・出版のすべてをわたしに任せるといった。そして、この約束は終生違えないとの確約も、ある時期に得られた。Sが心底なにを想っているのかわからないが、わたしはこれまで落ち穂拾いをしてきたSの文章を編み始めた。わたしが編集者生活四十年の精魂を傾けた、というのは少々大げさか。

著者である佐々木の意向がどうなのか疑問がないわけではないが、また、同書には明らかな誤植も多く著者のために惜しまれるが（再刊の際にはぜひ整えていただきたい）、そうした部分のあることを保留したうえで、ともあれ、これによって佐々木昌雄の詩と文章とが一冊の本にまとめられ、一般の読者にも読めるものになったのはありがたいことである、といわねばならない。この本がなければ、わたしは佐々木昌雄を知ることも、その人の言葉にふれることもできなかったであろう。断筆のゆえか、表だって論じられることはすくないが[2]、その言葉はいまも生きて読む者の心を震わせる。

奥付の日付をみると、刊行は二〇〇八年八月一日。内川氏が亡くなったのは、その数日後の二〇〇八年八月七日のこと。佐々木がのこした渾身の詩文を、内川氏が命を削って編んだ貴重な本である。

＊　＊　＊

そのときから何度くりかえし、この本を読んだことだろう。

これを読んであらためて、日本の社会が、国家・民間がらみで行なってきたことの罪深さ（こういういい方を佐々木は厭うであろうが）を、思わずにはいられない。

それは土地を奪い、生活の糧を奪い、言葉を奪い、共同体を崩壊させたという歴史的な事実にとどまらない奥深さをもって（もちろんだからといって、そうしたことの比重が軽くなるわけではまったくないが）、読む者の心に迫る。ここで佐々木が書いているのは、そうしたこととはすこし位相の異なる、状況とのかかわりから生まれる、ひとりひとりの個の意識の問題であり、強者の側から押しつけられる差別的な状況が、本来は「形容句のない私から始まらねばならなかったはずの私」のありようを、否応なく根本から変えてしまうということについてである。佐々木は言う。

どうしようもないほどの苦しみを抱きかかえこんで、何故に自分はこのような苦悩とともに在らねばならないのか、と悲痛な想いを凝らすとき、それに対する答えが幾つでも提示されるにしても、唯一の解答を、いわば根本因として人は選んでしまう。想い煩った果てに、とにかくも何らかの答えを摑めば、苦しみは一度は解消されるだろう。しかし、選んだその根本因が、自分の一時的な苦悩とだけ関連を持つものではなくて、遡上ってそれまでの自分の在り方は全てそれに拠っていたのであり、かつ、これからもそうであろう、と考えてしまう場合にはどうなるか。その苦悩は一時的なものでなくて、永続的な、自分が存(なが)らえて在る限り続く苦悩の一端にしか過ぎぬことになり、更にひとしおの悲痛の内に人は埋没してしまうだろう。

『幻視する〈アイヌ〉』所収「この〈日本〉に〈異族〉として」／「北方文芸」一九七二年

佐々木はその根本因を、すでにアイヌの人々がその内にいる、日本という共同体の意識の構造にもとめ、自分たち自身がその共同体の意識の反照を浴びながら、つまり内面的にも同化させられながら、同時に、その共同体がもとめる〈異族〉としてのあり方を強制させられている、つまり差別化されている、そのような、同化と異化の背反的な二重性のなかに閉じこめられていることの苦しみを悲痛な思いで告白し、また、そのようなあり方を拒否して、「遂には、与えられた〈異族〉として存在せねばならないとしても、この共同体の望む〈異族〉としては、私は存えまい」、「〈日本〉が強いているそれではなく、別の形であり〈日本〉の内の〈異族〉であってはならない」というところに自己の拠るべき道を見いだす。

さらに、そのようなところから、「アイヌ」を「シャモ」との対関係でとらえることを否定し、同胞にたいしては、アイヌであることを根拠に自己の正当性を主張することの愚を説き、心情的な共感によって自己が「センチメンタルな、被害者意識の怪物」になってしまうことを慎重に回避しながら、「自らの内に浸透している〈日本〉」を対自化できないかぎり、いくら復権を叫んでもそれは相手の裏返しの論理にすぎず、真の主体性の回復にはつながらないと説く。

だから、「アイヌ」であるそのこと自体は、別段誇るべきことでも卑しむべきことでもない、ということを確保しておかない限り、「シャモ」であるそのこと自体を「アイヌ」に誇り続けてきた〈日本〉の側にある人々と、「誇り高い」「アイヌ」とは、全く同じ列に組みするのであって、遂には血統の優劣を競いあうことでしか、相互の関係を整えてゆけなくなるに至るだろう。そのとき、「アイヌ」は「シャモ」の発想――この〈日本〉の発想をもった「アイヌ」でしかない。

同「『アイヌ』なる状況」／「亜鉛」19・20号、一九七三年

このような佐々木の言葉は、わたし自身の意識のありように突き刺さる。わたしは佐々木の言う「シャモ」の発想から自由でありうるだろうか。それと同時に、遙かな思いも抱かずにはいられない。民族

の尊厳の回復をもとめて戦った違星北斗（いぼしほくと）（本書第Ⅱ部、「違星北斗の短歌」の章参照）の時代から、わたしたちはどれほど多くの歳月を、あるべき方向から遠ざかるかたちで過ごしてきてしまったことだろう。

佐々木がこのように言わざるをえないのは、前述したような意識の浸潤をふまえてのことなのだが、それだけでなく、いや、それと関連して、北斗の時代には和人にいためつけられながらもまだ色濃くのこっていた共同体の生活、具体的にはアイヌコタン（アイヌの集落）の生活が、いまや跡形もなくといっていいほど徹底的に解体され、同化が進行し、しかもそれが人々を、けっして幸福になどしてこなかったことを証している。

だから佐々木はまた、自己を問う一方で、日本にたいして、「同化」とはなんだったのかと問う。たとえば、ある学者の、同化はすでに完了しつつあるという判断にもとづいて、同化することが結局はアイヌにとっても日本にとってもしあわせである、という意見をとりあげて、またそれに類する意見の多くあることにふれながら、それらがたとえ善意から発せられたものであったとしても、それは圧倒的多数の側の、他者に合わせることを旨とする日本的な愛他倫理、「非敵対」の思想によるものであり、自らを「入眠」させるものであるとして、現実が実際にどのようであるかを、つぎのように記す（括弧は引用者）。

> ［同化とは、］至極大雑把に言えば、或る人間集団の全成員が、もう一つの人間集団へ融合し、自らの集団を解体して、もう一つの集団となることであろう。すなわち、相異なる二つが統合して、従来の各々ともまた違った共同体を形成するのではなく、あくまでも、一方がもう一方に吸収される

のである。その結果、吸収された一方は、もう一方の共同体のあらゆる部分に入りこんで定着するのではなく、その共同体において新たな層を形成するのであり、その層は経済的にも政治的にも最も不利な条件を荷なうものとなる。つまり、自らの共同体が分解され、他の共同体の最下層の一つとして再編成される［…］

前掲「この〈日本〉に〈異族〉として」

また、前掲「『アイヌ』なる状況」では、一九七三（昭和四十八）年の衆議院予算委員会で行なわれたアイヌ政策についての野党議員による質疑と、一八九九（明治三十二）年の貴族院で行なわれた「北海道旧土人保護法」についての問答とを比較して、日本の行政機関の発想が、どちらも、アイヌは同じ「日本の国民」、同じ「帝国の臣民」であることを前提としながらも、前者では「これを何とか日本国民並みに高めていかなければならない」、「福祉を向上さしてあげなければならない」（傍点引用者。次も同）、後者では「内地の営業者が北海道の土地に向って事業を進むるに従い、旧土人は優勝劣敗の結果段々と圧迫せられて」というように、代議士も官僚自身も立場に関係なく差別をあらわにした表現をもちいて応答し、「保護」の枠内でしか問題をとらえようとしないことを問題視しつつ、戦前戦後をつうじて日本がなにひとつ変わっていないことを告発している。

つまり、「同化」の観点からいいかえれば、一般社会のあり方としても、政治のあり方としても、それは、「差別」や「保護」（という名のもとに数々の不正や横暴が行なわれてきたことは、周知のことであるから、ここでは触れない）の対象となる、新たな「異化」の別称にほかならないのである。

関連してその後のことにすこしふれておくと、一八九九（明治三十二）年に施行された「北海道旧土人保護法」が廃止され、新たに「アイヌ文化振興法」が施行されたのは、百年近く後の一九九七年、平取町二風谷出身の萱野茂氏が国会議員を務めた期間中のことである。また、「アイヌ民族を先住民族とすることを求める決議」が衆参両院において全員賛成で可決したのも、いまからわずか十年前の二〇〇八年六月十二日のことで、そのすこし前まで日本に先住民族はいないという発言がまかり通っていただけに、奇異な感じがしたことを覚えている。これは前年（二〇〇七年）九月に採択された「先住民族の権利に関する国連宣言」と、同年（二〇〇八年）七月七日に迫ったＧ８・北海道洞爺湖サミット（先進国首脳会議）にはさまれての、いうならば駆け込み的なものであったことは明白であった。世界の趨勢にあわせての、佐々木がいう「日本的な愛他倫理」の皮肉な発露であり、それが全員一致で決議されたことをふくめて、日本が微妙な変遷を見せつつも、本質的なところではじつはなにも変わっていないことを、このとき見せつけられる思いがした。報道機関もそうしたことには何もふれずにすませている。

だが、しかし、佐々木の本旨は政治にはない。一九六〇年代後半から七〇年代にかけて興った民族の解放運動にも批判的で、前述したように、「アイヌ」と「シャモ」とを対立するものとして捉えるのではなく、同じ「人間」という視点に立って両者にともに呼びかけ、言論によって問題を解きほぐしていこうとする姿勢であったことが、「アヌタリアイヌ」の記事からうかがえる。そのように言うと穏健な思想的立場のようにきこえるが、それは、「シャモ」の意識に同化することを拒否しつつ、かといって「アイヌ」の財産を取りもどすことでもないという、一見理解されにくい、きわめてラディカルな問題意識をふくむゆえに、周囲の状況とは対立しやすい厳しいものであったことが想像される。たとえば佐々木は、「映画『アイヌの結婚式』にふれた朝日新聞と太田竜の文章について」（前掲『幻視する〈アイヌ〉』所収／「亜鉛」12号、一九七一年）のなかで、アイヌ式結婚式の再現と、それを文化の継承と賛えるマスコミや太田竜の文書を批判して、生きた共同体が存在しない以上文化の復元は形骸にすぎず、「根づきとなるべき基盤を喪失した『文化』は枯れねばならない」と断定する。それは逆説的な無念の表現だったのかもしれないが、土地（アイヌモシリ）の奪回も、言葉（アイヌ語）の蘇生も、かれの発言にあらわれることはない。本心はわからない。そこへたどり着くまでにどんな苦しみと断念を経たのかもわからないが、佐々木はこのとき、そのような、いうならば形あるものへの希求をすべて捨て去ったところに立っていて、ただ、「人間」の回復をもとめていた。

民族の概念は、とりわけマジョリティからマイノリティへ、つまりマジョリティの側が自分たちとマイノリティとを区別するためにあたえられる。あるいはまた自分たちマジョリティを他から区別して誇るために掲げられる。佐々木はそうしたありかたを徹底的に否定し、人がまずあるべき、民族以前の存在として立つところに、苦しみを乗りこえる思想的根拠をもとめようとした。国連宣言を待つまでもなく、二十一世紀の社会においてあらためてクローズアップされている植民地主義や民族にかかわるさまざまな問題、そのきわめて困難な、現代的、世界的な課題を、一九七〇年代初めのこの時期、佐々木は自分自身の問題として発見し、洞察を深めていた。そして、かれは、そのような地点から、目標へたどりつくまでの遠い道のりを、世代をこえてつなげていくべき課題として自らに負い、歩きはじめていたようにみえる。

佐々木昌雄が自らに課したこのような選択の意図は、「アヌタリアイヌ」について書かれたつぎの文章のなかに明確に刻まれている。「アヌタリアイヌ」は、註1で触れたように、「アイヌ」と「シャモ」のワクをこえて語りあうことを目的とした言論紙で、当時大きな反響を呼んだと伝えられている。もちろん共感だけでなく、強い反発や批判もあったことは想像に難くなく、註2にあげた論文のなかで、詩人の橋本真理はそのときの「アヌタリアイヌ」を取り巻く状況を、政治団体、公安、マスコミがらみの「過酷」なものであったと評している。佐々木の文章を見てみよう。

> 今わたしたちが直面しているのは、人間としての「アイヌ」でもなく、民族としての「アイヌ」でもなく、ただ、状況としての「アイヌ」――人々がわたしたちを「アイヌ」と呼ぶ、その「アイヌ」という意味が、わたしたちの生き方を拘束しているものとなっている状況――である。わたしたちが強いられている、この状況としての「アイヌ」こそわたしたちの問題である。わたしたちの基本的な立場はこういう考え方に依っている。
>
> 「アヌタリアイヌ」創刊号編集後記、一九七三年六月

「アイヌ」ということばは、本来〈人間〉という意味なんです。それより古くは、普通の人間というよりは、一人前の人間、あるいは大人である人間、すぐれた人間、という意味で使われていたんです。それがいま、全く違った意味に使われている。それがことば本来の姿に戻った時がとりもなおさず「アイヌ」全体の回復の時であるし、また「シャモ」という蔑称（べっしょう）も回復されると思っています。

「アヌタリアイヌ」われら人間、僕たちが言いたいことはそこに集中するし、また、そこから出発し、最後にはそこへ帰るものだと思っています。

「『アヌタリアイヌ』われら人間」／「ろばのみみ」一九七三年九月

しかし、この翌年の一九七四年三月[(3)]、佐々木は突然筆を断って活動の場から姿を消したと伝えられる。原因は不明。「アヌタリアイヌ」の活動はその後も同志の手によって一九七六年三月まで継続されたが、佐々木の消息については断片的な報告や記事が垣間見えるだけで、具体的になにがあったのかということについてはふれられていない。そもそも、佐々木昌雄という人物のプロフィールもあいまいで、前掲の著書『幻視する〈アイヌ〉』（内川千裕編）のなかでも著者の紹介などは行なわれていない。生年は、註2にあげた論文のなかで、橋本真理とマーク・ウィンチェスターがともに「一九四三年」としているが、詳細は不明[(4)]。断筆の理由についても、なにか禁忌のような雰囲気がただよっていて、抜き差しならない事情があったのだろうということだけは推測できるのだが、それ以上のことはわからない。

マーク・ウィンチェスターは論文のなかで、思想史の観点から、断筆の事情については不明でよいという見方を示したうえで、ただし、それによって失われたものがあまりにも大きいこと、いまでは存在すら消されていることを憂慮して、「彼の思想をその『断筆』という行為から奪還しなければならない」と述べている。

佐々木昌雄について考えることは、今後の社会にのこされた課題であろう。かれの投げかけた問題が生きているかぎり。そして、それはたしかにいまも未解決のまま、現在的な意味を負って日本の闇をただよいつづけているのである。

＊　＊　＊

文章を読むことからはじめてしまったが、佐々木昌雄の言葉は、「詩」からはじまっている。そして、文芸評論や長編の詩の創作をへて、いわゆる評論のほうへ、「〈アイヌ〉なる状況」を論ずるほうへと進んでゆく。そこにはどのような願いが託されているのか。いや、意味をもとめるよりも、『幻視する〈アイヌ〉』を開いて読みはじめたとき、わたしはなによりもまずその詩の言葉に幻惑された。その心をしるべに、その詩にこめられた作者の声を、もっとよく聞いてみたいと思ったのだ。答えは得られなくても、そこにはなにかしら大切なものが、明晰な瞳をひらいて待っているにちがいない[5]。

詩の書かれた時期は、十代の終わりから二十代半ばにかけてのことと思われる。その初期のものは佐々木自身の手で詩集にまとめられ、『呪魂のための八篇より成る詩稿　付一篇』と題されて上梓された。『幻視する〈アイヌ〉』の巻頭にも完本の形で収録されている。刊行は一九六八（昭和四十三）年十月[6]。詩集に付された「跋」によれば、作品が書かれたのは、タイトルに「付一篇」とある「予戦祝詞」を除いて、一九六三（昭和三十八）年七月から翌年六月までの間のことであるらしい。その詩のなかに「昭和三十八年七月二日　某女没」と題された詩があり、「跋」でいう始まりの年月とかさなるので、そこに示された「某女没」がこの詩集の作品を書かせた直接の動機だったのであろう。すくなくともそのように読めるように構成されている。題には「某女」とあるが、この女性は、素直に読めば、詩の内容から母親と推定される。
その詩では、「遺書」によって某女の死が自殺であったことが暗示され、「あなたの／もう一人の息子」は骨も拾わずにシャモの首都へ旅立った、というように、某女の目をとおして、某女に背を向けた自分（であろう）を登場させ、「あなた」の死によってもたらされた「あなたの子」の暗い覚醒をつぎのようにうたう。第三・四連より。

だが
五本目のあなたの墓標は
死人たちに怖え
蒼白に直立するだけ
（アア　アタシヲ
アタシヲ埋メヨ
アタシタチノ掟
ニ従イテ土中ニ
埋メヨ
アタシハアイヌ）
あいぬ　あいぬ　あなたは
愛奴　愛すべき奴　愛奴の

子のあなたの息子は
愛すべきものを持たない
宙に翫った刃を
掌に受けとめ　突きたてて
あなたの子は
血を流す

血は落ちてゆく
ついに源へ
あなたの唇へと
アタシヲ埋メヨ　アタシヲ
ソノ上ニワガ子ヲ
オマエヲ

「アイヌ」「あいぬ」「愛奴」と表記された言葉の奔出に驚かされるが、それはここだけのことで、詩集ではこの詩のこの部分以外には「アイヌ」という言葉はもちいられていない。しかもそれは「あなた」と「あなたの息子」の共震的な言葉として発語され、それを復唱しながら、「あなたの息子」は、「宙に翫った刃を／掌に受けとめ／突きたてて」「血を流す」と表現される。カタカナで書かれた「あなた」

の言葉、つまりは死者の声の反復と、「あなた」を見つめる作者の目と、「あなた」から語りかけられる自分と、そういう自分を見つめる作者の目との混声合唱のようなリズムが全編に脈打っていて、その複層的なざわめきの感触がひじょうに魅力的なのだが（この声は他の詩においても頻出し、佐々木の詩の魅力の重要な部分を占めている）、しかし、そこに立ち止まると、もうひとつの声を見失ってしまいそうだ。その声は、それとは異なるひびきのなかに生きていて、ざわめきを受肉しながらも、そのなかで、「あなた」と一体化させられてゆくわが身のありようを、恐怖と戦慄の眼差しで見つめている。

「宙に飄った刃を／掌に受けとめ」るとは、アイヌの「血」を自覚し受容することであろうが、それは佐々木にとってけっして新たな生の覚醒を意味するものではなかった。詩の最後を「ソノ上ニワガ子ヲ／オマエヲ」と結んでいるように、それはわが身を死へと吸引する怖ろしい力をも、受容することにほかならないのである。

詩人の橋本真理は、佐々木昌雄のべつの詩を論じた文脈のなかで、佐々木にとっての「死」の意味について、「望むべき主体の確立は『血』の告白によってもたらされるはずだったが、詩はその結末に死を告知している」と書き、アイデンティティの問題をマジョリティとマイノリティの相克の観点から論じた細見和之の文章（『アイデンティティ／他者性』岩波書店、一九九九年）を引用したあと、さらにこのように述べる。

シャモの世界から自らの存在を奪回することは、一方では、匿名性のなかで生かされていた「個人」が民族の共属意識のなかに融解させられ、死ぬことを意味する。二十歳の詩人にとって何より恐怖されたのは、こういう「死」である。

「一人称の魔――佐々木昌雄覚書」／「長帽子」62号、二〇〇一年七月

アイヌであることの自覚と受容は、佐々木をけっして自由にはしなかった。出自を問うことと自己の根拠を問うことは同じではない。的確な指摘であり、わたし自身、長くもやもやとかかえていたものに透明な方向を与えてもらったように思う。佐々木の詩ははじめからこのような背理をかかえていて、かれはそのことを十分承知しながら、そこから一歩を踏みだしたのである。橋本はそのことを「某女没」の詩によせて、まるで作者自身への挽歌のように、このように美しく表現している。

［…］そこで「息子」は、犯罪現場に立ち戻るように、追放し、隠蔽したはずの「母」の存在をもういちど自己の深層に探し出そうとする。そして、死者がかきくどくように求めるアイヌプリの土葬の土へ、「愛奴の子」の一滴の血になって滴り落ち、母郷の呪縛へわれから回帰を遂げるのである。

同上

文中の「アイヌプリ」は、アイヌの風習、習慣の意。「アタシタチノ掟ニ従イテ」と詩にあるのを受けての言葉であろう。

このようなところから始まった佐々木の詩は、だから、「悪い夢」のつづきでしかなく、「おまえの死が／悪い夢をくいちぎった／が　さめた次の夢は／もっと悪い時間だ／ただれる傷／ほろびにしたたしむ

問いを／おれらいくつ用意しただろう／（何処ヨリ来タリ　ワレラ）／傷ただれる／（何処へ至ルカワレラ）／掌はひきさかれた海図」と詩人はうたう（「悪い夢」前掲『呪魂のための八篇より成る詩稿　付一篇』所収）。あらためて見渡す故郷は死の影を色濃くたたえて「おれ」をおびやかし、追い立てるのだ。

　だが、その格闘の跡をひとつずつたどるのはやめよう。

　母親の「血」への回帰は、その「血」の共同体を呼び起こし、死滅の光景のなかに祖霊からの発信や遠い落日の音をききわけるのだが、それは「おれ」の気持ちをけっして親和的に融解させるものではなく、むしろ逆に「おれ」に無言の圧力をかけ、「おれ」を監視するものとして現れてくる。そして、「おれ」はただ、そこから逃げるために、追いくるものをふり返らずに「はしれ」とさけび、そこに生きる「傴僂の鳥」（「呪鶴」同上所収）(7)に、「おまえ　死ね」と呪詛の言葉をなげつける。受け入れたとたんに心が牙をむいて襲いかかってくる。それはたしかに橋本のいう、個としての自己が死ぬことへの恐怖のあらわれだったのかもしれない。若い詩人がそのことをどのように意識していたのかはわからないが、詩集にはそのときの激しい思いと絶望とが、独自のリズムと鮮烈なイメージによって綴られている。

　そして、八篇のうちの最後の詩「氷葬」にいたってようやく、苦しみの重量は変わらないとしても、風景がすこし明るさを取りもどしてくるように感じられる。「おまえ」（他の詩でも頻繁に用いられている。母であろう）の骨を、流氷の海へとつづく丘に埋めに行ったときのこと。

　この丘　かつて　おれ
　氷をけずり　氷穴をほり

おまえの骨
氷にうめ　氷穴にこもり
海が　つと歯ぎしりしたとき
一塊の海氷がおまえをだいた
と　おおおおおお　と
雪　ふきふいた

〔中略〕

この朝の風景に
雪は遠く
ひびく

ひびく
声がうごきだしている
うごきだす声　うごきだす足跡
うごきだすおまえの足跡　おれの背
海へ海へ海へ　丘から

朝やけているのは海なのか
丘なのか　声がひろがる

流氷が　きしる
身ぶるいして
殺せ　殺せえ

ちいさな合唱をはじきだして
虹の形で海の背景はとけだし
殺せえ
おそろしく透明な音たてて
さける大気の襤褸がもえだし
おれの背　炎のようにかがやき
足跡がもがき　おもく
おもくおもく疾走する
この朝　このときの朝
は渦まいて粒氷ごと
さってゆけ　いまこそ

今こそ　寒い
はなれてゆく　おまえ
おまえの足跡に
磁針のかたむいたさむい心は
破裂するだろう

心は破裂するだろう
ふきだす血もたずに
朝から夜へしりぞくために
破裂するだろう
その心を殺せえ

「氷葬」

ポリフォニックなひびきの美しい、内容的にも新たな覚醒のあったことを感じさせる詩である。朝焼けに彩られた、丘と地つづきの流氷の海が、冷たい風をはこんでくる。そのひろがりを背景に、この詩で、作者はふたたびの回心をうたっている。それは反抗ではなく、回帰でも対立でもなく、いうならば葬送であり、破裂しそうな心をなだめすかしながら、作者はこのとき、新しい戦いの地平に立ったのだと思う。

「おまえの骨」が海氷に抱かれて遠くへ流れ去るとき、「おれ」の心は「破裂するだろう」が、そのとき、「ふきだす血もたずに／朝から夜へしりぞくために」、「その心を殺せえ」とうたう。流氷のきしる音として表現された、卓抜な「殺せ　殺せえ」の合唱は、苦しみながら死んだ者たちの、死にきれずにあげる声なのであろう。それはやがて「殺せえ」というおそろしく透明な衝撃音となって大気を燃えたたせ、「おれの背」をかがやかせ、「おれの背」にのこる人々の足跡に生命を通わせて、おれを走らせるが、おれはこの朝、それらすべてを「おまえ」とともに去らせ、去ってゆくおまえを見送る寂しい自分の心にむかって、「その心を殺せえ」とさけぶ。

遠景から近景へ、「ちいさな合唱」から大きな叫びへ、無数の叫びから自身の叫びへとクローズアップされてくるこの声は、「呪鶴」に表現された「死ね　おまえ」の呪詛とは主客の関係が大きく異なっていて驚かされる。ここでは作者は、「殺せ　殺せえ」とさけぶ者たちの側にいて、その声と心を合わせている。けれどもまた、そうであれば、「呪鶴」で「死ね　おまえ」とさけばずにいられなかったことの意味も了解される。ふたつの声は同じものの両面であり、作者はただ、理不尽な力によって滅ぼされてゆく者たちを、無念の思いで見つめている。そして、それへの愛が高まるとき、自分を傷つけるように「死ね」と言ってしまう。一方、「氷葬」ではもうそうは言わずに、風景のなかにとけこんでいる、癒しがたい、死にきれない者たちの声を、わが身に引き受けてきいている。

このとき、佐々木は、自分が向かうべき敵がなにかということを、はっきりと自覚したのではないだろうか。「ふきだす血もたずに／朝から夜へしりぞくために」と書いているように、かれはもはや「血」のために行くのではなく、ただ、身をふるわせて「殺せ　殺せえ」とさけんでいる者たちのために、さらにはまた、かれらと同じ場所に立つ自分自身のために歩きはじめるのだ。

このような解釈が妥当かどうかはわからないが、わたしはそのように読んだ。母親である「某女」の唇へとしたたり落ちた血は、八篇の詩へと転生しながら、最終的にはこのようにして風景のほうへと送りだされる。そしてまた、ここから、詩人をさらに前へとつきうごかす、新しい局面がひらけてくる。

詩集には、この後に、タイトルに「付一篇」と添えられたもう一篇の詩が収められている。「氷葬」までの八篇とはべつに、それ以後つくられたもので、「予戦祝詞」と題された、以後の戦いの幕開けを予想させる、というよりも、明確に、出発するための祈りの言葉として制作されたものであろう。言葉としても全体が荘重な韻文のリズムで書かれていて、慄然とさせられる。そういえば、アイヌの社会ではユーカラや祭文、チャランケ(8)など、大事な行事や会合で発せられる言葉には韻文が用いられる。そういうことと関係しているのかどうかはわからないが、形式を整えて書いている。冒頭と中盤からすこしずつ引用する。

おれ聞く　解けることとない智慧の輪の果てしない時を結んできた血の輪をおまえの唇の入墨に青黒く膨れあがるほど湛えて縺れた舌から噴きあがる声

　　おれ聞く　紅い花咲いた心が崩れ隕ちるところは憎悪の只中に大きな掌

から抜け隕ちた羊と舞い昇る鶴憎しみの只中
から　答えよ

この小刀(マキリ)は打つ　あなたらの骨を
あなたらの肉切れを削ぎおとす
そのためだけに在った暦の
七千枚のいちまいいちまいに(9)
試しをおれは刻んだ

［中略］

丘に吹く風の裏側から
弔いの匂い　悲鳴の匂い
丘の沼の底には七百三十人
未葬の旧土人が沈んでいる

　忘れられ
忘れるだろう　旧土人は

記しのことばを持たない
　忘れられ
　忘れるだろう　旧土人を
　数無い蒼い唇が伝える
一人の母親も一人の父親も
いらない　おれの祖には
沼の底　海の氷に
埋もれている血色の眼がある
眼は呻くだろう　行くな　と
行くな行くな異郷は狂っている

答えよう
狂いの特権は血を浴びた心に生まれた異形の
塊行く足は乳汁に群がる虻に耐える厚さもて
行くだろう足の苦い痛みは歩まなければ療せ
ない

詩はここから、「異郷」の「神統譜の太陽」へ飛び、「行くときに　行くために」という言葉をリフレーンさせながら、異郷の地の異変を寓話的なイメージで綴り、「今こそ呪え　死者の歴史が暗いのなら存／える歴史も暗い　虐殺された旧土人の碑銘が／重いのならアラム族猶太の碑銘も重い　と叫／ぶ者は呪われるだろう」と、呪いの言葉を唱えながら、最後、このように結ばれる。

　　星状の宙に一曳の隕弾そして隕弾
の発炎　炎は叫びの形して　青旗の木旗の上
を膝り通う死霊の夜鳥の叫びして行け
　　　　　　　　　　　　　数無
い死ぬ眼は在る

おれ聞く　予兆はない闘いの予兆はない凡て
はすでに始まり終わりに至る道は渦のまま解
けることない血の輪の縺れ予兆はない終わり
の予兆はない凡てはすでに始まり　ただ死を

　この詩が佐々木自身の「予戦祝詞」であり、戦いにむけての言挙げであろうことは疑いようもないが、この最後の二連にきて、「青旗の木旗の上を」[10]と、霊魂の不滅をいうのに万葉集の詩句を用い、最後の連では、「闘いの予兆」もなく、「終わりの予兆」もなく、また、「凡てはすでに始ま」っていて「ただ死を」と結んでいるのは、詩全体のモチーフから考えると、いささか異様に感じられる。それほど途方もない絶望のなかから出発するということであろうか。いや、そうではなくて、すでに死は決定されているが、それでも行くのだということなのであろう。また、かれがここで日本の古代を奪還し、それを自己のものとしてもちいているのは、もしかしたら意図的な戦略であるのかもしれないとも思う。どのようにもがこうとも、かれはもう言葉ごと日本に呑みこまれてしまっていて（だから「凡てはすでに始まり」と言うのだ）、傷を癒す手だては、橋本真理が前掲論文のエピグラムに引用しているヘルダーリンの、「傷を与えた武器だけが傷を癒す」という言葉にならっていえば、まさに敵の本丸である日本の「言葉」のなかにしかないのであるから。

いずれにしても、このようにして佐々木は、アイヌをめぐる状況にむけての新たな言論の旅に出発する。これまで述べてきた詩集の詩は、佐々木昌雄がそのような地平へと出るまでの心の葛藤と格闘を、たぐいまれな言語感覚によって表現したもので、美しいという言葉は内容的にはふさわしくないかもしれないが、立ち現れてくる精神のすがたとして、それはやはり美しいというほかないもののようにわたしには思われる。

＊　＊　＊

『幻視する〈アイヌ〉』には、これまで述べてきた詩集の詩以外に、詩集以後の詩が四篇おさめられているが、本章では精神形成と評論活動とのかかわりから、詩集の詩に焦点をあてて考えてみた。

詩集以後の四篇のなかでは、「氷原疾走――十八歳の記憶」（「亜鉛」6号、発行年月不明）と題された一行二十字×六十三行の散文詩と、「ヤイェユカル」と題された未完の長編のユーカラがとりわけ魅力的である。前者は、犬ぞりを駆って走る氷原で吹雪に遭遇し、道に迷ったときの恐怖感をリアルに描いたもので、「氷葬」の氷原にも通うところがある。氷の裂け目にのぞいた青黒い海の色が美しく、夜明けを待つ主人公の内面の描写に共感させられる。以下は最後の場面より（太字は原典どおり）。

犬を止めよう　白々と輝く流氷群の中から
小さな一塊の流氷を　太陽が南中の位置を占
めるとき沖をさして離れてゆく氷片を　探し
だそう　それが棺になる　大気を渦巻き震わ
せる風の中に　海豹の皮を張ったあの太鼓の
乱打する音を　幻に聴きながら　せりあがっ
てくる悲しみを幻と感じ　走り続ける風が痛
い　いつになったら夜が明けるのだろうか
それにしてもいつになったら

一方、「ヤイェユカル」(11)は、自らを物語る意で用いられているのであろう。詩集に収められた「予戦祝詞」も「おれ」を語り手とするヤイェユカルといえるが、ここではそれよりもっと本格的なユーカラに近い内容が構想されていたらしく、たとえばその「序」の表題では「異形のものの生誕」、「第一部　一つの死から」の表題では、「1・悲しむのなら遺言とせよ」「2・棺を作りながら」「3・夢は初めの記憶」（口絵参照）というように、主人公が成長するさまを順々に語ろうとしている様子がうかがえる。やがて現代のポイヤウンペの戦いの物語（本書六八頁以降参照）へと成長してゆくはずのものだったのではないだろうか。すでに三百行ほどは書かれているのだが、残念なことに、主人公はまだ幼く、翁に抱かれて夜明けを待つ場面までで中断されている。「亜鉛」という同人誌に三回に分けて連載されているが（「亜鉛」第10・11・14号／10号・14号は発行年月不明、11号は一九七一年六月）、続きはついに書かれなかったもの。中断の理由は不明で、いろいろなことがみなわからないままである。以下は「4・命名祈詞」より。

皆様忌みて終わりに黙りましたからには
ＯＡＳＡＭとはこの児の名前であります
このときからは
幻とならねば
蒼白のものは鼓動せず
形とるならば
常様のものに化身せず
元の傍でと一人は驚き
元の傍でと二人は怒り

元の傍でと皆が呪う
ついにはこの児は幻のものとなりますが
皆様にはどうぞ名を祝ってくださいまし

アイヌ状況への佐々木昌雄の登場はひとつの事件であった。それは同時に、文芸の分野においてもいえることであるだろう。本書でとりあげてきた違星北斗もバチラー八重子も森竹竹市（本書一九三頁註4参照）も鳩沢佐美夫も、北海道の文献にはかならず出てくるのに、日本の文学史に掲載されないのは、かれらがアイヌの文脈のなかでしか語られていないことを意味する。知里幸惠の『アイヌ神謡集』（本書一六一・二〇六頁参照）の日本語訳が「翻訳自体の美しさ」において賞讃されたりすることと、それは軌を一にしていると佐々木は言う（「鳩沢佐美雄の内景」『コタンに死す　鳩沢佐美雄作品集』新人物往来社、一九七三年）。つまり文学作品の評価においても日本のあり方が問われてくるのであって、佐々木の評論は、これまでアイヌの文脈でしか語られなかったものを、日本の問題としてとらえなおすという意味をもつよく担っていたはずである。

沈黙の理由はわからず、失われた時間はとりかえしようもないが、それによって失われたものはあまりに大きく、かれが去ったあとの四十年の空白は埋めようがない。それについては、「彼がそうせざるを得ない〝状況〟を私は憎む」という「アヌタリアイヌ」8号（一九七四年二月）の編集後記子の言葉に全面的に共感する。(12)

【附記】

・註2にあげたマーク・ウィンチェスター氏の二つ目の論文は、本章を書き終えた後に存在を知り、氏のご厚意で読むことができたもの。佐々木昌雄の思想的営為の意味を、さらに大きな観点から掘り下げた、示唆に富む貴重な内容である。

・註3に記した、佐々木昌雄の断筆の時期（著作活動）については、ウィンチェスター氏が右の論文の「註」のなかで、具体的な誌名と論文名をあげて、「佐々木は少なくとも十月までは執筆活動を続けていた」と述べておられるので、書き添えておく。

註

（1）「アヌタリアイヌ」は、第1号を一九七三年六月に札幌で創刊、一九七六年三月の最終19・20号で終刊。約三年間の活動期間であったという。発足当時の様子を、註2にあげる「「状況としての『アイヌ』」の思想と意義」のなかで、東村岳史はつぎのように述べている。

「創刊の中心となったのは、当初の編集責任者で仙台在住の佐々木昌雄と、平取出身で札幌に住居を移した平村芳美である。平村は平取在住当時『葦の会』というグループを組織しており、その会を前身として『アヌタリアイヌ』へと発展させていった［…］。なお、『アヌタリアイヌ』というアイヌ語を『われら人間』という意で用いた『破格』のタイトルは、佐々木昌雄が考案したそうである」。以下詳細は同論文を参照されたい。

（2）佐々木昌雄について筆者がこれまで知った論文は以下の四篇。いずれも長文の優れた内容で、教えられることが多かった。

・東村岳史「「状況としての『アイヌ』」の思想と意義――『アヌタリアイヌ』による〈アイヌ〉表象の問い直し」

（「解放社会学研究」14、二〇〇〇年三月）。
・橋本真理「一人称の魔――佐々木昌雄覚書」（「長帽子」62号、二〇〇一年七月）。
・マーク・ウィンチェスター「近現代アイヌ思想史研究――佐々木昌雄の叙述を中心に」（「一橋大学機関リポジトリ」二〇〇九年三月）。
・マーク・ウィンチェスター「人間と呼ばれるものへの抗排であるように――佐々木昌雄とアイヌ近現代思想史における償いの政治」（山岡健次郎とマーク・ウィンチェスターの共訳「神田外語大学日本研究所紀要」二〇一五年六月）※前掲「附記」参照。

（3）註2にあげた東村岳史氏の論文に「佐々木昌雄は一九七四年三月『北方文芸』に掲載された『〝シャモ〟は〝アイヌ〟を描いた』を最後に断筆してしまう」とあるのによる。※前掲「附記」参照。

（4）新野直吉・山田秀三編『北方の古代文化』（毎日新聞社、一九七四年／同年二月に東京で行なわれた講演とシンポジウムの記録）のなかに佐々木昌雄の「『アイヌ学』者の発想と論理」が収められており、著者紹介に「佐々木昌雄（ささき・まさお）一九四三年生まれ。東京大学卒業。現在雑職」とあるので、生年「一九四三年」はあるいはこれが典拠かもしれないが、確認はできていない。筆者が目にした佐々木のプロフィールは、本文に記した橋本真理氏、マーク・ウィンチェスター氏の記事と同書のこの短い紹介記事がすべてである。

（5）『幻視する〈アイヌ〉』（草風館、二〇〇八年）には「破滅の論理――「邪宗門」論素描」（「亜鉛」7号、一九七〇年六月）と、「閉塞からのエスケープ――尾形亀之助・石川善助論の一視角」（「亜鉛」9号、一九七〇年十二月）の二編の文芸評論が収められている。どちらもアイヌとは直接関係しないが、「破滅の論理」「閉塞からのエスケープ」というタイトル自体が佐々木の関心の在処を示唆しており、初期の詩と後の社会評論をつなぐ内容をふくんでいる。

（6）佐々木昌雄の詩集『呪魂のための八篇より成る詩稿　付一篇』については、『幻視する〈アイヌ〉』では一九六八年十月刊としか記されておらず、曖昧だったが、これについては註2であげた橋本真理氏の論文に詳しい記述がある。それによると、同詩集は一九六八年十月、仙台市で上梓された。出版社は深夜叢書社、編集人は尾形尚史氏で、橋本氏は同氏を通じてこの詩集を入手されたという。装本の独特の雰囲気、著者・佐々木の意向もあって広くは行き渡らなかったこと、あくまでも佐々木の自己救済のための書で、封じることによって自己を支える源泉にする、そういったたぐいの書であったろうことが記されている。刊行の経緯については深夜叢書社の斎藤愼爾氏の確認も得ている。詩集の実物は筆者自身は未見。公共の図書館などには所蔵されていない。

（7）「呪鶴」は、『呪魂のための八篇より成る詩稿　付一篇』の三番目に収められている、六連から成る詩。「死ね　おまえ／傴僂の　北の鳥／惨々たる夜明けの中に」からはじまり、鮮烈なイメージのなかに呪いの言葉を響かせながら、つぎの二連で終わる。

　傴僂の鳥　背を切れ
　背を切りひらけ
　背　遠い北を　吹きだせ

　おし拡がる闇色の声に
　落ちる不具の鳥　鶴の影
　おまえ　死ね

（8）「チャランケ」はアイヌ語で、談判、話し合いのこと。もめ事などが起こった際に、当事者が同じ場に集って談判し、白黒をつける習慣をいう。それと関連して、アイヌの社会では「雄弁」であることが人間の重要な美徳のひとつとして称えられている。言葉を重んじる姿勢とつながるものであろう。

（9）「七千枚」は日暦で計算すると約十九年と五ヶ月になり、「呪魂のための八編」を書いた時期と重なる。そのころの年齢の表現であろう。

(10) 佐々木の詩ではこのほかにも「青旗」をもちいた詩句が複数ある。ここはとくに「青旗の木旗の上を」と用いられているので、『万葉集　巻二』におさめられた「青旗(あおはた)の小旗(こはた)の上を通(かよ)ふとは目には見れども直(ただ)にあはぬかも」(引用は『新訓万葉集上巻』岩波文庫、一九九一年より)が本歌であることは明らかだろう。

また、話は飛ぶが、歌人の山中智恵子に「その問ひを負へよ夕日は降(くだ)ちゆき幻日のごと青旗なびく」(山中智恵子歌集『みずかありなむ』無名鬼発行所、一九六八年)という名歌があり、時期的にもかさなるので、もしかしたらこれも読んでいたかもしれない。そう思うのは理由のないことではなく、マーク・ウィンチェスター氏の論文で、佐々木の大学院時代の研究テーマが日本の古代史にかかわるものであり、とりわけ山上憶良についての研究論文もあることを教えられたからだが、これについては準備不足なので、ここでは可能性をしめすにとどめたい。

(11)「ヤイェユカル」は「ヤイェ」が自分自身、「ユカル」は「ユカㇻ」と同じで謡う意。自分語り。自分を謡う。

(12) 佐々木の「アヌタリアイヌ」への最後の掲載は同紙第8号で、収録作品は「〈アイヌ学〉者の発想と論理——百年間、見られてきた側から」(註4にあげた「『アイヌ学』者の発想と論理」講演草稿／前掲『幻視する〈アイヌ〉』に収録)。同紙編集長はその前に交代している。第4号までの編集後記は佐々木が書いている(同上『幻視する〈アイヌ〉』に収録)。マーク・ウィンチェスター氏は註2にあげた二つ目の論文の註のなかで、佐々木自身の言葉として、佐々木は「第五号を境に編集責任者という立場を離れることになった」と記している。

III

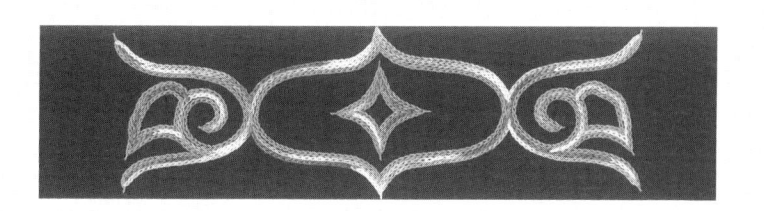

小中英之短歌紀行

＊それぞれの歌の出典末尾に付した数字は本書第Ⅰ・Ⅱ部掲出ページを示す。
＊掲載写真はすべて筆者撮影。

月射せばすすきみみづく薄光りほほゑみのみとなりゆく世界

『わがからんどりえ』「すすきみみづく」（26、126）

雑司ヶ谷・鬼子母神

　雑司ヶ谷は東京で亡くなった知里幸惠が最初に葬られた町である。

　晩秋の満月の夜、都電荒川線に乗ってその地にある鬼子母神を訪ねた。古いけやき並木の参道と寂しい商店街にはさまれた境内は、建物の影を落として谷底の沼のように静まり返っている。以前は深夜でも入れた門が、午後六時で閉ざされて入れなくなっていた。

　このあたり一帯は昔はうっそうと樹木の茂るみみずくの森であったという。門前に坐って空をながめていると、心細い夜道を提灯をともして近づいてくる人影があった。子どもを捜してさまよう若い母親の姿である。鬼子母神は神となっても子どもたちをもとのままの姿では返してくれない。よくみると、提灯とみえたのはすすきの穂を赤い帯で結んだ異形のみみずく。ここは失われたものたちの影がただよう都会の聖地なのだ。

鬼子母神門前のみみずく石像（2008・11・13／この日陰暦10月16日、満月）

本郷・菊坂

撩乱のこころひとつにひきしぼり冬至ゆふべの菊坂くだる

『わがからんどりえ』「朝の首」

菊坂通りへ下る路地（2009・1・12）

都内文京区本郷三丁目の交差点を北へ少し行くと、西へ下るだらだら坂にあう。菊坂とは今ではその道をいうが、もともとは菊畑に由来する辺り一帯の地名である。一歩奥へ入ると急な小道が縦横に走り両側に人家が迫る。漱石、一葉ほか明治の作家たちの縁の町としても知られるが、ここは金田一京助が転居をくり返した所。彼のもとに石川啄木が寄宿した町。北海道から上京した知里幸恵が『アイヌ神謡集』完成直後に十九歳の短い生涯を終えた地でもある。

冬至の落日は速い。みるまに色を変えてゆく西日の坂を没日とともに下っていった。脇道に逸れたとき、目の前を少女の幻が通りすぎた。薫り高い菊坂。夕映に翳るあちこちの角に、たくさんのだれかかが佇んでいる気がした。

三浦半島・松輪（まつわ）海岸

この寒き輪廻転生むらさきの海星に雨のふりそそぎをり

『わがからんどりえ』「渚」（20、118）

松輪港、渚で遊ぶ千鳥（2009・1・19）

浦賀水道に面した神奈川県三浦半島の東側を観音崎、浦賀、久里浜、三浦海岸と下ってゆくと、海食洞窟を擁する大浦海岸、灯台の立つ剣崎の岸壁に出る。海溝にゆさぶられた波が大きなうねりとなって押し寄せてくる荒々しい流れの海である。そこから北西へとたどる山稜の道を下ったところにその海岸はあった。南面する江奈湾の奥深くに展（ひろ）がる松輪海岸である。

山腹から海が見えたとき思わず声をあげた。奇蹟の光景に出会ったと思った。それは母の懐に抱かれた優しい海。母の胎内の海。さっきまでの波音が嘘のように消えて、静かな水盤の上に船が泊っている。引潮の渚に千鳥が遊ぶ。こんなことがあるのだろうか。輪廻転生の球体は、海の死者たちをゆらす祈りの揺籃（ゆりかご）であった。

江東区・潮見

息の緒に沁みて潮見のひとりゆゑ藍にはためき藍に昏れたり

『翼鏡』

隅田川と荒川に挟まれた東京湾の一画に有明、東雲、辰巳、夢の島と連なる美しい名の人工島がある。潮見はこの北側に位置する第八号埋立地の町名である。

海が見えると思っていた。京葉線を潮見駅で降りてしばらく歩くと川に出た。その川を伝って行けば海に出る。一瞬そんな気がしたが、そうでないことはすぐにわかった。その川は川ではなく、島と島のあいだを流れる海の運河。運河ではない海なのだった。

行き止りの角地まで行き、二つの運河が交わって再び一つの運河となり、遠い町へと渡っていくのを日が沈むまで眺めていた。この海は海峡の匂いがする。房総半島、また最北のラ＝ペルーズ海峡（宗谷海峡）。眼下に海面を見つめる場所がどこでも潮見になるのだ。

潮見より夕暮れの運河をのぞむ（2009・2・11）

片瀬海岸・江の島

海光に全身つつまれゐたりけりやぶ椿咲く緯度にまどろむ

『過客』「江之島植物園」

江の島、相模湾に咲く椿の花（2009・2・11）

　神奈川県・江の島は椿の島である。晴れた日は南の海に大島が見え、西の空に富士山がうかぶ。この地に伝わる五頭龍伝説によれば、江の島の洞窟は富士山につながっている。海底を走る火山脈があるのだろう。江の島の椿はその脈に根を下ろして咲く真っ赤な火の花である。

　二月の休日、久しぶりに訪れた。山頂に登ると自然のままの植物園がある、はずなのに様子がすっかり変わっている。園内は改造され、椿の一画はまるでお行儀よく並べられた見本市のようだ。どの木も固く蕾をむすんでいた。

　けれども一歩外へ出ると、海光をあびる島の周縁にはやぶ椿の大木が茂り、赤い花をつけ始めていた。生還した季節のしるし。椿の花は海を見ていた。海と接する中空からその花は咲き始める。

信州・小海（こうみ）線

小海線左右（さう）の残雪ここすぎてふたたび逢ふはわが死者ならむ

『わがからんどりえ』「凶兆」

小海線は中央本線の小淵沢駅と信州の小諸を南北につないで走る高原列車である。小淵沢を出るとすぐ左手に八ヶ岳が見え、途中いく度も千曲川と交差する。翡翠（ひすい）の色をした美しい渓流である。

小さな予感にひかれて窓の外を眺めていると「佐久（さく）」という名をもつ駅名が散見される。北へ進むにつれて雪の量が少なくなる。標高の低くなっていくのが耳鳴りの収まっていくことで知られる。ここは東の端で十石（じっこく）峠、碓氷（うすい）峠と接する佐久盆地なのだ。右手の空に冠雪の浅間山が見えてきた。

佐久平駅で一旦下車してぶらぶらした。ここへ出るとは思わなかった。遠い日の夢のなごり。ここへはもう一度来ることになるだろう。死者に逢うために。今度は東から奥秩父の道をたどって。

小海線車窓より八ヶ岳をのぞむ（2009.2.21）

東京・お茶の水

亡き人と座りをりたりお茶の水発ちて左へカーブの緑夜

『翼鏡』

御茶ノ水駅に停車する総武線は山手線を横断して三鷹と千葉を東西につなぐ路線である。東隣に秋葉原駅、西隣に水道橋駅を擁し、どちらへ向かうときも線路が左方向へと大きくカーブする。「緑夜」と歌われた景観から考えると、神田川ぞいに走る水道橋方面を指しているように思えるが、「左」はあるいは象徴的な意味で用いられているのかもしれず、亡き人の住む千葉方面への行路も重ねているのかもしれず、地名があるからといって、必ずしも現実に即して鑑賞する必要はないだろう。

そもそもお茶の水とは何か。青春の駅を発った電車は、どこへ向かって走っているのか。生命の香りにむせかえる六月の緑の夜は死の香りを孕んで、車中の人を混迷の明日へと運んでいくのだ。

お茶の水橋より、蛇行する車輌（2009.6）

小田原・螢田

螢田てふ駅に降りたち一分の間（かん）にみたざる虹とあひたり

『翼鏡』（113）

狩川の水辺でハグロトンボに遭った（2009・6・20）

　小田急小田原線の小田原駅より二つ東寄りに螢田駅はある。丹沢山系と箱根の外輪山に囲まれた水の豊かな地で、今ではすっかり住宅地になっているが、以前は駅前にも川が流れ、水田や周囲の山々を望むことができたという。

　駅を降りて、さてどちらへ歩こうか、小中さんならどうするだろうかと思いながら山のあるほうへ向かっていくと、水量の豊かな川に出た。南で酒匂川に合流し相模湾に注ぎこむ狩川である。川原には葦（あし）や薄（すすき）が生い茂り、背丈よりも高い草をかき分けて水辺へ下りていくと、ハグロトンボが優雅な姿で葉陰の空を飛んでいた。夜になれば昔は螢が火をともしたことであろう。空にかかる虹と地をわたる川。見上げる空に薄青く川の影が流れているような気がした。

跪く駱駝のうへにとどくまで空くもりくる野毛山の午後

『翼鏡』

横浜・野毛山（のげやま）

京浜急行で横浜駅から二つ目の日ノ出町で降り、野毛坂を上って少し行くと、海を遠望する高台に野毛山動物園がある。古い施設で駱駝が今でもいるのかどうかわからなかったが、行ってみて驚かされた。「跪く駱駝」が駱駝の檻のなかで乾草を食べていたのだ。

この歌は一九七六年に発表された。それから三十年以上経っている。一瞬時間が止まったような気がしたが、偶然の機縁だったのだろう。年老いて足を病み、立てなくなった駱駝に作者も逢い、わたしも逢った。この歌の駱駝はまもなく亡くなり、その後青森の動物園から譲り受けた「つがるさん」と呼ばれる駱駝が、いままた年老いて淋しい晩年を送っている。つがるさんはどこまでもやさしい顔をして私を待っていてくれていた。

フタコブラクダのつがるさん。2013年5月23日、つがるさんは老衰のため亡くなった。皆に愛され、弔問の列が続いたという（2009.6.20）

埼玉・大谷口（おおやぐち）

大谷口昏るる底（そこひ）に豊饒の明りをたたへ古き枇杷の樹

『わがからんどりえ』「黒暗淵」

小中旧居前。たわわに実った枇杷の木の実（2009・6・13）

大谷口は各地に見える地名である。同じ武蔵の板橋にもあり、自生の枇杷（びわ）の木の面影を伝える。大谷口という地形に遊んだ世界であり、どこと特定する必要はないのだろう。けれど誘われる気持ちもあって作者が一時期住んでいた埼玉県浦和の大谷口を訪ねた。

道が大きく波打っていた。開発の進むその町に、行けども行けども枇杷の木は見つからなかった。最後にふらつく足で旧住所の番地に立ち寄ったとき、目の前に思いがけないものが現れた。その木がそこにそのまま残っているとは思わなかった。電信柱と高層マンションの谷間に身を潜めるようにして、一本の枇杷の木が西日をあびて黄金の実を輝かせていた。時の流れは苛酷だが、木は生きつづけて青年の命の明りをともしている。

伊豆・修善寺

滝しぶきあびるこの身ゆ息づきて茅舎の年へ近づきにけり　『翼鏡』

この歌を収める一連には詞書（ことばがき）があり、茅舎（ぼうしゃ）忌に修善寺を訪れたことが知られる。七月十七日。修禅寺の墓を訪ね、その足で山中の滝に遊んだのであろう。茅舎を偲びつつ自己の死を思い、生と死の迫間に息づくものの浄化を願った作者三十九歳の頃の作である。

修禅寺のお坊様に教えられて裏山に登ると、頂近くに古い墓地が展け、奥まった一画に川端家の墓域があった。南面して「川端系之墓」があり、東面して茅舎の句碑と墓碑が並ぶ。茅舎の異母兄であり当主であった、日本画家の川端龍子によって建てられたものという。蒸暑い空の下でこの兄弟の縁を思った。句碑の句は龍子の見立てであろう。山々を望む墓域の景観によく似合っていた。

「ひろ〴〵と露曼陀羅の芭蕉かな」茅舎。

正面が茅舎の墓。右が茅舎の句碑（2009.6.26）

甲州・塩山（えんざん）

秋ここに塩山（えんざん）ありて死人花あかしくらしとさだめがたしも

『わがからんどりえ』「塩山」（132）

死人花は彼岸花の別称である。秋に行くのは怖い気がして新緑の季節に訪れた。中央本線の塩山駅を降りるとすぐ北側に塩ノ山が見える。お椀を伏せたような美しい形の山である。塩山という地名はこの塩ノ山に由来するという。

町中にあふれる水の音を聞きながらぶらぶらしていると、山の麓に寺があり、寺の脇に登山口があった。人気のない湿った道は木もやに覆われ、小さな虫がぶんぶんとまつわりついてくる。古墳のような埋葬地の匂い。すこし行くと名もなき塚や石の地蔵、日差しをあびる急勾配の山腹に古い小さな墓石群があった。寄り添うように赤い花が咲いている。この山で亡くなった人の墓だろうか。死者たちの眠る山を足下に登って行くことが罪深いことに思われた。

塩ノ山山中の墓石群（2009.5.9）

埼玉県寄居(よりい)町(まち)・折原(おりはら)

今しばし死までの時間あるごとくこの世にあはれ花の咲く駅

『翼鏡』

折原駅プラットホーム。隣家の庭の木に赤い花が咲いていた（2009・8・14）

作者によれば、この歌の舞台は秩父の無人駅であるという。そうだとすればこの歌には、作者が後年、命を削って追跡しようとした秩父事件の面影が刻まれているにちがいない。また、そうだとすればその駅はここしかない。秩父山塊の東の入口、多摩の八王子と群馬の高崎とを南北に結んで走るJR八高(はちこう)線の折原駅である。

駅を降りて東へ少し戻ると、秩父事件の若きリーダー、血の伝説に彩られた新井周三郎（刑死）の家の跡が草地となって残されていた。周三郎はそこから、西に展がる深い山々を駆けめぐったのであろう。小中もその跡を歩いたことであろう。駅の周りは閑散として時折自動車が通りすぎる。過ぎ去った時間と、動きはじめた遠い日の幻が重なりあって揺れていた。

寄居町／長瀞町・風布

明治十七年蜂起の秩父事件において、もっとも早く決起し、
かつ先鋭的であったのは風布村の人たちであった。

歳月は溶暗なればいづかたに死者とどまらむ風布みなつき

『過客』「風布」

「風布」と題された連作中の一首。『翼鏡』以後のもので生前の歌集には収められていない。

旧風布村は折原の西隣。今では二つの町に分割されているが、もとは一つのまとまりをもった深い山間の村である。どこから入るにしても、バスも通わぬ峠道をてくてく歩いていくしかない。途中いく度も白鉢巻の困民軍の幻に遇った。雨気に湿る季節のせいだったろうか。ここは「恐れ乍ら天朝様に敵対するから加勢しろ」の名台詞で知られる大野苗吉（伝・戦死）ほか、諸所の戦闘に名をつらねる果敢な若者たちを輩出した村である。以後の歳月、それゆえの苦しみも深かったことであろう。

村に聳える釜伏山の峠道を村の人たちに教えられて歩いた。溶暗の息籠る修験の神の山であった。

釜伏山への峠道。山腹に人家が点在する（2009.7.11）

小鹿野町(おがのまち)・般若(はんにゃ)

夏草の起き伏しおどろ風土記には般若の村を驟雨すぎたり

『過客』「驟雨」

奥宮のある法性寺裏山の山頂（2009・8・23）

般若村は秩父盆地を南北に貫流する荒川の西側、さらにその山塊を東西に流れる赤平川の南側に拓けた集落である。風土記によれば村名は札所三十二番の般若堂（現・法性寺）に由来し、片山嵯峨の地にて日当り遅く、雪解も早からず石砂混りの土質云々とある。その村を「驟雨」がすぎたとは、潤いか嵐か、駆けぬけたもののすさまじさを喩えた言葉であろう。

秩父駅から小鹿野方面行のバスに乗って山を越え、所々に結ばれた赤いリボンを辿って法性寺まで歩いた。門前で山男三人のグループに遇い、勧められて山頂の奥宮に同行した。身震いするような切り立った岩石の尾根を、男たちは楽々と渡っていく。眼前に展けた山谷をかの日一隊はさらに奥へと走り、村人とともに再び東へと繰り出したのだ。

小鹿野町・両神（りょうかみ）

かの世なる音に鳴りつつ両神（りやうがみ）をわけてあられの白き夜ありき

『過客』「夕雲」

バスの終着日向大谷口より、右から二つ目の尖った峰が両神山（2009・9・13）

秩父を訪ねているうちに秩父の山容に引きこまれていく自分を感じる。秩父事件の魅力は秩父の自然と、そこを駆けぬけた人々の魅力に負うところが大きい。都会には今しかないが、ここには時間が流れていて、記憶が人間だけのものでないことを教えてくれる。

両神は秩父の西端に聳える両神山の麓の村である。両神は一説に竜神とも記し、水神を祀る。その山に発し、般若の手前で赤平川に合流する薄川、小森川の二筋の清流にそって人家と耕地が点在する。小鹿野で町営バスに乗り換え、細い山道をくねくねと登っていった。革命前夜、フランスでは季ならぬ雹（ひょう）が全土を覆ったという。かつてここにも自由を索（もと）めて天かける水神の森の声が響いた。その声が旅人の柔らかな耳に谺（こだま）する。

荒川村・白久（しろく）

春蘭は春陰の花いつよりか秩父（ちちぶ）白久（しろく）の奥と記憶す

『過客』「雑之歌」

白久、荒川上流の川原（2009・8・16）

夏の日、秩父鉄道に乗って秩父盆地の南西、荒川源流の村を訪ねた。

目の前に屏風のように聳え立つ三峯（みつみね）の山塊が迫り、西空に甲州信州へと連なる山々がシルエットとなって浮かびあがる。地図を開くと、その山なみを甲州へと抜ける峠道の先に塩山があった。

白久は春になるとザゼンソウやカタクリの群落がいっせいに花咲く高山の町である。四月には村に伝わる人形芝居の幕もあく。資料によれば、そんなゆかしい山奥の村も困民軍と無縁ではありえなかった。小中はそれを追ってここまで来たのであろう。川原をさして急な道を降りてゆくと、民宿の体育館から夏合宿の少女たちの声が響いた。やがて暴れ川となって地をめぐる水は夏日を浴びてかの世の声のごとく煌めいていた。

秩父市・音楽寺(おんがくじ)

音楽寺までの思想をとぎつつも空白ほそく水流れをり

『翼鏡』

音楽寺という名の寺が実在することを秩父事件に気づくまで知らなかった。音楽への夢と重ねてもいるのだろう。具体と抽象の間を飛翔する小中英之の歌は、舞台を知らなくてもかまわない。グラデーションをもって変化する、そのゆれる表情がわたしは好きである。

音楽寺は荒川を隔てて秩父市街を見おろす山腹に、姿を隠して佇む札所二十三番の古刹である。前夜下吉田の椋(むく)神社で決起した三千とも二万とも伝えられる農民たちは、小鹿野を襲ったのち小鹿坂峠をこえて音楽寺に集結し、乱打する鐘の音を合図に大宮郷(現市街地)へなだれこんだ。水音だけがきこえる山林のなかで、そのとき人々は息を殺して待っていたことだろう。跡訪う者はその静寂に問い返される。なにをしに来たのかと。

この鐘を打ち鳴らした。当時のままの音楽寺の銅鐘（2009・9・16）

下吉田・椋神社

夕雲は薔薇いろの雲いくたびか椋鳥の大群鳴きわたりけり

『過客』「夕雲」

椋神社の古い鳥居。手前は広い境内、向こうは急な下り坂（2009・11・4）

　椋鳥は秋の鳥。群をなし、ムクノキなどの梢でやかましく鳴き騒ぐと秩父の俳人金子兜太編の歳時記にあった。鳥の歌とはいえ、同じ連に「夕映えの奥をかの世の人あゆむ困民ゆゑに縛されゆきて」があり、掲出歌には一八八四（明治十七）年十一月一日夕刻、椋神社で一斉蜂起した「かの世」の人々の姿が重ねられているだろう。夕日に映えて紅葉が美しかったことだろう。

　十一月になるのを待ってその地を訪ねた。下吉田は秩父盆地の西北。北海道で潜伏の生涯を送った井上伝蔵の出身地であり、秩父事件の中枢を支える多彩な活動の舞台となった山間の町である。

　拝殿の前にいつまでも祈りつづける人影があった。神社の森はまばらとなり、暗闇の山腹から遠く武甲山に月が昇るのが見えた。

下影森（しもかげもり）・金仙寺（こんせんじ）

秩父困民党総理田代栄助の墓に詣づ

中生代白亜紀ふみてたまきはる蜂起にかけし死はも反るべし

『過客』「驟雨」

田代栄助の墓。武甲山は石灰岩の採掘で当時とは姿が変わっている（2009・8・16）

南北にのびる秩父市街の南の外れにその寺はあった。東の空に武甲山が迫り、南方に三峯の連山を望む、静かな平地の寺である。境内を抜けて墓地に出ると、すぐそこに田代家の墓所があった。

秩父事件の首魁として処刑された田代栄助の墓は、田代家の墓所の中央に、自然石に大きく名を刻んだ悠揚たる姿で市街地に顔を向けて建っていた。背面の刻字によれば、事件後まもない一八九二（明治二十五）年に建立されたものである。

寺で線香をいただき、火をつけると炎をあげて燃えた。もうもうと白煙を噴く線香を抱えてその墓に詣でた。伝説の人の気配が生々しく甦ってくる。鎮魂というよりは尽きぬ苦しみの記念碑。それを建て、守りつづけた人々の気概をもその墓は無言に告げていた。

上吉田（かみよしだ）・女形（おなかた）

冬去つて桑の芽吹きに女形（をなかた）の耕地さざめくごとき黄みどり

『過客』「女形」

天につづく女形の耕地（2010・2・22）

二月に入って雪が降り、雨が降り、木々の芽吹きで山々がほんのりと色づき始めた。女形は何よりも入口のわからない隠れ里で、教えられた道を辿っていっても川と山があるばかり。それをさらに進み、カーブを大きく曲がったところに集落があった。真っ先にとびこんできたのは垂直な空にゆれる女形の耕地。川沿いの道の先に家があり、立ち話をしている人影があった。小中がうたったのはこの天にも届きそうな景観であろう。

女形は秩父の北端に聳える城峯山（じょうみねさん）の西側に拓けた集落で、将門伝説にゆかりの地という。桑やお蚕さんの話をたっぷりうかがって帰る道、振り返るともうすべてが消えていた。わたしは日本を知らないと思う。将門にも秩父事件にも女たちの言い伝えがあることも。

群馬との県境・矢久峠（やきゅうとうげ）

夏の峠（たわ）越えて家あり襤褸あり遂げざるかずかず置き去りにして

『過客』「蠍人」

秩父事件にはたくさんの峠が登場する。伝令が行き交い、人々が走り、攻め込むときにも退くときにも峠を越える。越えたところにはどこでも同じように狭い耕地と集落があった。峠は人々をつなぎ文化と思想を運ぶ道であった。

　この歌にうたわれた峠は、そうした数々の境の道の総称でもあるのだろう。それと同時に下句を読むとき、本部解体後、再起を期して秩父を後にした困民軍の行く手を思わずにはいられない。とりわけ主力部隊が上州群馬と信州佐久との連携を模索してたどった秩父の北端、矢久峠の面影をこの歌は色濃くにじませている。

　下吉田から上吉田へと通じる道をさらに北上すると、過ぎてきた道はたちまち山に閉ざされ、故郷を去りゆく感慨が胸に迫る。

＊襤褸（らんる）は破れた衣、ぼろの意。ここでは貧しい生活の象徴、あるいは、ぼろをまとった人＝困民と考えてもよいかもしれない。

岐れ道に標識が立つが、この先で迷った（2010.2.22）

群馬・十石街道

秋霧の甘楽郡の奥ふかくさびしき時に明日を思へり

『過客』「荒魂」

　矢久峠の奥深い尾根を越えると群馬県南部の青梨という集落に出る。

　山を分けて神流川が流れ、流れに沿って道がある。今では橋梁を国道が走っているが、川岸のところどころに古い道がのこっている。それがかつての十石街道、秩父困民党が群馬の村民をも巻きこみながら十石峠を越えて信州へと転戦した道なのであろう。行政区域としての甘楽郡は今ではもう少し北へ移動しているが、道を歩くとあちこちに「南甘」の文字がみえ、今でも甘楽の呼称がここに生きていることが実感される。

　それにしても「さびしき時に明日を思へり」とは、なんと優しい言葉であろう。左手に秩父の山が背を向けて聳え立つ。やがてその山も見えなくなっていく道を、いく度も振り返りながら歩いた。

十石街道ぞいの清流、神流川（2010.1.16）

信州・佐久（さく）

〈いきばて〉の命のうへを百年のすぎて国権いまだ悪なり

『過客』「女形」

「秩父暴徒戦死者之墓」。土地の人々によって葬られ、碑が建てられた。暗雲迫る昭和8年の建立（2010・1・17）

またここへ戻ってきた。『わがからんどりえ』にうたわれた小海線の歌の舞台。千曲川のせせらぎが聞こえ、八ヶ岳の秀麗な峰を望む。海瀬（かいぜ）、馬流（まながし）、小海、海尻、海ノ口、野辺山へと標高の高まる佐久盆地を南下する。十石峠を越えた農民たちが佐久の人々と合流しながらも、官軍の砲撃を浴びて潰滅し、敗走した道である。

冬の日、高崎から佐久平へ、佐久平から小海線に乗り換えてその道をたどった。何よりもまず激戦地となった東馬流（ひがしまながし）にあるはずの無名戦死者の墓を訪ねよう。秩父の人々が〈いきばて〉と呼んで哀惜した、行方知れずの戦士たちの埋葬地。ふと、この歌にささやきあう声がまじっているような気がした。まっ白い雪の下には今もまだ温かい血が流れているのだ。

上吉田・日尾（ひお）

くさまくら旅のゆくての春がすみ縛されてゆく背のふりむかず

『過客』「女形」

上吉田の耕地。左手山裾に坂本宗作の生家跡と墓がある。日尾はこの西（2010・2・22）

どうしてももう一度秩父に帰ってきたかった。この歌は上句が詠み流したような作風で、まるで春霞のように茫洋としているが、下句を後ろ姿に転じて長い旅の終わりを感じさせる。事件で捕縛された人の数は受刑者だけでも四千人に上るというが、ここに描かれているのはただひとりの姿であろう。

秩父事件を知るにつれ、それがいったいだれなのか、しぜんに焦点が定まっていった。困民党の創設から佐久での敗走まで、すべての行程にかかわり、抵抗の姿勢を崩さず、かつ困難な網を潜って故郷へと帰ってきたただひとりの人物、坂本宗作（刑死）である。

いちばん長い旅をした、この人を介して事件に捧げられた鎮魂歌と思える。日尾は捕縛の地。舞台は春に香る秩父の空である。

東北・仙台

わが生きて寂寥の日を雨に濡れみちのくよりの雁書密けし

『翼鏡』

仙台に着いた翌朝、季節外れの雪が降り、雪はやがて雨に変わった。まるでこの歌が帰ってくるのを待ってくれていたように。ホテルの窓から雪にけむる町が見え、その向こうに、遠く海が見えたとき、ふと自分が雁になって空をとんでいるような気がした。作者のもとに届けられた手紙も、こんな日にここを発ったのだろうか。

この歌は一九八〇年八月に発表され、春から夏にかけての作品を集めた「夕雲」のなかに収められている。雨にぬれた手紙が「私」の寂寥を慰めるのは、それがみちのくの春の訪れを知らせる雨だからであろう。その手紙を雁書とよべばいっそうなつかしく、会いたい人々の顔がまぶたに浮かぶ。小中英之にとって、仙台は若き日の思いをのこす青春の町である。

冷たい雨に変わった春の仙台港。苫小牧行きのフェリーか（2010.4.17）

多賀城・壺碑

むかし、多賀城址にて

青蜥蜴照りて動かずみちのくの化石となるにためらひあらずや

『過客』「蜥蜴」

　薄曇りの午後。仙台の北隣、東北本線の国府多賀城駅で降りると多賀城の史跡はすぐそこにひろがっていた。芭蕉にゆかりの「壺碑」のあるところ。以前そこを訪ねたときのことを回想した歌であろう、と行く前はのんびり構えていた。青蜥蜴にもまだ会えるはずはないのだ。

　ところが、ぶらぶら歩いていって壺碑の建つ小高い丘に登ったとき、青蜥蜴がとつぜん目の前にあらわれたので驚かされた。これこそが、この歌にうたわれた「青蜥蜴」の正体にちがいない。

　それは大きな蜥蜴だった。壺碑のそばに芭蕉の句碑があり、その石面全体に青い大きな蜥蜴が貼りついていたのだ。青みを帯びた石であった。その石の青、桃青（芭蕉を名乗る前の俳号）の青を蜥蜴に転じて、石と化した芭蕉に捧げた哀悼歌であろう。

芭蕉の句碑。壺碑はすぐ左手の鞘堂（さやどう）に安置されている（2010・4・17）

新田（にった）・伊豆沼（いずぬま）

首のべて白鳥は翔ぶ午さがり東北線をくだる抒情よ

『わがからんどりえ』「草上に燃す」

多賀城をさらに北へと東北本線に乗り、新田駅で下車して伊豆沼まで歩いた。伊豆沼は白鳥の飛来地として知られる宮城県中北部の大きな沼で、すぐそばに小さめの内沼がある。訪ねたのは四月半ば、白鳥の旅立ちはすでに終わっているが、それでもいいと思い、病鳥が保護されているという内沼をめざす。沼は木々や丘に遮られ、すぐそこにあるのに、水面が光るのに、なかなか全貌をあらわしてはくれなかった。こういうとき地面を歩く人間の目は無力である。空を見上げてつくづく鳥の目がほしい思う。

　辺りがだんだん夕暮れてきたころ鳴声が聞こえた。その声に導かれて白鳥たちのいる場所へたどり着くことができた。沼はひっそりと淋しく、飛べない鳥たちが首をのばして遠い空を追っていた。

伊豆沼。内沼にたたずむ白鳥（2010・4・18）

釜石（かまいし）・鵜住居（うのすまい）

ひるがへり熱にしのべばみちのくの鵜住居（うのすまゐ）駅吹雪であらうか

『過客』「鬱金の冬日」

鵜住居というゆかしい名前の地区や駅があることを、この歌を読むまで知らなかった。土地の方には申し訳ないことである。鵜住居駅は岩手県南部、東北本線の花巻駅で釜石線に乗り換え、遠野を通って釜石へ出た後、山田線に乗り換えて二つ目の美しい海沿いの町にある。

宿の女将にこの歌をお見せすると、ああ、いらしたんですねえ、いいお歌ですねえ、と感激してくださる。駅舎は近年建て替えられているが、それは海からの風をまともに浴びるため。そうした駅の佇まいが「吹雪であらうか」の言葉に表れているのである。ここは水のきれいな地で、笛吹峠で遠野ともつながっている。海へ出ると数知れぬ鳥の群れ。深い入り江の山々。小中はいつこんな夢のような町へやって来たのだろうか。

＊鵜住居地区と山田線の鵜住居駅は二〇一一年三月十一日の東日本大震災で津波の直撃を受け壊滅的な被害に遭った。女将は九死に一生を得、旅館は復興したが、山田線は廃線となり、駅も線路も消滅した。

夕暮れのプラットホーム（2010・4・18）

室蘭(むろらん)・母恋(ぼこい)

北よりの電話まつ夜をよみがえり死者の恩降る母恋(ぼこい)北町

「地中海」一九六九年十一月号／「こころの彷徨をうたう」

仙台を訪ねた後、小中はその足で北海道へ渡ることがあったらしい。仙台港からフェリーに乗って苫小牧へ出ることもあった。この歌が書かれた当時、実家は室蘭にあったから、苫小牧から室蘭本線に乗ることもあったのだろう。その路線の終着駅室蘭の一つ手前に母恋駅があり、駅に近い南側の一帯を「母恋北町」という。室蘭と山を隔てた静かな町である。

とはいえこの歌は「死者の恩降る」という不思議なフレーズを主調音とし、必ずしも母恋いとはいえない匂いをたたえている。だれからの電話を待っているのだろうか。それは知らなくてもよいことだが、謎に惹かれて駅を降り、歩いていくと地球岬の断崖に出た。「降る」とはもしやこの絶壁のことではないだろうか。

*アイヌ語でボコイは「pok-o-i」（ほっき貝・群生する・所）、チキュウは「chikew」（断崖絶壁）の意。共に知里真志保の説として山田秀三『北海道の地名』（北海道新聞社、一九八四年）にある。

五月半ば、花盛りのプラットホーム（2010・5・13）

稚内（わっかない）・宗谷（そうや）海峡

ながき夜の夢にて見えつ北限の荒涼たるを鳥は渡れり

『過客』「水底」

日本の最北の駅稚内は、小中英之が幼き日、敗戦を迎えた町である。北限の海宗谷海峡は、そのときサハリンからの引揚船が砲撃を浴びて難破した海。小中が青年の日、友人を亡くした海。また本州から飛来してきた鳥たちが、さらに北へと渡っていく海である。

伊豆沼で白鳥に会ったとき、飛び去った仲間の跡を無性に追いかけたくなった。伊豆沼の白鳥がどんなルートをたどるのかは不明だが、小中の眼はまっすぐ北限の海へ向かっているだろう。そこにいる白鳥たちに会いに行こう。稚内空港にほど近い、日本最北の白鳥たちの寄留地。

沼は白鳥の王国だった。かれらはまもなく海峡をこえ、サハリンを経由してシベリアのさらに北、地球の北極点に近い氷原に至る。眼下の海に眠る死者たちの憧れをのせて、新しい命を産むために。

宗谷海峡を望む稚内・大沼の北岸で遊ぶ白鳥たち（2010・4・24）

平取（びらとり）・ハヨピラの丘

ハヨピラの丘に雪降れまむかえどすでに神（カムイ）の顕ちがたくして

「短歌」一九七一年一月号／「わが北のための断片」（54、253）

ハヨピラの丘。降臨地と伝えられる崖の突端（2010・5・14）

北海道日高山脈の西側を流れる沙流川（さる）の流域に、平取という町がある。ハヨピラの丘（チャシ）はその町（本町）の外れ、沙流川に身をつきだすようにして立っている断崖の名で、その昔アイヌの人文神オキクルミが降臨したと伝えられるアイヌ民族の聖地である。

とはいえこの丘が近年たどった歴史と現在の景観とをどのように語ればいいだろうか。言葉にしてはいけないかもしれない。この丘は一九六四（昭和三十九）年以降しばらくの間空飛ぶ円盤飛来の地として話題になり、そのとき建てられた巨大なモニュメントが、今では廃墟と化して頂に日を浴びている。河原のどこからも一望できる光景。だが、その写真をここに掲げるのはやめておこう。そしてただ作者とともに、浄化の白い雪降れと祈りたい。

平取・本町

少年の日におぼえたるユーカラのひとふし剛（つよ）き救ひなりけり

『わがからんどりえ』「幻聴」（24、79、85、144）

小中英之は敗戦後の数年間をここ平取の地で暮らした。一九四五（昭和二十）年、小学校二年生の夏の終わりから五年生の夏までのことで、小中の名を記した平取小学校の学籍簿は、今も当時のまま保存されている。

後年の文章によれば、小中はこの町でアイヌの少年と親しみ、自然の動植物について教えられたという。近所のイヨマンテ（熊祭り）に弟と一緒に招かれて行き、熊が花矢で射られるのを見たり、解体された熊の肉をもらって食べたりした。古老の謡うユーカラも聞いたことであろう。その一節が深く記憶に留められ、口をついて出るとき、それは光となって自分の進むべき道を照らしだすのだ。

イヨマンテのあった場所を訪ねると、裏山を小学生の一団が通りかかった。幼い頃、小学校への行き帰りに小中も通った道である。

小中の寓居先だった裏手の一画。このすぐ左手に平取病院がある。裏道を小学生の通るのがわかるだろうか（2010・5・16）

平取・旧小学校

黒曜の石の矢じりを愛しみては少年の日の春の手のひら

『わがからんどりえ』「夢の頭」(39)

資料によれば黒曜石は旧石器時代の遺跡で、平取にも多数の出土がある。本格的な発掘調査が行なわれたのは後年のようだが、小中が通った旧小学校の裏の畑では当時黒曜石がいくらでも出土して、子どもたちはそれを自由に採ることができた。鋭い切片をもつ光沢のある黒曜石のかけらは、孤独な少年の宝物になったことであろう。握りしめれば手のひらは血を噴く。その痛みも含めて少年の日を愛おしんでいる歌である。

案内していただいたT氏によれば、黒曜石が出土した裏の畑はすでに地形が変わっていて、「見たくても、数メートルも大地が削られて、もうない」のだそうだが、思わず写真を撮ってしまった。辺りは春の香りに包まれて、その日のままに輝いていているようにみえた。

平取小学校旧校舎裏の畑跡(2010.5.16)

平取・沙流川

鴉の子奪はむとしていたづらに少年の日は夜半をおそれず

『翼鏡』

沙流川。手前に広い河原、正面は新平取大橋（2010・5・14）

平取小学校に通っていた子ども時代。同級生だったアイヌの少年と学校帰りに沙流川の河原へ寄り道したことがあった。河原には猫柳が乱立し、枝の間にはいくつも鴉（からす）の巣がかけられていた。巣のなかには雛がいるらしく鳴き声がきこえる。けれども、雛をつかんで木から降りてきたとき、それまで黙って見ていた少年がすばやく雛を奪うと巣のなかに返してしまった。そして、あっけにとられている「私」に、「罰があたる」と言うとさっさと歩きだした。

アイヌの自然観では自然の生物は草も木も動物もみな神（カムイ）であり、黙って冒せば罰を受ける。今から何十年も前の春の日、沙流川の河原での一瞬の出来事だが、そのとき少年から教えられたことを小中は重く受けとめ、生涯忘れなかった。

平取・霞の橋

心臓発作、狭心症にてすむ。

春までの幾夜かこよひ眼をとぢて霞の橋（ウララ・ルイカ）とつぶやきにけり

『過客』「雑之歌三」（45）

五月になると沙流川流域の山々に白く淡く木の花が咲きはじめる。白いのは辛夷（こぶし）の花。薄紅色は桜の花。その花のかたまりは、やさしくも力にみちて山のあちこちに燃え、赤くけぶる新芽の木々と連なって霞の帯を架け渡しているように見える。「霞の橋」がなにをさしているのかは必ずしも明瞭でないが、おそらくは地上から天上へのかけ橋。少なくとも実際の橋の風景より、新しい季節の鼓動を伝えるこの花の景観がふさわしい。

日本語の「霞の橋」がもつ茫洋としたイメージに比べると、アイヌ語の「ウララ・ルイカ」には弾むようなリズムと明るさがある。生命のよみがえりを言祝ぐ心が作者にこの言葉を選ばせたのであろう。それは同時に、わが身の闇に自然の力を呼び戻そうとする内心の祈りの声でもあったにちがいない。

新芽にけぶる春の野山（2010.5.16／平取）

平取・日高山脈

日高山脈ふもとに棲みしふたとせがわが人生を支配してをり

『過客』「自照」（48、86）

日高山脈を東にのぞむ。中央の尖った山が最高峰の幌尻岳（2010・5・14）

平取へは日高本線に乗り、富川でバスに乗り換える。今年（二〇一〇年）再訪したときには苫小牧から直通バスを利用した。海沿いの道から沙流川を遡行する道に入ると風景は左右に開け、正面に日高の山々を遠望しながらバスはひたすら沙流川に沿って東上する。美しいシシリムカ（沙流川の古名）。昔と同じではないとわかっていても、思わずそう呟きたくなる。初めてこの地に着いたとき、少年はどんなことを思っただろうか。

歌には「ふたとせ」とうたわれているが、実際には三年近くの間、小中は少年期のデリケートな時代を平取で過ごした。そして、この地に恋をしたのだと思う。初めはそれと気づかずに。その恋は大きく育っていった。晩年とよぶにはあまりに早い一九九一年四月、作者五十三歳のときの作である。

栃木県佐野市・龍江院（りゅうこういん）

いまわれの昏迷うたはず旅に出ず貨狄尊者を夢見まどろむ

『過客』「家」

小中の歌をめぐる最後の旅は、海へ出ようと思っていた。この歌の貨狄（かてき）尊者はオランダからの流れ者。太平洋をさまよい、一六〇〇（慶長五）年三月、九州豊後国に漂着したオランダ船リーフデ号の船尾に飾られていたというエラスムス像の和名である。帽子を被り手に長い巻物をもった木彫のその像は、関ヶ原の役、島原の乱を経て幕府の御家人であった牧野氏の手に渡り、九州からはるばる東国へ運ばれて、牧野氏の菩提寺である龍江院に納められた。見慣れぬ風貌のせいか、土地の人からはアズキトギ婆（水辺で小豆を研ぐ妖怪）ともあだ名されて怖がられたという。

長い船路の果てに日本の山国の伝承の世界に入りこんだカテキ様の数奇な運命を、歌人は慈しんだことであろう。願わくば自分もこのまま波に運ばれて、見知らぬ国をさまよいたいと思うのだ。

赤城おろしの冷たい風が吹く（2011.1.30）

ダージリン

無花果のしづまりふかく蜜ありてダージリンまでゆきたき日ぐれ

『翼鏡』

意味を忘れてうっとりさせられる、そんな世界の代表選手のような歌である。熟れた無花果の実の甘ずっぱい香りがダージリン紅茶の甘い香りと溶けあって、インドの奥深くに抱かれたダージリンの町をしのばせる。この歌の魅力はそんな奥行のある香りのハーモニーに、「イチジク」「シヅマリ」「ミツ」「ダージリン」と連なる音のハーモニーが加わって、まさにしづまりふかく眠っている人の心の深層に、蜜のような快の感覚をよびおこすところにある。

ダージリンはどこにあるのかと問われたら、それはわたしの心のなかに、それとも大きな葉に覆われた無花果の木の闇のなかに、と答えよう。そうして耳をすませていると、ダージリン行きの列車の音が遠くきこえてくるのである。

東京・武蔵野市の市街地でイチジクの木を見つけた(2010・10・12)

アトランティス

アトランティス沈みし泡のひとつとし巨いなるかな夜の向日葵

『過客』「秋」

有史以前のはるかな昔、海に沈んだと伝えられるアトランティス大陸は、人々が豊かに暮らす美しい島であったという。子どもの頃、世界の不思議をあつめた本のなかでその話を読んだとき、街の水没するイメージが、自分の経験した水害の出来事と重なって怖ろしく、人々の阿鼻叫喚の声がきこえて眠れなかった。大陸が沈むということは、そこに生きていたものがみな死ぬということである。

この歌は、その喧噪が過ぎ去った後の静かな夜の世界。作者の意識のなかで時間は連続し、アトランティスは世界の終末を予告する現在の鏡のように感じられているのではないだろうか。その空に、海底から噴きあげるこの世への尽きせぬ挽歌のように、白い茎をのばして向日葵（ひまわり）の花が咲いている。

北海道の空に咲く帯広の向日葵（2010・9・26）

新羅（しらぎ）

萩おぼろ古代甘良（かんら）の月光にしのぶと舞ひし新羅人はや

『過客』「荒魂」

水辺の萩（2010・10・11／東京・向島百花園）

「古代甘良」は後に甘楽と表記されるようになった、秩父事件にも登場する群馬県南部の地名である。甘良のカンは韓（ハン）に通じ、遺跡や文献などからもその昔、渡来の人々によって営まれた地であったことが明らかにされている。

山々に囲繞（いにょう）されたその地を舞台に、萩に月光を配し、新羅人の舞う姿を思いうかべた華麗な歌。芭蕉の「一つ家に遊女も寝たり萩と月」もふまえられているのであろうか。それと同時にここには音楽が流れ、「しのぶと舞ひし」と表現されているように、舞う人の望郷の思いが託されている。

見上げる空に煌々とかがやく月は海を照らし、海の向こうの故郷をも明るく照らしていることであろう。萩はそのとき、山峡に波うつ暗い海のきらめきである。

革命広場

ぎんなんの散らばりてゐん革命をいへば必ず広場のありて

『過客』「銀河」

　この歌を読んだとき東大の銀杏(いちょう)並木が思いだされた。フランスのコンコルド広場、ロシアの赤の広場、中国の天安門広場、秩父事件の椋神社の境内など、革命にはたしかに人々の集まる広場が必要だ。ぎんなんの季節を思えば、この歌で追想されているのはロシアの十一月革命（ロシア暦では十月革命）と、十一月決起の秩父事件であろうか。その季節はまた一九六九（昭和四十四）年一月に崩壊した東大闘争が最終局面を迎えようとしていた時期でもある。

　小中が東大のある本郷界隈を散策するようになったのはそれより後のことと思われるが、当時構内はいまだ荒廃した姿のまま、秋になると銀杏だけが美しく黄金色に燃え盛っていた。そこを通るとき、かつて踏み潰されたぎんなんの香に強く鼻孔を衝かれるのだ。

東大本郷の構内。ここは本郷通りから言問（こととい）通りへの抜け道で筆者もよく利用させてもらった。銀杏の黄葉がなつかしい。が、広場はもうどこにもない（2010・11・18）

ベタニア

ベタニアに咲く花知らずいつまでも木に咲く花を仰ぎてゐたり

『過客』「幻花」

　ベタニアは聖書に出てくる地名である。今も在るのかどうかはわからないが、地中海に近いエルサレムの東側に位置する、病者の集う貧しい村であったという。福音書によれば、イエスはしばしばこの村に逗留して教えを説いた。病むゆえに愛された町であり、最後の晩餐の前夜、イエスが人々と最後の夜を過ごした町である。
　別の福音書によれば、そこはまたイエスの試みにあって無花果の木の枯れた町でもある。その枯れた奇蹟を信じよとイエスは言う。苦しみに終わりはなく木に花の咲く日は永遠に来ない。けれどもそのなかにこそ救いはあるのだというごとく。小中には聖書に取材した作品が何首もあるが、とりわけこの歌には自身の境涯が重ねられていて痛切である。一九九八年七月、最晩年の作。

春を告げる辛夷の花。白い花びらが空に飛び立つ鳥の翼のようだ（2010.5.14／平取）

あとがき

本書は、小中英之の短歌を読むことから始まった、アイヌの世界をめぐる旅の記録である。

旅、と呼ぶのはほかでもない。そのとき、アイヌモシリはわたしにとって未知の大地であった。いま思えば、とうぜん知っていなければならなかったさまざまな出来事についてもなにも知らず、そこへ行くことは、自分の目と足とで、最初から一歩一歩踏みしめながらさまよい歩く経験にほかならなかったからである。そのなかで知ったこと、学んだことをそのつど文章に書きとめてきた。それは自分の足跡をたしかめながら、歩みをさらに先へとつづかせるために、たどらなければならない道であった。

だから、本書は、いうならば自分自身のための備忘録のようなものである。また、わたしに詩想を与え、教え導いてくれたたくさんの先人たち、同行の人々へのささやかな感謝の花束のようなものである。一読していただければ明らかなように、本書は思いの書であり、いかなる主義主張も含むものではない。書名に「アイヌ文学」という言葉を用いたのも、そのようなジャンルを立てるためではなく、ただ、多く見過ごされているかにみえる大切な歌人・作家のいることを、目に見えるかたちで示したいと考えてのことである。かつて佐々木昌雄が言ったように、「形容句のない私からはじまらねばならなかったはずの私」に連なるところにわたしも立ちたいと願っている。

本書には、二〇〇六年から二〇一七年までのあいだに書き継いできた文章を収めた。手探りの、ゼロからの出発であったから、知る人にとっては言わずもがなの内容も多く含まれているにちがいない。くり返しになってくどく感じられる部分もあるかもしれないが、それらを切り捨てることはせず、そのときどきにおいて感じたこと、考えたことを、そのままのかたちで提出した。

巻末に付した「本書関係年表」は、本書に登場する作家と事項を中心にまとめたものである。「まえがき」でも述べたようにいささか変則的な作り方になっているが、参考になればと思って作成した。言うまでもないことだが、それも含めて、本書に関する内容的な責任のいっさいは筆者にあることをお断りしておく。

道中では、多くの方々のご助力とご協力をいただいた。なによりもまず小中英之が過ごした平取について直接の導きとなってくださった同地のT氏と、小中の小学校の同級生であった故・宮北禮造氏にお礼を申し上げる。また、本文でも触れたように、鳩沢佐美夫とともに「日高文芸」を立ち上げ、鳩沢亡きあともその遺稿を守ってこられた詩人の盛義昭さんには、鳩沢のことだけでなく、アイヌ語地名のこと、「アヌタリアイヌ」の活動や佐々木昌雄のことも含めて、貴重なお話をたくさん聞かせていただいた。夫人の額谷則子さんと一緒に、鳩沢の実家を訪ねたり、立入禁止の廃墟となっているハヨピラの丘にもぐりこんだりしたことも忘れがたい。冷たい川風をまともに浴びるその丘の裏側に、小さなソラチコザクラの花が咲きはじめたころであった。またの年の春、野山に分け入って、山菜採りの心底からの楽しさと、隔てのないアイヌの心を教えてくださった、様似（さまに）の熊谷カネさんにも心よりお礼を申し上げる。熊谷さんはアイヌのマタギとして知られる岡本惣吉氏（一八八七〜一九六〇年）の末娘である。

東京では、なにもわからず飛びこんだわたしを温かく迎えてくださった、「銀の滴購読会」（アイヌ語の学習と聴覚資料の解読をしている。一九九一年発足）のみなさん、とりわけ講師の平田篤史さんと成田英敏さんには、アイヌ語だけでなく、アイヌの生活や文化についてのさまざまな事柄を一から教えていただいた。平田さんは縄文作家、成田さんは漫画家で、アイヌの文化と地続きの仕事をしておられる。また、巻末年表の作成にあたっては、歌人の梓志乃さんにお世話になった。梓さんは「芸術と自由」という新短歌の砦を守っておられる方で、今回とくに年表中に取り入れた戦前までの口語短歌、自由律短歌の動向について教えていただいた。文学史上でのこのような動きは、違星北斗の活動と見えない糸でつながっている。取り上げられることは少ないが、見直されてほしいことである。

小中英之の実弟の小中禎之氏、小中の師であった故・石川浩先生、小中の友人であった江差の梅津惣平・妙子夫妻、仙台「路上」の佐藤通雅氏には、早い時期からさまざまな面でお世話になり、多くのことを教えていただいた。改めて感謝を申し上げる。そういえば、二〇〇六年の春にはじめて平取を訪ねたとき、直前に札幌で石川先生にお会いして「わが北のための断片」の初出のコピーをお見せしたのだった。そのとき先生はすこし驚いたようなご様子で、それがたしかにアイヌの世界をうたったものであることを教えてくださった。先生は日本史の教師で、知里高央（たかなか）氏（知里幸恵の弟）や萱野茂氏とも交流があった。先生の言葉はわたしの迷いを吹き払った。本書に収めた「沙流川のほとりで」と『わが北のための断片』考」の章はそこから始まったのである。先生はそのときすでにご病気で、翌年の七月に亡くなられた。前者は読んでくださったが、後者はもう間に合わなかった。いま思いだすままに、そんなことも書きとめておきたい。

本書がこのような形でまとめられたことについては、新評論の山田洋氏と、友人の樋口桂子さんの助力によるところが大きい。

当初、わたしは、それまで書きためていた文章を、ただ自分の記録として形にしておきたいと考えていた。そのときにはまだ、「小中英之歌集『わがからんどりえ』の生成」と「バチラー八重子頌『若き同族(ウタリ)に』小論」の章は書いていなかった。「途絶の足音 佐々木昌雄ノート」の章も書きさしのままにしていたと思う。考えになかったのではない。それまでの探索のなかで道筋は見えるようになっていたし、どういうことが書きたいのか、はっきりしたイメージもあったのである。ただ、それをどのように表現すればよいのか、わからなかった。だから、ここまでにしておこうと思ったのである。

けれども、そこからなにが起こったのかは、自分でもよくわからないのだが、結論をいえば、書くことにしたのである。決心するのにそれほど時間はかからなかった。書き終えるまでの時間もそれほどかからなかったと思う。それらはみな二〇一六年末から二〇一七年にかけてのことである。

こんな裏話のようなことをここに書くのは、この後出会った新評論の山田洋氏の炯眼に心底驚かされたからである。

山田氏は、拙稿を読んで筆者の意図を正確につかんでくださっただけでなく、本文に時折出てくる、こんな裏話をまじえたような書き方を了としてくださった。そのうえさらに、筆者がこっそり隠しておいたつもりの秘密の小箱を見つけて、それを見える場所へ出してしまってはどうかとおっしゃったのである。わたしには目の覚めるようなアドバイスで、ありがたく頂戴した。このことは先ほどあげた三編の書きがたさとつながっている。境界を越えるための韻律と形式（短歌）のドラマ。本書ではそこまでのことは考えていなかったが、道標は立てておこうと思った。この一冊に留まらない宝物をいただいた。その他の多くのことも合わせて心よりお礼を申し上げる。

樋口さんは、学生時代からの遊び友だちで、つい最近『日本人とリズム感「拍」をめぐる日本文化論』（青土社、二〇一七年）というユニークな著書を出したばかりの畏友である。彼女はとにかく、この迷いと決断の苦しい時期をああだこうだと言いながら伴走してくれたことが、わたしにはなによりもありがたかった。書き終えたときにはすべてに目を通してくれて、適切な指摘とアドバイスをいただいた。大きな声で聞こえるように「ありがとう」と言いたい。

最後に、本書を飾る素晴らしいアイヌ刺繍作品の作者、浦川（榎本）真喜子さんと、提供者、公益財団法人アイヌ民族文化財団、ならびに財団のスタッフの皆さん、それを斬新な装幀に仕上げてくださったデザイナーの山田英春氏に深く感謝申し上げる。ここには触れられなかった多くの方々の力もお借りして、ともかくも、自分のなかの茫洋としていた思いがかたちになったことをよろこびたい。

小中さんと八重姉様、早世した北斗と佐美夫の墓前にささげる。

二〇一八年四月十六日

天草季紅

本書関係年表

年	近代アイヌ文学の流れ	近代短歌の流れ／小中英之年譜（太字）	参考事項
1869［明2］		宮中の侍従候所で歌道御用を取り扱う（88年、「御歌所」の始まり）	8月、蝦夷地を北海道と改称
1870［明3］		歌会始復興	
1871［明4］		宮内省に歌道御用掛を設置	4月、「戸籍法」公布、アイヌを平民に編入し、和人姓への改姓を強制。以後、アイヌの生活習慣（入墨、男子の耳輪、狩猟法等）の禁止、居住地の強制移転、鮭鱒漁の禁止令等相次ぐ
1874［明7］		歌会始への一般の詠進始まる	
1877［明10］		東京大学創設	
1879［明12］			4月、琉球藩［72年設置］を廃し、沖縄県を設置（琉球処分［72～79年］）この年、英国宣教師ジョ

			ン・バチラー北海道の有珠・平取（びらとり）訪問、平取のペンリウク首長宅に起居しアイヌ語を学ぶ。アイヌへの伝道の始まり
1882［明15］	5月5日、金田一京助、盛岡市に生まれる	東京大学に古典講習科設置。『万葉集』を、「天皇とともに民が和歌を作る」という、事実とは異なる万葉像のもとに新しい国学の基礎文献とした ※1 8月、外山正一・谷田部良吉・井上哲次郎『新体詩抄』（出版者・丸家善七）	
1884［明17］	6月13日、**バチラー八重子**（本名・向井フチ、後・向井八重子に改名）、北海道胆振国有珠郡有珠村（現・伊達市有珠町）に生まれる		11月、秩父事件
1887［明20］		7月、小中村義象・萩野由之ら『国学和歌改良論』（出版者・吉川半七）	
1888［明21］		6月、御歌所設置。	
1889［明22］	6月、ジョン・バチラー『蝦和英三対辞書』（北海道庁、復刻版は国書刊行会より1980年刊） ※2	9月、佐佐木弘綱「長歌改良論」（「筆の花」）	2月、「大日本帝国憲法」発布 3月、アイヌの食糧分として許されていた鹿猟を禁止

年	近代アイヌ文学の流れ	近代短歌の流れ／小中英之年譜（太字）	参考事項
1890［明23］		3月〜『日本文学全書』（校注は落合直文・小中村義象）、10月〜『日本歌学全書』（校注は佐佐木弘綱・信綱）、共に博文館より刊行開始。憲法発布直後の画期的事業であったという ※1	6月、バチラー、幌別村に愛隣学校設立（校長・金成太郎）
1891［明24］	八重子（7歳）、バチラーより洗礼を受ける		
1892［明25］			11月、バチラー、函館にアイヌ学校設立
1893［明26］		2月、落合直文「あさ香社」結成	
1894［明27］		5月、与謝野鉄幹「亡国の音」（「二六新報」）	8月、日清戦争［〜95年］
1897［明30］		12月、正岡子規「ほとゝぎす」（句誌）創刊	
1898［明31］		2月、佐佐木信綱「心の花」創刊 2月〜3月、子規「歌よみに与ふる書」（新聞「日本」）	1月、全道に徴兵令施行 12月、政府、衆議院に「北海道旧土人保護法案」提出
1899［明32］		3月、子規「根岸会」結成 4月、信綱「竹柏会」第1回大会開催 11月、鉄幹「東京新詩社」設立	3月、「北海道旧土人保護法」公布［4月施行］
1900		4月、鉄幹「明星」創刊	

[明33]			
1901 [明34]	12月末、**違星北斗**（本名・違星瀧次郎）、北海道余市郡余市町（現・余市市）に生まれる（戸籍上の日付は出生届の出された翌年1月1日になっている） ※3	8月、与謝野晶子『みだれ髪』（「新詩社」）	3月、「旧土人教育規程」公布［4月施行］（アイヌの児童に簡易教育を行なう）
1902 [明35]		9月、子規死去（36歳）	
1903 [明36]	6月8日、**知里幸恵**（ちり・ゆきえ）、北海道幌別郡幌別村（現・登別市幌別）に生まれる	6月、伊藤左千夫、根岸短歌会を継ぎ、「馬酔木」創刊［〜08年1月］	
1904 [明37]		11月、正岡子規遺稿『竹の里歌』（高浜虚子編、俳書堂）	2月、日露戦争［〜05年］
1905 [明38]		5月、石川啄木『あこがれ』（小田島書房）	1月、血の日曜日（ロシア） 9月、ポーツマス条約により北緯50度以南の樺太を日本領とする
1906 [明39]	7月、金田一、北海道で初のアイヌ語の調査。 10月、八重子（22歳）、ジョン・バチラー／ルイザ・バチラー夫妻の養女となる	12月、青山霞村『池糖集』（口語歌集の嚆矢、出版者・草山盧）	
1907 [明40]	4月15日、知里高央（たかなか）、幌別村に生まれる。幸恵の弟	3月〜、森鷗外「観潮楼歌会」を主宰する	
1908 [明41]		4月、啄木上京し、金田一京助の下宿先に住む（本郷菊坂町）	

年	近代アイヌ文学の流れ	近代短歌の流れ／小中英之年譜（太字）	参考事項
		10月、左千夫ら「阿羅々木」創刊（2号より「アララギ」） 11月、「明星」終刊	
1909［明42］	2月24日、**知里真志保**（ましほ）、幌別村に生まれる。幸惠の弟。この秋、幸惠は北海道近文（ちかぶみ）のコタンで聖公会の布教活動をしていた母方の伯母金成（かんなり）マッに預けられ、祖母モシノウクとの三人暮らし始まる	5月、北原白秋ら「スバル」創刊 11月～12月、啄木「食うべき詩」（「東京日日新聞」）	
1910［明43］		8月、啄木「時代閉塞の現状」（存命中未発表） 10月、尾上柴舟「短歌滅亡私論」（「創作」／短歌滅亡論の嚆矢） 12月、啄木『一握の砂』（東雲堂）	5月、大逆事件 8月、韓国併合
1911［明44］			9月、平塚らいてう「青鞜社」結成 10月、辛亥革命（中国）
1912［明45／7・30～大1］		4月13日、啄木死去（27歳）	
1913［大2］	11月、山辺安之助『あいぬ物語』（自叙伝、金田一京助編、博文館）	1月、白秋『桐の花』（東雲堂） 6月、啄木『悲しき玩具』（東雲堂）	

1914［大3］		10月、斎藤茂吉『赤光』（東雲堂） 10月、西出朝風「明日の詩歌」（口語歌）創刊	6月、サラエボ事件 7月、第一次世界大戦始まる［〜18年］
1916［大5］	幸恵、尋常小学校を卒業、北海道立旭川高等女学校を受験するが不合格となり、上川第三尋常高等小学校に入学		12月、第二次「旧土人児童教育規程」公布
1917［大6］	幸恵、旭川区立女子職業学校に合格し、入学		11月、ロシア十月革命
1918［大7］	金田一、この夏、近文のコタンに金成マツ、モシノウクを訪ね、15歳の幸恵と初めて会う	8月、京都にて「露台」（自由律口語短歌）創刊	8月、開道五十年記念博覧会
1919［大8］			3月、三・一独立運動（朝鮮） 5月、五・四運動（中国）
1920［大9］	幸恵、女子職業学校を卒業。気管支カタルを病む。		
1921［大10］	幸恵、4月より「アイヌ伝説集」ノートを金田一に送る。近文での暮らしに弟の真志保が加わり四人となる		1月、宮沢賢治、花巻より上京、本郷菊坂町に下宿し国柱会の活動に身を投じる［〜8月］
1922［大11］	5月、幸恵上京し、金田一宅（本郷森川町1丁目）に住む 8月、幸恵、心臓病を発病。『アイヌ神謡集』の校正を終え、9月18日、心臓		4月、「旧土人児童教育規程」廃止（アイヌ子弟への教育を一般基準に準拠させる）

年	近代アイヌ文学の流れ	近代短歌の流れ／小中英之年譜(太字)	参考事項
	麻痺で急逝(19歳)。東京・雑司ヶ谷の墓地に葬られる(75年9月、登別の墓地に改葬)		12月、ソビエト社会主義共和国連邦成立
1923［大12］	8月、**知里幸恵遺稿『アイヌ神謡集』**(郷土研究社)	4月、清水信「郷愁」(口語短歌)創刊	9月1日、関東大震災。亀戸事件 この年、バチラー、平取幼稚園(現・バチラー保育園)創立
1924［大13］	八重子(40歳)、この年から幌別教会勤務［〜27年］	4月、白秋ら「日光」創刊 この年、並木凡平、「小樽新聞」に「口語短歌欄」をもうける	6月、築地小劇場開設
1925［大14］	2月、北斗(23歳)、上京し東京府市場協会に就職、金田一京助、後藤静香らの知遇を得る	5月、西村陽吉ら「芸術と自由」創刊、口語派・自由律短歌運動の中心となる 同月、釈迢空『海やまのあひだ』(改造社)	
1926［大15／12・25〜昭1］	6月15日、**萱野茂**、北海道沙流郡平取(びらとり)村大字二風谷(現・平取町二風谷)に生まれる 11月、北斗(24歳)、東京より北海道に帰る	3月、鳴海要吉「新緑」(口語歌)創刊 7月、迢空「歌の円寂する時」(「改造」)	
1927［昭2］	八重子(43歳)、平取教会勤務 北斗(25歳)、平取村でジョン・バチラーの創設した平取幼稚園(現・バチラー保育園)を手伝う	12月、凡平「新短歌時代」(口語歌)創刊	7月、芥川龍之介自殺(35歳)

1928［昭3］	8月、北斗、**同人誌「コタン」**創刊、巻頭に幸恵遺稿『アイヌ神謡集』「序」の全文を冠す 10月、北斗、「小樽新聞」の「口語短歌蘭」に入選、選者であった並木凡平と交流をもつ 北斗(26歳)、売薬行商に従事し、道内をめぐる。発病し、余市の実兄のもとに身を寄せる	4月、前田夕暮「新短歌提唱」(「詩歌」)	
1929［昭4］	1月26日、北斗、余市にて死去(27歳)	11月、飛行機での空中競詠(夕暮・茂吉ら、朝日新聞社)	10月、ニューヨーク株式市場大暴落、世界恐慌始まる
1930［昭5］	5月、『**違星北斗遺稿　コタン**』(初刊、希望社出版部、発行者・後藤静香)	1月、迢空『春のことぶれ』(四行書、梓書房) 2月、石原純「短歌創造」(新短歌)創刊 7月、前川佐美雄『植物祭』(素人社書屋)	
1931［昭6］	1月、金田一京助『アイヌ叙事詩　ユーカラの研究　一・二』(東洋文庫) 4月、**八重子**(46歳)**歌集『若き同族**(**ウタリ**)**に**』(竹柏会、発売元・東京堂)		9月、満州事変
1932［昭7］		3月、逗子八郎「短歌と方法」(新短歌)創刊	3月、満州国建国
1935［昭10］	8月8日、**鳩沢佐美夫**、北海道沙流郡平取村大字荷菜村八番地(現・平取町去場)に生まれる(実際の出生日は7月25		

年	近代アイヌ文学の流れ	近代短歌の流れ／小中英之年譜（太字）	参考事項
	日という） ※4		
1936［昭11］	4月、八重子（51歳）の養母ルイザ・バチラー、札幌にて死去（92歳） ※5 11月、金田一京助採集・訳『ユーカラ』（岩波文庫）		2月、二・二六事件
1937［昭12］	7月、森竹竹市詩集『原始林』（ピリカ詩社） この年、有珠にバチラー夫妻記念堂設立	**（0歳）9月12日、小中英之、京都府舞鶴市に生まれる。以後、横須賀、久里浜と軍港の町を移り住む**	3月、「旧土人保護法」改正公布［7月施行］ 7月、盧溝橋事件 12月、南京事件
1938［昭13］	10月、ジョン・バチラー『アイヌ・英・和辞典』（前掲『蝦和英三対辞書』の増補改訂第四版／81年、岩波書店より復刊） ※2		
1939［昭14］			9月、ドイツ軍、ポーランド侵攻、第二次世界大戦始まる［～45年］
1940［昭15］	12月、バチラー離日（カナダへ。後にイギリスに帰国） 八重子（56歳）、有珠に住む	8月、斎藤史『魚歌』（ぐろりあ・そさえて） 11月、合同歌集『新風十人』（八雲書林）刊行。筏井嘉一・加藤将之・五島美代子・斎藤史・佐藤佐太郎・館山一子・常見千香夫・坪野哲久・福田栄一・前川佐美雄が参加。評論家の菱川善夫	10月、大政翼賛会発足

		は、「危機時代の美意識の成立」という観点から、ここを「現代短歌」の起点とした ※6	
1941〔昭16〕		5月、中野嘉一「短歌の性格と内在律」（「詩歌」） 9月、凡平死去（50歳）	12月8日、日本軍、ハワイ真珠湾攻撃、アジア・太平洋戦争始まる
1942〔昭17〕			5月、日本文学報国会結成 12月、大日本言論報国会設立
1944〔昭19〕	4月、バチラー、イギリスにて死去（90歳） ※5 佐美夫（9歳）、脊椎カリエスと診断される	**（7歳、以下誕生月の年齢）4月、横須賀市立久里浜小学校入学** **11月、父の赴任により北海道稚内に転居する**	
1945〔昭20〕		**（8～11歳）8月15日の敗戦の後、北海道沙流郡平取村に転居し、父方の親戚の旅館に寓居。平取村立平取小学校2年に転入。小学5年の夏まで。「平取では初めてアイヌの少年たちと自然に遊び、植物、動物などを知るきっかけとなり、素朴な（観光用ではない）熊祭りを見て驚く」と自筆年譜（93年）に記す**	8月6日、広島に原爆投下 8月9日、長崎に原爆投下 8月15日、日本、ポツダム宣言受諾、無条件降伏
1946〔昭21〕			2月、北海道アイヌ協会設立 11月、「日本国憲法」公布［47年5月施行］
1948〔昭23〕		**（11歳）8月、父の運輸省勤務のため、小樽市へ移る**	8月、大韓民国建国 9月、朝鮮民主主義人民共

年	近代アイヌ文学の流れ	近代短歌の流れ／小中英之年譜（太字）	参考事項
			和国建国
1949［昭24］			10月、中華人民共和国建国
1950［昭25］		**（13歳）3月、小樽市立色内小学校卒業 4月、釧路市に移り、釧路市立弥生中学校に入学**	6月、朝鮮戦争始まる［53年7月、休戦協定］
1951［昭26］			9月、サンフランシスコ講和会議、日米安全保障条約調印
1952［昭27］		**（15歳）2月、檜山郡江差に移り、江差町立江差中学校に転入**	
1953［昭28］	佐美夫（18歳）、平取病院に肺結核で入院	**（16歳）4月、北海道立江差高校入学、演劇部に所属し顧問の石川浩を知る。石川は安東次男の友人で句誌「楕円律」の俳人**	
1954［昭29］	知里高央、江差高校に英語の教師として赴任。石川浩と同じ公宅に住み、高央が亡くなるまで交流があった　※7	**（17歳）3月、石川浩宅にて、ルポルタージュ「にしん」の取材のため来道した、詩人の安東次男に会う 高校2年生のとき、脚本「祭りの前」が北海道民放（HBC）の高校ラジオ・ドラマ・コンクールで脚本賞を受賞**	3月、第五福竜丸、ビキニ環礁で被爆
1955［昭30］			3月、北海道、熊祭り禁止を通達

1956 [昭31]		(19歳)3月、江差高校卒業。若年性高血圧症により半年病臥	
1957 [昭32]		(20歳)4月、東京の文化学院文科に入学。石川浩の紹介により改めて安東次男を訪ねる。新宿区戸山町の松田アパートに住む	
1958 [昭33]	佐美夫(23歳)、平取病院に入院、以後60年まで病棟での療養生活が続く	(21歳)3月15日、劇作家久保栄自殺。その衝撃により文化学院を中退。後、「ぶどうの会」(主宰・山本安英)の研究生等を経て人形劇の仕事に携り、NHKテレビ人形劇「チロリン村とクルミの木」の人形遣いとなる	
1960 [昭35]	佐美夫(25歳)、日高文学会に入会	4月、安東次男詩集『CALENDRIER』(書肆ユリイカ)	安保闘争 5月、衆議院本会議で新安保条約強行採決 12月、岸上大作自殺(21歳)
1961 [昭36]	6月9日、知里真志保、死去(52歳)	(24歳)短歌結社「短歌人会」に入会、7月号より短歌作品が掲載されている	4月、北海道アイヌ協会を北海道ウタリ協会と改称
1962 [昭37]	4月29日、八重子、京都旅行中に倒れ、死去(77歳)。翌月、自宅で葬儀、有珠に墓碑が建つ	(25歳)この年、斎藤史「短歌人会」を脱会し、長野にて「原型」創刊 「斎藤史脱会に衝撃を受くも、あえてとどまる」と後年、自筆年譜(93年)に記す	
1963 [昭38]	8月、佐美夫(28歳)「証しの空文」(「山音」33号)	(26歳)この年、結核を発病、『チロリン村とクルミの木』の出演を退く	

年	近代アイヌ文学の流れ	近代短歌の流れ／小中英之年譜（太字）	参考事項
1964［昭39］	7・9月、佐美夫（29歳）「**遠い足音**」（「山音」38・39号）	**（27歳）**2月～11月、結核療養のため江差**町に帰省** 2月～翌年3月、「**十七歳**」「**十九歳**」「**二十一歳**」「**二十三歳**」（「短歌人」） 8月、「**獣魂祭前後**」十首（同）	
1965［昭40］	8月25日、知里高央、死去（58歳）、厖大なアイヌ語のカードが遺された（67年、故知里高央遺稿整理保存会により、知里高央遺稿『アイヌ語語彙』として刊行）	**（28歳）この頃、友人を失う。宗谷海峡での自死であった（エッセイ「午後の時雨」（「短歌」76年10月）による）**	
1966［昭41］		**（29歳）**9月、「**八月についての試論**」二十首（「短歌人」） 10月、「**混声合唱**」九首（「短歌」）	5月、中国、文化大革命
1967［昭42］	1月、佐美夫（31歳）、平取病院から失踪、このとき有珠の八重子の墓に詣でたという	**（30歳）**1月～「**短歌人**」**編集委員**（～92年12月）。**北区西ヶ原1－14－6に転居**	4月、小笠原諸島返還協定
1968［昭43］	平取町二風谷に、北斗の歌碑が建つ **佐々木昌雄詩集『呪魂のための八篇より成る詩稿　付一篇』**（仙台・深夜叢書社）	**（31歳）**1月、「**反恋歌**」二十三首（『律'68―短歌と歌論』）	9月、北海道百年記念式典
1969［昭44］	1月、「**日高文芸**」発足。編集責任者・佐**美夫**（33歳） 3月、佐美夫、同創刊号に「**ある老婆たちの幻想　第一話　赤い木の実**」発表	**（32歳）**11月、「**死中の木椅子**」三十首（『現代短歌'70』）、「**こころの彷徨をうたう**」二十首（「地中海」）	1月、東大安田講堂に機動隊突入 9月、北海道の静内で「シャクシャイン祭」始まる

1970［昭45］	11月、**佐美夫**(35歳)、同6号に「**対談 アイヌ**」発表	**(33歳)**5月7日、小野茂樹、交通事故により死去(34歳)。**前夜酒席を共にし、別れた直後の事故であった** **秋、神経科に入院**	6月、全道市長会、「北海道旧土人保護法」廃止を決議
1971［昭46］	8月1日、佐美夫死去(35歳) 11月14日、金田一死去(89歳)	**(34歳)**1月、「**わが北のための断片**」三十首(「短歌」) 11月、「**微笑**」十二首(同) 12月、「『**黄金記憶**』頌——**小野茂樹論へのノート**」(同)	6月、沖縄返還協定
1972［昭47］	2月、「葦の会」(「アヌタリアイヌ」の前身)平取で発足(平村芳美ら) 6月、「二風谷アイヌ文化資料館」(現・萱野茂二風谷アイヌ資料館)開設 8月、『**若きアイヌの魂 鳩沢佐美夫遺稿集**』(解説・須貝光夫、新人物往来社) 10月、新谷行『アイヌ民族抵抗史』(三一書房)	**(35歳)**4月、「**浄化**」二十首(『現代短歌'72』) 7月、「**ぶらっく・ひっぴい**」五首(「短歌人」) 10月、「**夏日抄**」二十首(同) 12月、「**霜の韻**」十八首(「短歌」) **秋、埼玉県浦和市大谷口1763(現・さいたま市浦和区)に転居**	
1973［昭48］	6月、「**アヌタリアイヌ**」創刊(佐々木昌雄・平村芳美ら) 8月、『**コタンに死す 鳩沢佐美夫作品集**』(解説・佐々木昌雄、新人物往来社) 5月〜、『知里真志保著作集』4巻+別巻2(平凡社)の刊行始まる［〜76年］	**(36歳)**1月、「**からんどりえ**」百首(『騎・昭和新世代合同歌集』短歌新聞社) **この年、血液の病気を発病。夏頃、神奈川県大和市福田35-6に転居し、両親と住む**	1月、ベトナム和平協定調印

年	近代アイヌ文学の流れ	近代短歌の流れ／小中英之年譜（太字）	参考事項
1974［昭49］	2月、萱野茂『ウエペケレ集大成』（アルドオ書店）	（37歳）5月、**「まぼろしの蜜」五十二首**（「短歌」） 7月、**「銀の量」二十首**（『現代短歌'74』） 12月、**「からんどりえ抄」二十五首**（「短歌」）、**エッセイ「わが過去への照射」**（同）	
1975［昭50］		（38歳）1月、**「遠き声」五十首**（『騎Ⅱ〈作品とミニ・エッセイ〉』）、**エッセイ「悲しみをくわえて」**（同）、**「蘭の室」二十一首**（「鴟尾12」） 11月、**「渚」九首**（「鴟尾15」）	
1976［昭51］	3月、**「アヌタリアイヌ」**終刊	（39歳）10月、**「時雨より時雨へ」二十一首**（「短歌」）、**エッセイ「午後の時雨」**（同） この年、「新鋭歌人叢書　全八巻」（角川書店）の刊行始まる	
1977［昭52］		（40歳）1月～12月、**「人生の周辺1～10」を連載、4に「鴉」**（「短歌人」） 3月、**「桃花」九首**（「鴟尾20」） 7月、**エッセイ「駅―、螢田」**（「短歌」臨時増刊号）	
1978［昭53］		（41歳）1月、**「黄金の午後」十首**（『現代短歌'78』） 7月、**「夢の涯」九首**（「鴟尾22」）	

1979［昭54］	10月、萱野茂『ひとつぶのサッチポロ』（平凡社）	**（42歳）**3月、**第一歌集『わがからんどりえ』**（解説・安東次男、角川書店） 11月、「**往反の法**」（岡野弘彦編『短歌の本　第2巻　短歌の実践』筑摩書房）
1980［昭55］	3月、萱野茂『アイヌの碑』（朝日新聞社）	**（43歳）**1月、**『わがからんどりえ』批評特集**（「短歌人」）、「**野の駅**」十八首（同） 8月、「**夕雲**」三十一首（「短歌」） 9月、「**蝸牛、舞へ**」二十首（「短歌公論」）
1981［昭56］		**（44歳）**7月、「**風布**」十五首（「短歌現代」） 10月、**第二歌集『翼鏡』**（砂子屋書房）、「**驟雨**」二十首（「短歌」）
1982［昭57］		**（45歳）**6月、**『翼鏡』批評特集**（「短歌人」）、「**マゼラン雲**」十八首（同） 8月、「**蠍人**」五十二首（「短歌」）
1983［昭58］	5月、二風谷アイヌ語教室開設	**（46歳）**8月、「**歌人日乗**」**に秩父事件への関心を綴る**（「短歌現代」）。**以前から秩父の山を歩いていた** 10月、「**水底**」二十首（「短歌人」） 12月、**エッセイ「記憶にない日の万歳」**（「短歌」）
1984［昭59］	1月、**『コタン　違星北斗遺稿』**（増補版、「落穂帖　その一」を増補）草風館	**（47歳）**1月〜12月、「**雑之歌**」（「短歌人」） 2月、「**夕雲**」十四首（「短歌」） **この頃より狭心症の発作始まる**

年	近代アイヌ文学の流れ	近代短歌の流れ／小中英之年譜（太字）	参考事項
1985［昭60］		**（48歳）** 4月、「**紅梅**」二十首（「短歌人」） **春頃一時入院、秋も不調が続く**	
1986［昭61］	6月、知里真志保『和人は舟を食う』（北海道出版企画センター）	**（49歳）** 1月、「**古久波**」二十五首（「シーガル6」）	4月、ソ連、チェルノブイリ原子力発電所、大規模事故発生
1987［昭62］	1月、知里高央・横山孝雄『アイヌ語イラスト辞典』（蝸牛社） この年、STVラジオ、アイヌ語講座開始（講師・萱野茂）	**（50歳）** 4月、「**春の日**」十六首（「現代短歌雁」） 3月、「**変象**」三十首（「蔡3」） 6月、「**女形**」十五首（「短歌人」） **狭心症の発作続く**	
1988［昭63］		**（51歳）** 1月、「**潮干**」三十首（「歌壇」） 10月、「**荒魂**」五十首（同）	
1989［昭64／1・8〜平1］		**（52歳）** 5月、「**漂流**」十八首（「短歌人」） 10月、「**木賊虫**」十六首（「現代短歌雁」）	3月、二風谷ダム建設、執行停止の申立（貝沢正・萱野茂） 11月、ベルリンの壁崩壊 12月、マルタ会談（冷戦終結）
1990［平2］		**（53歳）** 3月、「**栗羽**」十四首（「短歌」） 11月、「**異称**」十八首（「短歌人」）	
1991［平3］	5月、山本多助『イタㇰカシカムイ《言葉の霊》』（北海道大学図書刊行会）	**（54歳）** 4月、「**自照**」五首（「**日高山脈…**」**の歌を含む**、「短歌人」）、「**憂来**」三十九首（「きちょう23」） **この年より心筋梗塞の治療始まる**	1月、湾岸戦争 12月、ソ連崩壊

1992［平4］		（55歳）2月、「幻」十四首（「短歌」） 4月、「戯」十八首（「短歌人」） 6月、「鹹湖」十三首（同）	
1993［平5］	7月、貝沢正『アイヌ　わが人生』（岩波書店）	（56歳）4月、「梟の留守」二十首（「歌壇」の小中英之特集）、「小中英之自筆年譜」「自選百首」（同）	
1994［平6］	8月、萱野茂、参議院に繰り上げ当選［98年の任期終了まで］	（57歳）8月、「家」五首（「短歌人」） 9月、「蜥蜴」十首（同） 12月、「秋」九首（「鵯尾25」）	
1995［平7］	3月、『コタン　違星北斗遺稿』（増補版、「落穂帖　その二」を追補」草風館） 8月、『沙流川　鳩沢佐美夫遺稿』（同）	（58歳）2月、「鬱金の冬日」十四首（「短歌」） 6月、「一角獣」九首（「鵯尾26」）	1月、阪神淡路大震災 3月、地下鉄サリン事件
1996［平8］	7月、『萱野茂のアイヌ語辞典』（三省堂）	（59歳）1月、「銀河」五首（「短歌人」） 2月、「冬の祈り」四十五首（「短歌」） 4月、「江之島植物園」十六首（「短歌往来」） 6月、脳溢血で入院、退院後も右半身に麻痺が残る	
1997［平9］		（60歳）2月8日、父英松死去（85歳） 3月、「紅梅の夜」十五首（「短歌往来」） 9月、エッセイ「すすきみみづくの世界」（「短歌」） 10月、「果樹園の鸚鵡」二十一首（同） この年より角川短歌賞選考委員となる	3月、二風谷ダム訴訟判決（ダム建設を違法とし、アイヌを先住民族と認める） 5月、「アイヌ文化の振興並びにアイヌの伝統等に関する知識の普及及び啓

年	近代アイヌ文学の流れ	近代短歌の流れ／小中英之年譜(太字)	参考事項
			発に関する法律」(略称「アイヌ文化振興法」)成立。「北海道旧土人保護法」廃止
1998［平10］		**(61歳)** 7月、「幻花」二十一首(「短歌」) 12月、「柘榴」二十一首(同)、「流星」二十首(「歌壇」)	
1999［平11］		**(62歳)** 3月、「冬瓜」二十首(「路上82」の「特集　歌人・小中英之」)、「**小中英之初期歌篇**」二百六十二首(佐藤通雅編、同) **夏の終わり、腎不全で入院**	
2000［平12］		**(63歳)** 6月、「緋鯡」十四首(「短歌」) 7月、「芹」五首(「短歌人」)	
2001［平13］		**(64歳)** 6月、母祐子死去(84歳) **一人暮らし始まる。** **8月、腎不全、心不全で入院** 10月、「純白の花」七首(「短歌朝日」)、**生前の最後の作品発表となる** **11月21日、虚血性心不全により自宅にて死去** **11月27日、葬儀、告別式。川崎市早野聖地公園墓地滝ヶ谷の丘に葬られる**	9月11日、アメリカ、同時多発テロ

2002［平14］		3月～、**短歌関係の各誌に追悼号** 4月9日、安東次男死去（83歳）	
2003［平15］		3月、**遺歌集『過客』**（砂子屋書房）	
2004［平16］		11月、『**小中英之歌集**』（「現代短歌文庫56」砂子屋書房）	
2006［平18］	5月6日、萱野茂死去（78歳）		12月、教育基本法改正
2007［平19］	3月、榎本進『アイヌ民族の歴史』（草風館）	7月24日、石川浩死去（83歳）	9月、国連で「先住民族の権利に関する国際連合宣言」を採択
2008［平20］	8月、**佐々木昌雄『幻視する〈アイヌ〉』**（内川千裕編、草風館）		6月、国会で「アイヌを先住民族とすることを求める決議」を採択
2009［平21］			4月、北海道ウタリ協会、北海道アイヌ協会と改称
2010［平22］	9月、北海道登別市に「知里幸恵　銀の滴記念館」開設		
2011［平23］		9月、『**小中英之全歌集**』（初期歌篇より最晩年の作品まで三千八百三十七首を収録。編集委員会編、砂子屋書房）	3月11日、東日本大震災、東京電力福島第一原子力発電所事故発生
2013［平25］	12月、「**日高文芸　特別号　鳩沢佐美夫とその時代**」（日高文芸特別号編集委員会編）、**佐美夫「ある老婆たちの幻想第二話　鈴**」を遺稿として発表		

年	近代アイヌ文学の流れ	近代短歌の流れ／小中英之年譜（太字）	参考事項
2015〔平27〕	1月、岡和田晃・マーク・ウィンチェスター編『アイヌ民族否定論に抗する』（河出書房新社）		
2017〔平29〕	2月、土橋芳美『傷みのペンリウク　囚われのアイヌ人骨』（草風館）		

年表の参考図書（発行年順）

中野嘉一『新短歌の歴史　自由律運動半世紀の歩みと展望』昭森社、1967年

篠弘『近代短歌論争史　明治大正編』角川書店、1976年

市古貞次編『日本文学年表』桜楓社、1982年（初版1976年）

藤本英夫『知里真志保の生涯』新潮選書、1982年

掛川源一郎『バチラー八重子の生涯』北海道出版企画センター、1988年

藤本英夫『金田一京助』新潮選書、1991年

加藤克巳『現代短歌史』砂子屋書房、1993年

違星北斗『コタン　違星北斗遺稿』草風館、1995年

中川裕『アイヌの物語世界』平凡社ライブラリー、1997年

田端宏・他『県史1　北海道の歴史』山川出版社、2000年

田端宏・他『アイヌ民族の歴史と文化　教育指導の手引』山川出版社、2000年

平取町史編集委員会『平取町百年史』平取町、2003年

西成彦・崎山政毅編『異郷の死　知里幸恵、そのまわり』人文書院、2007年

安田敏朗『金田一京助と日本語の近代』平凡社新書、２００８年
川村湊編『現代アイヌ文学作品選』講談社文芸文庫、２０１０年
日高文芸特別号編集委員会編「日高文芸　特別号　鳩沢佐美夫とその時代」㈱４９１　アヴァン札幌、２０１３年
小川靖彦『万葉集と日本人　読み継がれる千二百年の歴史』角川学芸出版、２０１４年
新谷行『アイヌ民族抵抗史』河出書房新社、２０１５年（底本『増補　アイヌ民族抵抗史』三一書房、１９７７年／初版『アイヌ民族抵抗史』１９７２年）

年表の註

※１　小川靖彦『万葉集と日本人　読み継がれる千二百年の歴史』「第七章」（角川学芸出版、２０１４年）による。
※２　ジョン・バチラー『蝦和英三対辞書』『アイヌ・英・和辞典』の刊行の経緯にはわかりにくいところがある。ここでは『アイヌ・英・和辞典　第四版』（岩波書店、１９８１年／１９３８年版の復刊）に付された田村すず子「バチラーの辞典について」を参照した。
※３　「沙流川歴史館年報　第17号」（沙流川歴史館、２０１６年）の年表「違星北斗に関する出来事」（山科清春編）による。
※４　日高文芸特別号編集委員会編「日高文芸　特別号　鳩沢佐美夫とその時代」（㈱４９１　アヴァン札幌、２０１３年）所収の「鳩沢佐美夫年表『日高文芸　特別号　鳩沢佐美夫とその時代』のための暫定版」（木名瀬高嗣編）による。
※５　『平取聖公会宣教百三十周年記念誌　主に愛されて生きる』（日本聖公会北海道教区平取聖公会、２００９年10月）による。
※６　菱川善夫「現代短歌史論序説――『新風十人』と危機時代の美意識をめぐって――」（「素」第4号、１９６６年6月／菱川善夫『現代短歌美と思想』桜楓社、１９７２年所収）による。
※７　石川浩「知里高央先生のことなど　知られざる言語学者」（法政大学通信教育機関誌「法政」１９７２年3月）による。

附記

・「近代短歌の流れ」は、１９４１年までにとどめた。明治から昭和初期にかけての概略と、短歌史的にはとりあげられることの少ないこの時期における口語・自由律短歌の主な動向とに関係する事項をあげた。

・「小中英之年譜」は、『小中英之全歌集』（砂子屋書房、２０１１年）所収の「年譜」（天草季紅編）をベースに作成した。内容と発表作品は、本書に関係するものを中心に、主なものにとどめた。

著者紹介

天草季紅（あまくさ・きこう）
奈良女子大学文学部国語国文学科卒業。東京芸術大学大学院芸術学部美学専攻中退。高校教諭、江の島・天文館（小劇場）主宰、『埴谷雄高全集』（講談社）編集等を経て現在都内の予備校に勤務。現代歌人協会会員。短歌誌「氷原」（1979～1985）、同人誌「Es」（2001～2015）、現在同人誌「さて、」同人。論文に「失われた音を求めて　坂野信彦『深層短歌原論』再考」「原点としてのメイエルホリドⅠ～Ⅶ」「幻想のジェネシス　伝統の向こう側」（いずれも「Es」）、歌集に『夢の光沢』（矢立出版、1986）、『青墓』（ながらみ書房、2009）、歌書に『遠き声　小中英之』（砂子屋書房、2005）。『小中英之全歌集』（砂子屋書房、2011）編集委員。

ユーカラ邂逅（かいこう）
アイヌ文学と歌人小中英之の世界

（検印廃止）

2018年7月1日　初版第1刷発行

著者　天草季紅
発行者　武市一幸
発行所　株式会社　新評論

〒169-0051 東京都新宿区西早稲田3-16-28
http://www.shinhyoron.co.jp

TEL 03（3202）7391
FAX 03（3202）5832
振替 00160-1-113487

定価はカバーに表示してあります
落丁・乱丁本はお取り替えします

装幀　山田英春
印刷　フォレスト
製本　中永製本

ISBN978-4-7948-1092-2
Printed in Japan